EL FILL DE L'ITALIÀ

Editorial Planeta organitza i atorga
el Premi de les Lletres Catalanes Ramon Llull.

Aquesta obra ha obtingut el Premi de les Lletres
Catalanes Ramon Llull 2019, concedit pel següent jurat:
Carles Casajuana, Francesca Cristoffanini,
Pere Gimferrer, Gemma Lienas, Isona Passola,
Carme Riera i Emili Rosales.

Rafel Nadal

El fill de l'italià

Premi Ramon Llull 2019

Columna

COL·LECCIÓ CLÀSSICA
PRIMERA EDICIÓ: MARÇ DE 2019

PUBLICAT D'ACORD AMB PONTAS LITERARY & FILM AGENCY

AV. DIAGONAL, 662-664 - 08034 BARCELONA
ISBN: 978-84-664-2480-6
DIPÒSIT LEGAL: B. 1.858-2019
FOTOCOMPOSICIÓ: GAMA, SL
IMPRÈS A: EGEDSA

www.columnaedicions.cat

La traducció del poema de la pàgina 173
és de Manuel de Montoliu (*Vida nova*, Quaderns Crema, 1999),
i la de la citació de la pàgina 9
és de Joan Francesc Mira (*Odissea*, Proa, 2011).

Al meu germà Toni, mort al mar la vigília
de Sant Pere de 1991.

A tots aquells que al llarg de la història han
mort ofegats en aigües del Mediterrani
i a tots els que hi continuen morint
davant la indiferència dels governs
de les dues ribes.

Quan es mostrà, amb dits de rosa, l'Aurora, la filla de l'alba,
Van enganxar els cavalls al seu carro pintat, i pujaren.
Fora ja del portal i de l'ampla porxada sonora,
Fueteja els cavalls i arrancaren: volaren amb ganes.
Varen eixir a la plana, una terra de blat, on van córrer
fins al final, tan lluny com els cavalls els portaren.
Fins que quedaren en ombra els camins, quan el sol es va pondre.

HOMER, *Odissea*, cant III
(Telèmac viatja a la cort d'Esparta
buscant notícies del seu pare, Ulisses)

Primera part

LA FAMÍLIA CATALANA

La primera conversa

Cementiri de Caldes de Malavella,
20 de juny del 2016

En Mateu parlava sense mirar-me; descrivia en veu alta l'enterrament de la seva mare, tretze anys abans, com si s'estigués oficiant davant nostre en aquell mateix instant:

«—Doneu-li, Senyor, el repòs etern i que la llum perpètua la il·lumini. Descansi en pau —va dir el mossèn mentre aspergia una darrera vegada el fèretre.

Llavors, entre sis vam carregar la caixa amb les restes mortals de la mare fins al nínxol, al segon pis, i ens vam retirar per protegir-nos a l'ombra de dos xiprers que creixien de costat, idèntics, com dos germans bessons. Durant una bona estona només es va sentir el so metàl·lic de la paleta amb què l'operari picava damunt dels maons per anivellar-los i aparedar la sepultura. "Clac. Clac. Clac".

El grup, minúscul, formava en semicercle. Els homes dúiem braçalets negres; les dones vestien el dol de cap a peus. Miràvem l'escena en actitud de recolliment, hipnotitzats pels moviments repetitius de l'home que amb una paleta anava tirant damunt dels maons el morter que agafava de la gaveta. Si n'hi faltava una mica, s'ajudava amb la mà i n'hi afegia; encabat, recollia el sobrant, el tornava al recipient i el pastava amb la resta del ciment per recollir-ne una nova paletada i col·locar un altre totxo. El manobre va acabar d'aparedar la tomba. "Clac".

Va deixar de picar i es va fer un gran silenci.

Vaig mirar de reüll en Feliu, que era al meu costat. En el seu rostre no hi havia gens d'emoció. Quan vaig adonar-me que jo mateix tampoc no experimentava cap tristesa, me'n vaig sorprendre. Era possible que, ben al contrari, em sentís reconfortat? Per fi la mare tindria una mica de pau, lluny de la mala gent del poble que sempre l'havia assenyalat. Des d'on podia recordar, sempre l'havia vist resignada a aquella vida tristíssima, feta de renúncies i privacions, sense espai per als somnis. Si és que algun dia n'havia alimentat.

Llavors, una papallona reina, d'ales enormes, grogues i negres, va aparèixer de darrere dels xiprers, va fer dues voltes davant nostre i va anar a posar-se damunt de la sepultura de la mare. Quan s'hi va arrapar, va plegar les dues ales, l'una sobre l'altra, i es va quedar immòbil, com si l'hagués atrapat el morter, acabat de col·locar. Però poc després va desplegar de nou les ales, va separar-se de la tomba i va allunyar-se fent ziga-zaga per damunt de la tanca del cementiri en direcció als horts d'en Surroca i el bosc dels Enamorats. Va ser aleshores, no sé ni com ni per què, que vaig recordar la foto dels mariners italians al camp de futbol. Com si no m'hagués marxat mai del cap, ni un sol dia, des que la Cinteta de can Vidalet s'havia presentat a la perruqueria, trenta-cinc anys abans, i li havia preguntat a la Neus:

—Vols veure el pare del teu home?».

Feia dies que perseguia en Mateu per preguntar-li sobre els italians i de com s'havia animat, ara, de gran, a buscar el seu pare. Ell no es decidia, però finalment m'havia escrit un missatge: «Rafel, si baixes el 20 de juny em pots acompanyar al cementiri per l'aniversari de la mort de la mare». El convit m'havia semblat un bon començament i l'havia acceptat.

Sèiem en un banc de fusta, de cara a la làpida de la Joana, que està enterrada en un nínxol del segon pis del mur de llevant del cementiri de Caldes. Dos xiprers altíssims ens protegien de la solellada, que queia com una maledicció damunt del recinte. Des que havíem arribat no ens havíem mogut del banc, perquè amb aquella xafogor cada moviment requeria un esforç extraordinari. Per damunt de la tanca sobresortien les capçades dels roures i les alzines, agitades pel vent del sud, que arribava carregat de pols directament del nord d'Àfrica. L'ambient era sufocant. A les teulades dels mausoleus de les famílies riques hi creixien flors de color de rosa, gossos o conillets, que també voleiaven empesos per la ventada.

En Mateu callava i vaig aprofitar-ho per repassar les quatre fileres de nínxols, que estaven adornats amb creus i àngels de marbre i també amb fotos de joventut dels difunts i rams de flors artificials. No volia apressar-lo. Abans d'aquella primera trobada al cementiri, mig poble de Caldes m'havia advertit que em trobaria l'home més reservat del món —callat, esquiu, esquerp, l'havien descrit— i jo havia decidit respectar el seu capteniment. Però la meva prudència va resultar sobrera: només d'arribar al cementiri, en Mateu havia contradit els mals averanys dels seus veïns i havia començat a recordar. Ara, després d'una pausa molt breu, potser sense ni adonar-se'n, va tornar a agafar el fil del relat i jo em vaig disposar a escoltar.

«La Neus treballava en una perruqueria, en uns baixos del carrer de Santa Maria, a tocar de la barberia. Un dia que estava sola va entrar la Cinteta, la dona del barber, i la va sorprendre amb aquella pregunta sobre el meu pare.

—Vols veure el pare del teu home?

La Neus no va entendre de què li parlava i se la va mirar recelosa.

—Vols conèixer el pare d'en Mateu? —va insistir la Cinteta, que no parava de somriure.

La dona es feia pregar, es feia la misteriosa. Finalment es va posar la mà a la butxaca de la bata i en va treure una foto antiga, en blanc i negre. Era d'un grup de mariners italians, a punt de jugar un partit de futbol a la Granja, l'antic camp d'esports de Caldes de Malavella. Quan li va plantar la foto davant de la cara, a la Neus se li va escapar un crit de sorpresa:

—Mare de Déu, si és en Mateu!

Al centre del grup de futbolistes, un dels mariners italians mirava directament a la càmera i desafiava el fotògraf, amb la boca mig oberta i un somriure foteta. Tenia la barbeta quadrada i unes entrades simètriques a banda i banda del front. Qualsevol l'hauria confós amb mi. Érem ben iguals.

Aquell vespre, la Neus va portar la foto a casa i va esperar impacient la meva arribada. Quan vaig obrir la porta no va poder esperar ni que em tragués l'abric; va agafar la foto i me la va plantar davant dels ulls. Estava nerviosa, però també semblava il·lusionada.

—Mira què m'ha donat la Cinteta de can Vidalet! —va dir, parlant tan de pressa que es trepitjava les paraules.

Vaig obrir uns ulls molt grossos, perquè el primer que vaig veure, al centre mateix de la imatge, va ser aquell noi que se m'assemblava. Tot seguit també vaig obrir la boca i em vaig deixar caure en una butaca del menjador amb la foto a la mà. Em vaig estar callat una estona llarga, potser cinc minuts, que devien semblar una eternitat. Finalment es veu que vaig fer una ganyota estranya i la Neus va observar que la cara em canviava.

—No en vull saber res, ja la pots tornar a la Cinteta! —li vaig dir bruscament.

Després d'aquell dia no en vam tornar a parlar i la foto dels italians va quedar oblidada en un calaix de can Vidalet. Més de trenta anys. Fins al dia que va morir la meva mare.

A l'hora de l'enterrament, quan el paleta va deixar de picar i el cementiri es va quedar en silenci, se'm van aparèixer tots els fantasmes del passat i vaig adonar-me que sempre havia necessitat saber qui era el meu pare. Tenia una família, sí, però cada cop em semblava més incompleta. Tenia dona i dues filles, podia mirar endavant amb orgull i confiança, però no podia mirar enrere, perquè no tenia pare i això volia dir que no tenia passat. Moltes vegades havia tingut la temptació de preguntar a la mare, sobretot quan els últims anys de vida ella s'havia traslladat a viure al costat de casa, però no m'hi vaig atrevir. Abans aquestes coses no es parlaven, sobretot entre mare i fill. En aquella època hauria estat una conversa impensable. Però la necessitat de saber ja s'havia fet un forat en el meu cap i no parava de créixer. Qui era aquell mariner italià que portava a rentar la roba a la mare? Com era aquell home que molts vells de Caldes recordaven perquè sempre xiulava cançons napolitanes? Què se n'havia fet?

Al cementiri, el capellà i el paleta havien acabat la feina i, aprofitant la calma que s'havia apoderat del recinte, vaig acostar els llavis a l'orella de la Neus i la vaig sorprendre:

—Quan tornem a casa vés a demanar la foto dels italians a la Cinteta de can Vidalet. He decidit buscar el meu pare».

El vent del sud no s'encalmava i al cementiri la calor africana collava de valent. En Mateu em va mirar de reüll, per assegurar-se que l'escoltava i, gairebé sense ni agafar aire, es va animar a explicar-me com la desaparició de la seva mare l'havia alliberat de la discreció que li devia en vida. La Joana ja no podia revelar a ningú el seu secret i aquesta certesa el neguitejava; però, un cop morta, les preguntes del fill tampoc no la podrien ofendre i amb aquest convenciment a ell se li obria una esperança: la decisió de buscar el pare estava presa i des d'aquell dia ja no va aturar-se.

La foto de l'equip dels mariners italians era l'únic fil que tenien per estirar, de manera que l'endemà de l'enterrament la Neus va anar a trobar la Cinteta a can Vidalet i li va demanar la foto. Quan la va tornar a tenir a la mà, en Mateu es va trasbalsar tant com la primera vegada. El noi del centre del grup, el que mirava directament a la càmera, era clavat que ell de més jove: la mateixa cara, la mateixa barbeta, la mateixa mirada, els mateixos cabells, les mateixes entrades, simètriques, a banda i banda del front. Havia de ser el seu pare!

Aquella mateixa nit van començar a perseguir el rastre dels mil mariners italians, supervivents de l'enfonsament del *Roma*, el vaixell insígnia de la marina italiana, que l'hivern del 1944, després de moltes peripècies, s'havien refugiat a Caldes. A través d'una associació de supervivents i familiars de la tripulació del cuirassat enfonsat el setembre del 1943 per l'aviació alemanya, van entrar en contacte amb alguns dels mariners que havien passat per Catalunya. Aviat els van ajudar a identificar algú que podia ser el noi de la foto i van precisar un nom: Ciro Sannino. Era capità de la marina mercant, tenia dos fills, en Giovanni i la Francesca, i vivia a Gènova.

«La Neus conduïa. Jo estava nerviós.

—No vas dir res en tot el camí, Mateu —em recrimina ella sempre que parlem d'aquella famosa anada de Caldes de Malavella a Gènova.

Va ser un viatge llarg, deu hores de cotxe, primer per les terres més conegudes de la Catalunya Nord, després per les autopistes embussades de Montpeller i finalment pel trànsit caòtic de la Costa Blava. Escoltàvem cintes de casset: Glenn Miller, Ray Conniff, Pérez Prado. Vaig passar bona part del trajecte amb els ulls tancats. Mentre la Neus conduïa, jo pensava en com havia tirat endavant tants anys sense ajuda familiar. He sigut feliç?, em preguntava. Sí, no puc negar-ho. M'he casat amb la dona que volia, he tingut dues filles i quatre nétes. He prosperat. Quan miro els que em segueixen, sé que he fet les coses ben fetes. Però busco els que hi havia abans de mi i m'adono que a la meva vida hi ha alguna cosa que falla. Tot això m'ha pesat molt. Encara ara veig les coses més negres del que són. Sort que la Neus té un altre caràcter; ella és més animosa i per això ens hem entès tan bé.

Em vaig passar el camí pensant en aquestes coses i repassant una vegada i una altra la seqüència que m'havia portat a aquell viatge forassenyat, que arrencava el primer dia que vaig tenir a les mans la foto dels mariners italians: aquell primer dia vaig patir una sacsejada molt forta i vaig entendre que la meva vida havia estat marcada per la necessitat de trobar el pare.

Travessàvem el sud de França, camí de Gènova, amb moltes esperances. Després de veure la foto per segona vegada, havíem donat veus pel poble, per si algú tenia algun record, algun indici, sobre aquell noi de barbeta quadrada i d'entrades al front que se m'assemblava. Però no hi va haver res a fer. No vam descobrir res de nou.

Jo passava casa per casa.

—Sóc fill d'un italià i vull trobar el meu pare —els deia.

Llavors treia la foto i els demanava si recordaven alguna cosa d'aquell home, qualsevol detall que em pogués ajudar a trobar-lo. Ells se sorprenien que jo em presentés amb tanta naturalitat i jo em sorprenia perquè resultava que tots ells ho sabien: el poble sencer sabia des de sempre que jo era fill d'un dels italians. Però no recordaven res més i ningú no va poder ajudar-me.

Després de preguntar per tot el poble sense èxit, ens havíem fet un tip de fer trucades a Itàlia.

Una veïna havia localitzat un professor, però va resultar ser un fals historiador que només ens va fer perdre el temps. Finalment, gràcies a l'Associació de Familiars del *Roma* havíem descobert el rastre d'en Ciro Sannino. Després de tot aquell temps estàvem preparats per anar a trobar-lo.

Vam sortir de Caldes quan clarejava i vam fer el viatge en el nostre Peugeot 307, tot d'una tirada. A mitja tarda ja hi érem i vam anar directe a l'Hotel President, que s'ha convertit en el nostre refugi sempre que hem tornat a la ciutat. Quan vam sortir de l'hotel estàvem cada cop més nerviosos i ens vam perdre; uns carrabiners que ens van veure atabalats es van compadir de nosaltres, ens van fer pujar al seu Fiat i ens van portar fins a la porta de l'edifici, a la Via San Fruttuoso.

Vam picar al timbre del carrer sense ni pensar i quan vam pujar al pis i vam trucar a la porta ens va obrir ell mateix. No ens havíem vist mai, no ens coneixíem de res i quan ens vam trobar cara a cara tots dos vam badar uns ulls enormes, sorpresos, desconcertats, com si ens miréssim en un mirall».

No ens havíem mogut en tot el matí, asseguts de cara al nínxol de la família Torrent-Pasqual on estan enterrats la Joana, la mare d'en Mateu, i en Salvador, l'home que li havia fet sempre de pare.

A l'altra banda de la tàpia, les cigales tocaven un concert estrident, monòton. El temps s'havia aturat en una gran migdiada de la qual semblava que ja no podríem despertar-nos. Però un gos va bordar en algun punt llunyà, cap a la banda del poble, i va trencar l'encanteri.

En Mateu s'havia posat dret i s'encaminava amb passes decidides cap a la sortida; vaig haver de córrer per atrapar-lo. Vam passar la balda a la porta del cementiri i i vam agafar el camí de tornada, de pressa, com si féssim tard. No va tornar a obrir la boca en tot el trajecte, però aquella era la primera trobada i no em volia impacientar.

Vam travessar el bosc, que estava ressec i semblava a punt de cremar. Passada la bassa de can Rufí, quan vam arribar a les Roques, vaig donar per fet que baixaríem pel dret cap a casa seva, a l'eixample modern de Caldes, però em va sorprendre i va agafar el camí de la mina; vam passar pels antics estenedors i vam baixar als safarejos públics, a tocar de la riera.

Un cop a baix, en Mateu va aturar-se. Semblava inquiet. Va acostar-se a la pica, va enfonsar-hi els braços i quan els va retirar va fer cassoleta amb les mans per omplir-les d'aigua, que es va tirar a la cara. Quan es va haver refrescat em va tornar a sorprendre: «Saps què farem? Baixa de tant en tant a parlar amb la Neus i les meves filles, que han viscut la història amb tanta intensitat com jo mateix; amb elles no tindràs cap problema. I troba't amb en Feliu, el meu germà gran, que tampoc no té manies. A mi, en canvi, no m'agrada gaire parlar. Però ja veurem».

Em va semblar un bon senyal i no vaig tardar a comprovar que l'encertava. Perquè va caminar unes passes cap a un lateral per buscar l'ombra de la font del Raig d'en Mel i quan vaig acostar-m'hi vam seure de cara a la casa on va néixer i es va deixar anar. Aquesta és la seva història.

I

Sempre em vaig sentir diferent. Havia nascut a la casa més miserable de Caldes de Malavella, en el que ara en diríem una família trencada, però no me'n sentia part. El pare era bosquetà i només venia a casa un o dos cops per setmana. Se'ls passava cridant i renegant, i pegava a la mare. Ella es matava a treballar; a les sis del matí ja estava rentant roba en algunes cases del poble i a les vuit entrava a treballar a la carnisseria de can Bardala, que la tenien com a minyona i la van acabar tenint una mica com a afillada.

L'italià va aparèixer un dia al safareig del poble amb la roba bruta d'un grup de mariners que s'estaven refugiats al Balneari Prats i la mare l'hi va rentar. Al cap d'un parell de dies va repetir amb un altre farcell de roba bruta i la mare li va tornar a fer la bugada. Devia trobar que feia bona feina, perquè ja no va deixar de presentar-s'hi. Primer s'hi deixava caure un parell de cops a la setmana; després, dia per altre; al final, es veu que ja s'hi plantava cada dia, encara que no tingués res per rentar. Allò va durar set mesos, tants com els italians van estar refugiats a Caldes. Anys després, la Saurina, la mestressa de can Bardala, explicava que, mentre la mare rentava la roba, l'italià jugava amb la Mercè i en Feliu, els meus germans grans. Les altres veïnes del carrer també el recordaven amb aquest aire familiar, mainader.

Quan jo vaig néixer, els mariners italians ja havien marxat.

II

Em dic Mateu Torrent Pasqual, però sempre m'han conegut com en Mateu de la Mina, que era la casa més pobra del poble i també la més temuda, la que tothom evitava. A casa, érem cinc germans. La Mercè, la gran, que ja és morta, pobreta, es portava setze mesos amb en Feliu, el segon, que era un animal; ell a mi em porta dos anys justos. Vaig néixer el 22 de gener del 1945, sis mesos després que els mariners italians haguessin marxat de Caldes. A partir de llavors, les coses a la Mina encara van empitjorar i, potser per això, els altres germans van tardar a arribar: a la Conxita —que ara es fa dir Concepció, però que sempre havia sigut la Conxita— li porto cinc anys; a en Quim, el petit, n'hi porto nou.

Érem cinc germans, però no érem una família o, en tot cas, jo m'hi sentia estrany. El pare i els germans cridaven, es barallaven, maleïen, renegaven i deixaven a deure tot el que compraven. Jo no suportava els crits i no em resignava. Estava tan fart dels insults, de les baralles i de la misèria de la Mina que ja de ben petit vaig decidir rebel·lar-me i canviar les coses. Als deu anys vaig entrar a treballar de *botones* al Balneari Vichy Catalán i vaig guanyar el meu primer sou; als onze, els botiguers em perseguien pels carrers del poble perquè els pagués els deutes del pare i dels germans.

Quan els altres nois acabaven les classes, em quedava a l'escola i estudiava pel meu compte, aprofitant que el mestre feia conferència als grans, que s'havien d'examinar de batxillerat a l'institut de Girona. Als dotze anys vaig començar a fer calaixos per a una embotelladora —de les caixes de fusta per transportar ampolles d'aigua mineral a Caldes en diem *calaixos*— i uns mesos després vaig decidir treballar encara més hores i vaig començar a passar gel per les botigues i les cases bones del poble. L'anava a buscar cada matí als Tapiots, al trencant de la carretera nacional, en una bicicleta amb remolc. A les sis carregava el gel del camió que feia la ruta de Santa Coloma de Farners a Girona, i a les nou ja havia repartit tota la mercaderia: una dotzena de barres de vint quilos, que anava tallant a trossos, a quarts o a meitats, segons les cases. El gel era una bona feina, només m'ocupava tres hores i la resta de la jornada la podia repartir entre els calaixos i l'escola. Amb les dues feines vaig prosperar de pressa: quan vaig fer tretze anys, vaig comprar la primera nevera que hi va haver a la Mina; l'any següent, els vaig regalar una ràdio.

Un bon dia em va venir a buscar en Ramon Agustí per llogar-me d'aprenent de lampista; algú, no he sabut mai qui, li havia parlat bé de mi. L'avi Ramon no només va confiar en un nano de tretze anys, sinó que va tenir la valentia d'entrar a buscar-lo a la Mina, aquell infern de casa que tots els veïns de Caldes evitaven, perquè érem la púrria del poble. Per a mi, va ser una gran sorpresa. Amb aquell atreviment, ell va fer una proesa i jo vaig fer una gran sort. No sé si m'explico. La seva confiança em va canviar la vida.

Amb l'avi Ramon treballàvem tots els dies de l'any i totes les hores del dia. No fèiem ni festes, ni ponts, ni passeres. Ell tenia més de seixanta anys, era un bon operari i em va ensenyar l'ofici. I també em va inculcar la serietat, l'esforç i la constància, uns manaments que encara avui practico al peu de la lletra. Amb mi, l'amo se la va jugar, perquè un lampista havia d'entrar a totes les cases; no era fàcil confiar-hi, i si damunt era un noi de la Mina, s'encenien totes les alarmes. Quan en vaig ser conscient, em vaig concentrar a fer-lo quedar bé: mai no va faltar res de cap casa i aviat va córrer la veu que jo era del tot de fiar. Per sorpresa meva, la gent em va acceptar; potser perquè sempre anava acompanyat de l'amo, potser perquè ja des de petit era un noi molt quiet o potser, simplement, perquè jo els arreglava les avaries i, en justa contrapartida, ells m'expressaven el seu agraïment.

L'avi Ramon va correspondre al meu esforç defensant-me a mort. La Neus n'és testimoni, perquè per aquella època ja havíem començat a sortir i un dia ell la va anar a trobar:

—Mira, Neus, per fer el tonto no hi vagis, amb aquest noi; amb en Mateu, si hi surts, ha de ser seriosament. Si no, te les hauràs amb mi!

III

Jo sóc de Flaçà, però vaig venir a Caldes a treballar de perruquera. Encara ara em diuen la Neus Perruquera, i això que fa quaranta anys que vaig deixar la perruqueria i vaig muntar una botiga de regals. En Mateu em va agradar de seguida i quan vam començar a sortir les dones del poble es van posar les mans al cap:

—Podries triar qualsevol altre noi, qualsevol que no sigui de la Mina.

—No m'he pas de casar amb la família, només em casaré amb en Mateu —els contestava.

Jo era una criatura, tenia quinze anys; ara, a l'agost, en faré setanta. Vaig venir al poble a contracor dels pares, sobretot de la mama, però quan se'm posa una cosa al cap no hi ha res ni ningú que pugui aturar-me. En aquella època anava a una acadèmia de perruqueria del carrer dels Ciutadans de Girona i algú hi va fer córrer que una noia de Caldes muntava una perruqueria i buscava una aprenenta. De seguida vam fer tractes i el 4 de juny del 1962 em vaig traslladar al poble.

Els nois no van tardar ni dos dies a desfilar davant de la perruqueria, per fer-se veure; ja se sap que sempre que arriba una noia nova crida l'atenció del jovent del poble. Però no n'hi havia cap que em digués res, no m'agradaven. Fins que un dia va venir en Mateu a arreglar alguna cosa de la perruqueria. Jo el tenia ullat, l'havia vist passar més d'una vegada amb una bicicleta verda i vaig córrer a escriure a casa: «Amb aquest noi m'hi casaré».

A casa es van fer un tip de plorar.

—Tan jove, tan lluny —deien els pares.

Però jo no em pensava fer enrere; al contrari, cada cop ho tenia més clar. Així van ser els primers mesos de festeig: jo decidida a tirar endavant i ells vinga plorar.

D'en Mateu no sé què em va agradar, no ho sabria explicar. El vaig veure un noi diferent dels altres; diferent de tots els que coneixia i diferent d'aquells amb qui havia ballat alguna vegada. Fins que el vaig conèixer, només me n'havia interessat de veritat un altre, el fill d'un veterinari de Flaçà, però a casa em van dir que era massa per a nosaltres i ho vaig deixar estar. Ja no em vaig fixar en ningú més; fins que vaig entrar a treballar a la perruqueria de Caldes i va passar en Mateu en la bicicleta verda.

Amb ell només vam haver de xerrar un parell de vegades i ja ens vam agradar. Era maco, seriós i semblava més gran. Era trist, això sí, perquè a la Mina les coses no milloraven.

—No sé com pots anar amb aquest noi —em deia la Núria, la mestressa de la perruqueria—, sempre ve malhumorat de casa.

La Remedios, una clienta castellana, també en malparlava:

—Neus, cariño, ¿por qué vas con este chico tan soso?

I les altres dones del poble seguien amb la cantarella que els de la Mina no eren de fiar:

—Amb aquell d'aquella casa, vas?

Com més m'ho deien, més hi anava.

Diumenge passat encara em vaig trobar la Remedios que passejava pel poble i li vaig deixar anar:

—Recordes el que em deies, Remedios?

Jo anava de bracet d'en Mateu i la pobra dona es va posar vermella.

—Calla, mujer, ¡que tu marido está delante!

Ara fa riure, però hi va haver una època que era com una obsessió; totes les dones de Caldes m'empaitaven per convèncer-me que deixés en Mateu.

—No hi surtis, amb un de la Mina!

N'hi havia prou que m'ho repetissin per fer que en Mateu encara m'agradés més.

Ara seria impensable que et diguessin una cosa així, ara tothom pot fer lliurement la seva. Abans, però, era una altra cosa, eren temps diferents, de manera que les dones de Caldes no es van deixar estovar pel meu enamorament i van córrer a avisar els meus pares del perill que passava si m'entestava a festejar amb un noi de la Mina. Quan els pares van sentir les coses que les dones del poble explicaven sobre aquella família maleïda, van venir a buscar-me amb la intenció de fer-me tornar a Flaçà. Per sempre. Era el mes de maig i tot just feia un any que havia arribat a Caldes. Quan ja érem a l'estació, esperant per pujar al tren, una tia de Girona, que era la meva padrina, encara em defensava.

—Per què no pot festejar amb qui vol?

Jo acabava de fer setze anys i el volia a ell. El papa no s'hi posava tant, però la mama no volia afluixar i la tia no la va poder convèncer. El cas és que algú em va veure a l'estació esperant el tren i va córrer a avisar en Mateu, que era al camp de futbol. En saber la notícia, es va desmaiar. Llavors, els seus amics, molt espantats, van venir a avisar-me i jo vaig escapar-me dels pares i vaig córrer a reanimar-lo, perquè deien que estava molt malament i que algú havia anat a buscar el metge.

Quan vaig arribar al camp de futbol me'l vaig trobar estirat a terra, però de desmaiat, res de res:

s'havia volgut fer passar les penes bevent i estava torrat com un cep. Però es veia que havia plorat, pobre. M'agafava de la mà i no em volia deixar.

—No vull que se t'emportin! —cridava.

Eren els dies de l'aplec de Caldes i al poble no s'hi cabia. Vam anar al bar Sport, que també estava a rebentar. Ell cridava davant de tothom i vaig haver de posar-me seriosa.

—Comporta't o me'n vaig!

Però m'havia entendrit i ja no vaig marxar de Caldes.

IV

No hauria suportat que se l'enduguessin, però la mala fama de casa havia arribat a Flaçà i els pares de la Neus ho veien tot molt negre. Què vols, per aquella època tothom malparlava de nosaltres. Pots preguntar-l'hi a la Loli, la que està casada amb un que tocava a l'Orquestra Maravella: encara ara diu que es moria de por cada vegada que anava a buscar aigua calenta i havia de passar per davant de la porta de la Mina.

—Mai no he oblidat el dia que anava camí de la font i, de cop, de la porta de casa vostra en va sortir el teu pare que empaitava en Feliu, el teu germà gran, amb un ganivet a la mà. Si em descuido, rebo jo i tot —recorda sempre que em veu. Ara riu, però en aquella època passava per davant de casa amb el cor encongit.

Era així, els crits i les baralles eren dia sí, dia també. Per qualsevol cosa, pel que fos. Si un dia era perquè no hi havia menjar, l'altre era perquè no hi havia calés per pagar els deutes. Un germà cridava que volia quartos per sortir, un altre en demanava per comprar unes espardenyes i la mare reclamava algun ajut per pagar el pa, perquè feia dies que el devíem i a la fleca ja no ens en volien fiar. Potser els altres nois també s'hi trobaven, amb dificultats d'aquesta mena, però tenien pares que posaven ordre i marcaven unes pautes. A casa, no. El pare, no. El pare passava més dies a bosc que no pas amb nosaltres i a la Mina tothom anava a la seva. Allò era una cort.

Com el recordo, el pare? Què et diré? Quan venia, no hi havia mai tranquil·litat a la Mina, sempre hi havia problemes. Es passava molts dies fora de casa i quan tornava només menjava, cridava i es barallava. I no puc afegir gaire res més. Allò era un campi qui pugui. Sempre hi havia hòsties. El mal rotllo venia perquè no teníem mai ni cinc i també per les exigències dels germans. En aquella època, cap d'ells no tenia personalitat.

Jo trobava a faltar una mica de pau, sobretot els dies de festa, com ara per Nadal i la festa major, que a Caldes se celebra el primer cap de setmana d'agost. Però no hi havia manera, les coses no canviaven ni per les grans celebracions. A l'escola, quan sentia els altres nens que cridaven «Visca, ja s'acosten les festes!», pensava: «Ja les tindré bones, les festes, jo!».

Un dia de Nadal, a punt de fer divuit anys, quan sèiem a taula a l'hora de dinar vaig pensar: «Potser avui acabarà bé». Però, al cap d'una estona, patapam! No recordo de què va venir la baralla, només que van començar a discutir, van anar apujant el to i al cap d'una estona tots es van aixecar de taula entre amenaces. La mare va córrer cap al pis de dalt. El pare la perseguia fora de si. Quan començava a pujar les escales el vaig atrapar i el vaig agafar pel coll:

—Si la toques, et mato —li vaig cridar.

I ja no vaig deixar que la toqués mai més.

De petit, com que no tenia de res, em faltava de tot, però, com que no ho podia tenir, no ho enyorava. Les úniques coses que hauria volgut de veritat eren el silenci i la tranquil·litat. Ja ho veus, sempre tornem allà mateix: només necessitava una mica de pau.

No teníem de res, però en el dia a dia ens sabíem espavilar. De vegades anàvem a les cases bones del poble, les que tenien la mare treballant-hi a hores, a veure si arreplegàvem algun dolç.

—Té, nen, agafa una pasteta —ens deien si hi anàvem un diumenge havent dinat, a l'hora que la mare els rentava el plats. I de vegades també queia alguna moneda per anar a jugar als futbolins.

De cada visita en trèiem alguna cosa, encara que jo era molt vergonyós i sovint no gosava. A can Butxaca, que no els faltava de res, sempre em deien:

—Va, Mateu, menja alguna coseta.

Però jo no m'hi atrevia i m'excusava:

—No, gràcies, que no tinc gana.

La Mariàngels insistia:

—Té, agafa una presa de xocolata.

I jo, que no havia vist mai una teula tan enllaminidora com la que m'ensenyava la Mariàngels i me'n moria de ganes, era tan burro que deia:

—No, no, gràcies. Ara no, que acabo de dinar.

I potser aquell dia no havia menjat res.

A can Butxaca tenien comestibles. Eren de la gent de Caldes que estaven bé. En Lluís, l'amo de la casa, em deia:

—Agafa la bicicleta i puja a can Perich a espiar a quin preu tenen els bolets.

Jo voltava una estona amb la bici i quan tornava m'inventava el preu de can Perich, que era la competència dels Butxaca. Només m'interessava la bicicleta: no en vaig tenir mai cap. Què vols, si no teníem de res. Si mai els Reis ens duien algun regal era perquè se'n cuidaven les dones de Càritas. A casa no s'ho podien permetre. A casa, els Reis no eren els pares.

V

Que en veritat el pare no era el meu pare, crec que ho vaig saber des de molt jove, però no sabria dir exactament des de quan. Potser des que tenia quinze o setze anys. La Neus, que té molt bona memòria, diu que quan vam començar a festejar jo ja ho sabia i que ho recorda molt bé, perquè per aquella època un dia la Saurina li va preguntar:

—Ho sap, en Mateu?

—Sí que ho sap —es veu que va contestar ella—. El primer dia que vam sortir ja m'ho va explicar.

Ho sabia, coneixia la història dels italians, però ningú no me n'havia parlat obertament i mai no vaig plantejar-me la relació familiar com una cosa de pares i fills. Ni tan sols quan vaig sentir aquell comentari, un dia que jugava a construir ponts i túnels amb fang, al terra del safareig, mentre la mare rentava la roba:

—Mira que trempadet el fill de l'italià! —va

dir una vella que passava amb un grup de dones camí dels estenedors. I ho va cridar ben alt, perquè tothom la sentís.

Més endavant, quan vaig saber tota la meva història, quan la vaig conèixer de manera més detallada, tampoc no em va molestar. Mai no m'ha molestat. Com a molt, de gran, m'ha sabut greu no haver-me espavilat abans, no haver intentat esbrinar qui era aquell noi italià que portava a rentar la roba a la mare. Em sap greu no haver començat abans a buscar-lo. Ara ja no sabré mai com era, només em quedaran els records indirectes de les veïnes: que era ben plantat, que semblava un home amb cultura, que era molt educat. Això és tot. Bé, i que li agradava xiular.

La Saurina de can Bardala sempre em deia:

—Quan et sento xiular, Mateu, encara veig l'italià. Sempre arribava al safareig xiulant cançons italianes.

La Saurina era la que l'havia conegut millor, el mariner. I a la meva mare també, perquè la tenia treballant a la carnisseria des que tenia deu anys i li feia de mare, tot i que només es portaven quinze anys. Sempre la renyava i l'advertia que l'italià anava massa pel safareig.

—Vigila, Joana, que aquest va per tu.

A mesura que passaven els dies, l'esverament de la Saurina no parava de créixer.

—Vés amb compte, que la pega a prop del foc es desfà! —li va dir un dia.

Però la pega ja estava calenta i la mare es va posar a plorar: ja estava embarassada.

La gent del poble, que no tenia entranyes, va començar les enraonies.

—Com l'amagarem, aquest? —li feien broma quan la panxa es va començar a notar.

«Aquest», el nen que esperava la mare, era jo i vaig sortir ros com un fil d'or. Els altres germans eren foscos de pell i de cara, com el pare, i ja no em van poder amagar.

VI

De ben petit vaig haver d'aprendre a empassar-me les llàgrimes, perquè en l'infern que vivia no hauria parat de plorar. Vivia amb l'obsessió que si no em feia fort no podria escapar d'aquell coi de família trencada per tots costats. Anava a estudi o sortia a jugar amb la colla a les Roques, però sabia que mentrestant la mala llet seguia instal·lada a la Mina; podia oblidar-me'n una estona, però quan tornava a casa, l'infern encara era allà. Això m'obsessionava. Només pensava: i avui quan arribi, quina desgràcia m'hi estarà esperant?

Durant molts anys, les llàgrimes més sentides les havia plorat a la porta del casino. Allà hi plorava desconsoladament cada tarda de festa, perquè el cine em tornava boig i jo era l'únic de la colla que no deixaven entrar. Els meus amics arribaven a la porta i deien:

—Vinc a veure els pares. Són a dintre veient la pel·lícula.

I els deixaven passar.

A mi, no. A mi, el porter em barrava el pas amb el braç estirat i m'obligava a retirar-me.

—Tu, Mateu, fora! Ja saps que no hi pots entrar!

Aleshores em feia un tip de bramar. Els fills de la Mina teníem vetats tots els llocs bons de Caldes, totes les coses que a un nen de set o vuit anys li podien agradar.

També em vaig fer un tip de plorar un matí de Reis, l'any que estava a punt de fer els nou anys i els Reis de Càritas em van portar una pilota de plàstic. La primera pilota de la meva vida! Era meva! Aquell dia vaig pujar molt content amb la pilota sota el braç a trobar els nois que jugaven a les Roques amb els regals que a ells els havien portat els seus pares. Acabàvem de començar a perseguir la pilota i algú la va colpejar tan fort que va anar a parar al pou d'aigua calenta de la mina i es va rebentar. Allà es van acabar els primers Reis de la meva vida i no vaig poder aturar les llàgrimes. No sé si has experimentat mai això de tenir per primer cop una cosa que has desitjat tota la vida i al cap de no res perdre-la. Aquell dia vaig aprendre que era molt pitjor perdre la pilota que no pas no tenir-la. Vaig sentir una frustració enorme i em vaig passar tot el dia de Reis sanglotant.

Crec que és el dia que he plorat més de tota la meva vida, però també va ser un dels últims, perquè al cap de poc un dels nois dels cursos superiors em va atonyinar i em vaig fer gran de cop.

—Bord de merda! —va cridar-me a la porta del casino el Clenxa, que era del curs d'en Feliu i devia tenir dos o tres anys més que jo. Volia que li comprés un paquet de caldo per fer-se cigarretes; era quan jo acabava d'entrar de *botones* i havia cobrat la meva primera setmanada. Però havia donat tot el sou a la mare i com que no podia pagar-li el tabac es va enfadar.

No sabia què volia dir «bord de merda», però vaig comprendre que m'insultava quan va deixar anar una gran riallada i amb una veu poderosa, que van poder sentir tots els nois de l'escola, em va cridar:

—La teva mare es va obrir de cames a l'italià. —Després, es va girar cap als altres i va repetir—: En Mateu de la Mina és bord, i la seva mare, una puta!

«Puta» sí que ho vaig entendre. I tots els nens de la meva classe també, perquè reien com bojos i van començar a cridar:

—Puta! Puta!

Vaig sentir una llàgrima a punt de lliscar galta avall, tan grossa com la tristesa que sentia per les rialles, que cada cop eren més fortes i ressonaven d'una punta a l'altra de la plaça del casino. Vaig buscar en Feliu amb la mirada, però ell també reia al costat del Clenxa i no es donava per insultat. Vaig llepar la llàgrima que demanava pas i quan la vaig trobar salada vaig sentir alguna cosa estranya, una força que em pujava de les entranyes, potser tota la ràbia acumulada. Vaig passar-me la màniga per la cara, vaig fregar-me la galta i vaig aconseguir aturar la llàgrima. Llavors em vaig tirar damunt del Clenxa i vaig clavar-li el puny a la panxa. La sorpresa el va fer caure, però quan es va aixecar tenia els ulls vermells de ràbia i em va clavar el puny a la cara: una, dues, tres vegades, fins que la sang va començar a rajar i vaig caure mig estabornit. Mai no m'havien atonyinat tan fort, però quan vaig incorporar-me i el Clenxa se'm va tornar a tirar a sobre, ja no sentia el dolor. Quan el porter del casino el va immobilitzar, perquè m'hauria matat, jo ja havia aturat les llàgrimes i havia decidit que a partir d'aquell dia mai més ningú no em veuria plorar.

Per poder entrar al cine de gratis em vaig fer maquinista del Casal, el cine dels petits, que compartia locals amb l'escola, a l'edifici on ara hi ha la biblioteca municipal. M'encantaven les pel·lícules sense preocupacions, però no suportava les de mainada, no m'agradava que els passessin desgràcies. Les millors eren les de cowboys i les de guerra; encara són les que m'agraden més. Vaig encarregar-me de les projeccions durant cinc anys. Cada diumenge fèiem dues pel·lícules; jo les passava i la Neus feia de taquillera. Les pel·lícules venien en tren. Una d'una hora i mitja necessitava uns mil cinc-cents metres de pel·lícula, que m'arribaven repartits en quatre o cinc bobines. Les havia d'empalmar i passar a una bobina més gran i, és clar, les coses no sempre encaixaven: de vegades sortien les escenes de cap per avall, i de tant en tant, cap al final de la sessió, podia reaparèixer algun personatge que ja s'havia mort a la primera part de la pel·lícula.

Com que sempre estava ocupat, tenia poc temps per fer el ximple i molta gent em va començar a dir:

—Ets tan sèrio, Mateu!

M'ho deien com un retret, però a mi ja m'estava bé. M'hauria agradat ser més obert? Més divertit? Sí, és clar. Però suposo que no em sortia i no m'hi volia forçar. Era com era. Fins que vaig començar a fer teatre i me'n vaig sortir bastant bé. A l'escenari em transformava. Vam fer moltes obres populars, entretingudes, que tenien títols com ara *L'amor venia en taxi*, *Jo seré el seu gendre*, *La núvia portava cua* o *Pagesos a Barcelona*. Aquesta la recordo molt bé, perquè hi feia el paper d'un nen que se li rebenta un globus i es posa a plorar amb el cap damunt del pit de la protagonista femenina, que era la Neus. Jo m'hi entretenia i l'abraçava ben fort. Ella m'amenaçava a cau d'orella: «D'aquesta, te'n recordaràs». Però al públic li encantava. Com més m'abraçava al pit de la Neus més aplaudien. La gent reia, xiulava, xisclava i picava de peus a terra i jo aprofitava l'èxit per allargar l'escena tant com podia. En aquells anys, era l'única manera de tocar-la.

VII

A l'època que el vaig conèixer, quan encara no festejàvem, en Mateu estudiava un curs d'electricitat per correspondència. Ell mateix s'havia construït un petit escriptori en un racó que quedava a sota de l'escala de la Mina, i cada vespre s'asseia a omplir els qüestionaris que li arribaven per correu. A l'escriptori s'hi va fer un calaix per guardar les coses del curs i també hi amagava els quatre quartos que no donava a la mare, els que es quedava per sortir amb mi. Però els seus germans li obrien els calaixos i els hi robaven.

—Mira, Neus, no me'n penedeixo —se'n riu sempre en Feliu, el gran, amb qui en Mateu manté una relació molt especial—. Si fos ara, els hi tornaria a cardar, els calés; en Mateu no els feia circular. Jo com a mínim anava de festa a bars de mala fama i els feia moure.

En Mateu ho aguantava tot com una fatalitat

més, com un altre dels mals que havia d'aguantar en aquella família malalta. Els germans també li agafaven la roba i, més endavant, la moto. Ell s'hi va acostumar. Durant molts anys, els va mantenir i els va pagar els deutes. De gran, en Mateu els portava llenya i menjar perquè no passessin fred ni gana. Més endavant, va posar la seva mare a viure en una casa al cantó de la nostra, li va instal·lar calefacció i va llogar una noia perquè la cuidés.

En Feliu, en canvi, es va espavilar. Va començar a festejar amb la filla d'un carrabiner de la costa i al principi seguia igual de tarambana, perquè cada dissabte sortia de gresca. A partir d'un bon dia, però, va canviar: quan arribava a casa de matinada, es canviava de roba i se n'anava a missa amb la filla del carrabiner. Al final es van casar, ell es va tornar un home de seny i van prosperar. Des d'aleshores viuen a Mataró i hi tenen una tintoreria que els va la mar de bé.

Les dues parelles ara ens entenem molt bé i sovint passem el cap de setmana plegats.

—Jo li feia treballar els diners —repeteix sempre en Feliu, entre grans rialles, quan sortim a sopar.

—No entenc com en Mateu encara et parla —li contesto jo per provocar-lo.

VIII

En Mateu no suportava els crits; jo, en canvi, potser perquè era el germà gran, ja m'havia acostumat a la misèria. Fins que em vaig casar amb la Paqui, vaig muntar una tintoreria a Mataró i vaig deixar enrere les penalitats. Els amics em van dir:

—Feliu, la filla del carrabiner t'ha domat!

La Mina tenia mala fama, perquè la gent de Caldes anava a buscar aigua a la font i quan passava per davant de casa sentia com cridàvem.

—A la Mina sempre s'estan matant! —feien córrer després per tot el poble.

Era veritat. Amb el pare teníem moltes enganxades. Jo tenia mala llet i ell també; jo aixecava la veu i ell també. Sempre li contestava i encabat havia de córrer, perquè si m'hagués atrapat m'hauria clavat una pallissa. En Mateu, en canvi, no l'he sentit mai cridar. Jo sí, jo tenia aquell rampell malparit, sempre contestava al pare i ja hi érem.

A la Mina no hi havia aigua corrent. Ni vàter. Ni comuna. A baix hi teníem la cuina, amb un foc a terra, i una cort que servia de galliner i també per fer-hi les necessitats: hi entràvem i cagàvem a les palpentes, a qualsevol racó. Al pis de dalt hi havia dues habitacions: en una hi dormien la mare i els dos petits, la Conxita i en Quim; a l'altra hi havia dos llits, el de la Mercè i el que compartíem en Mateu i jo. Fins que em vaig casar, quan vaig fer vint-i-quatre anys, ell i jo vam dormir junts al mateix llit.

La casa era molt vella i hi passàvem molta fred, i això que la gent rica de Caldes ens donava roba vella per ajudar-nos a passar l'hivern. No menjàvem gaire bé, però de gana no en vam arribar a passar mai. La mare treballava en una carnisseria i sempre hi arreplegava alguna punta de botifarra o algun tros de carn de rebuig; amb aquelles sobres, quatre patates d'una feixa que treballava el pare i un pa de tres quilos, dels d'abans, anàvem passant. No recordo gaire res més. Bé, potser que al migdia, després de dinar, m'escapava a caçar nius i a pescar barbs a la bassa de can Rufí. A casa no hi havia res a fer i, la veritat, jo tampoc no era gaire aficionat a anar a escola. El mestre estava molt per en Mateu, però a mi quan em veia ja tremolava. Com que anava a la meva i em passava el dia a bosc, vaig tenir una infància bastant bona. Bé, bona a la meva manera, en la mesura que podia ser bona una infància envoltada de misèria.

Amb la mare, si hi havia brega, era pels diners, que no arribaven per a les necessitats de la casa i sempre estàvem endeutats. Això sí, la mare tenia una cosa que m'emprenyava molt: al vespre, quan tornàvem a casa, en Mateu sempre tenia el plat a taula; jo, que era més gran, no. De vegades li fotia el plat i em menjava el seu sopar. Més endavant, a l'època que ell tenia deu anys i feia de *botones* al Balneari Vichy Catalán, en Mateu tornava a casa destrossat, perquè els hostes no paraven d'enviar-lo tot el dia a fer encàrrecs; amb aquelles sabates de l'uniforme, els peus li quedaven ben vermells, escaldats, i quan arribava a la Mina, la mare li tenia a punt una palangana amb aigua i sal.

Ara ho puc entendre, però en aquella època m'emprenyava. La mare el consentia perquè ell ho estalviava tot i l'hi donava. La primera ràdio que va entrar a la Mina ens la va comprar ell. I la primera estufa em sembla que també. Jo, en canvi, de diners en gastava més que no en guardava. Si tenia un duro a la butxaca, corria a comprar tabac. Però de jove no ho entenia, només veia que en Mateu tenia plat a taula i jo no.

En Mateu va estar molt de temps malalt. No sé si va agafar una pleura o què, però la mare el tenia a la cuina, en un llit, i el mimava. De petit ja es veia que no tenia mala llet; per mi era una mica aturat. Si jo anava pel carrer i algú em deia alguna cosa, m'hi tornava. Si un ric —en aquella època els rics eren rics i els pobres, pobres— em feia un comentari que m'emprenyava, m'aturava i m'hi barallava. El que me la feia me la pagava. En Mateu, no. Si algú el provocava, ell accelerava el pas i marxava ben lluny, per no barallar-s'hi.

Sempre li vaig dir «el mimadet», perquè sempre va ser el consentit de la mare, fins que ella va morir. De grans, encara el malcriava. Sembla que encara la veig: un dia vam anar tots a un bateig a la Pobla de Benifassà, a la província de Castelló, a casa de la nostra germana Mercè, la que ja és morta; quan van treure a taula el pollastre rostit, el primer que se li va acudir a la mare va ser:

—Separeu una cuixa per a en Mateu.

Ja érem tots casats i emmainadats! I ella encara es preocupava que no li faltés una cuixa de pollastre! Per a la mare, el que necessités en Mateu era sagrat.

Quan em vaig posar a festejar, vaig començar a gastar més i els diners per sortir de festa sempre els vaig anar a buscar allà mateix. En Mateu tenia un d'aquells encenedors amb un líquid i una figura d'una dona a dins, aquells que, quan els bellugaves, la dona canviava de posició i quedava despullada. Jo l'hi robava i al cap d'uns dies l'hi tornava a vendre. El seu mateix encenedor! I això que ell no fumava, no ha fumat mai. És clar que ho sabia, que li robava i sempre li tornava a vendre el mateix encenedor, però s'ho deixava fer, perquè no em faltessin diners per festejar. De més gran, es va comprar una moto Impala i quan la meva Lambretta no anava, jo li agafava la seva moto per anar de festa en festa i ell s'havia de quedar a Caldes sense mitjà de transport. Sempre la tenia neta, la moto, i lluent, i amb el dipòsit ple. Sempre ha sigut molt arreglat, ell. I també li agafava la roba, sobretot una americana de xeviot, de quadres, que feia molt elegant.

Encara ara en fem conya, amb en Mateu i la Neus. Els recordo que un dia, quan ella feia de perruquera, vaig passar per davant de la botiga amb la Impala d'en Mateu i la seva americana de quadres. Ells dos van sortir corrents, els vaig fer una gran botifarra i vaig accelerar. Era la festa major de Cassà de la Selva i aquell dia ells es van haver de quedar a Caldes amb un pam de nas. Ara, quan sortim a sopar els faig memòria:

—Recordeu la cara que vau fer aquell dia, a la porta de la perruqueria?

I ens fem un tip de riure. Ara faríem qualsevol cosa plegats. El mes que ve serà la festa major de Caldes i sortirem a sopar i després anirem junts a ballar. I ja està.

Bé, una cosa més. Una època que el pare estava ingressat a l'Hospital Josep Trueta de Girona, ens vam traslladar una temporada a Caldes perquè la mare i la meva dona, la Paqui, es repartien els torns de guàrdia per fer-li companyia. Un dia, en Mateu li va dir:

—Paquita, si necessites diners, al calaix de la calaixera del nostre quarto n'hi tinc de guardats. Tu mateixa, agafa els que necessitis.

Així són les coses.

No, dels italians no en recordo res, ni en vaig saber mai res, fins que en Mateu i la Neus ho van començar a remenar. Fins llavors només n'havia sentit a parlar el dia que la Saurina de can Bardala em va explicar que ella sempre avisava la mare que havia de vigilar el mariner italià que li portava la roba a rentar. Ja t'ho deuen haver dit, que la va avisar massa tard, perquè la mare ja estava embarassada.

Després ja no en vaig tornar a sentir parlar o no hi vaig parar atenció. Havia sentit a dir que a Caldes n'hi havia més d'un, d'italià, això sí, perquè pots estar ben segur que n'hi ha uns quants. Però no, no en parlàvem. A mi què collons m'explicaven! Allò eren coses del temps de la guerra.

IX

De vegades em preguntava per què no podia viure la vida, ser un *viva la Virgen* com en Feliu i els altres. Però de seguida me n'oblidava. Suposo que em sentia bé com era, sempre treballant, en pau amb mi mateix. Vivia al dia per sortir del pou de la Mina i no em preocupava de res més. Ara m'adono que en aquell moment, quan podia, vaig cometre l'error de no preguntar res a la mare. Però què vols, potser veia coses, sentia coses, em sentia diferent, però no em plantejava què volia dir ser de pare diferent. Sembla contradictori, ja ho sé: sempre vaig donar per fet que era fill d'un dels italians del balneari, però no hi vaig donar importància i no em va fer perdre el son.

X

Fins a aquell dia que va caure *desmaiat* al bar Sport, al camp de futbol, en Mateu i jo havíem ballat ball per altre, que encara no volia dir res especial. Però a la festa major del 1963 vam ballar totes les peces que van tocar i la nostra relació va passar a ser una cosa seriosa: ja podíem dir que festejàvem.

A partir de llavors, ens vèiem cada dia. Sortint de treballar, ell passava per la perruqueria i s'hi quedava a sopar. Cada vespre. I vam començar a pensar en el casori. A casa no ens podien ajudar i ens ho vam haver de fer tot sols: ell va arreglar una casa molt vella, al cantó de l'església, i jo, amb les propines de la perruqueria, vaig anar comprant els mobles.

Però en Mateu encara havia de fer el servei militar. Quan va arribar el moment, el 1967, la separació va ser un drama: des que ens havíem conegut, cinc anys enrere, no havíem estat mai separats.

San Gregorio, 23-10-1967

Señorita Neus Llor:

Estimada i molt recordada Neus: lo de siempre.

Para empezar, te daré una mala noticia y es que esta semana no hay pases, ni para Barcelona ni para Gerona. O sea que ya no hay ninguna posibilidad de venir el día 29. ¡Mala suerte! Me hubiera gustado mucho, aún más por ser las Ferias de San Narciso de Gerona.

Esta mañana, después de desayunar, hemos formado y hemos ido a hacer la instrucción, como cada día. Pero alrededor de las once se ha puesto a llover a cántaros y nos han dicho «¡Rompan filas!» y hemos vuelto a la carrera hasta la compañía. Si nos hubieras visto, corríamos como locos, pero a pesar de ello hemos llegado empapados. Hemos tenido que limpiar el mosquetón, para que no se oxide, y después nos han ordenado formar de nuevo, para darnos dos inyecciones. Nos hemos esperado bastante y después nos hemos subido las mangas de la camisa y hemos entrado los doscientos tíos, de uno en uno. Un enfermero nos ha frotado los brazos con alcohol; dos más nos han clavado una aguja en cada brazo y, más adelante, después de seguir la fila con las agujas colgando, otros dos nos han puesto el líquido. Algunos reclutas se han desmayado. Estas inyecciones no sé para qué sirven, pero en lo que va de mes ya nos han puesto cuatro.

A continuación, ya nos hemos ido a comer, o sea que nos hemos ahorrado un rato de instrucción y toda la sesión de gimnasia. Y, por lo que parece, puede que estemos así algunos días, pues el cielo sigue encapotado y ahora mismo está lloviendo. ¡Ya nos vendrían bien estas vacaciones!

Me alegro de que os pusierais de acuerdo en la obra de teatro que vais a representar. El título suena muy bien y seguro que será un éxito. Más trabajando tú en ella, que en eso del teatro estás hecha toda una artista. Lástima que os falte yo, o sea «el vedetto». Qué le vamos a hacer.

Cuidado con eso que me dices de la falda, pues a veces parece que solo se ven las rodillas y resulta que se ve algo más. Como comentas, de eso yo sé más que tú, aunque ahora no me fijo en nada; lo reservo todo para ti. Lo podrás comprobar cuando vengas para la jura de bandera, si conseguimos que las mamás nos dejen tranquilos un rato. Sería muy romántico pasear solos tú y yo a orillas del Ebro, como en una película de amor. ¿Verdad que sí, cariño?

Sobre lo de tejerme un jersey de lana, tienes razón, será mejor que esperemos al otro invierno ya que aún tengo alguno y además podría darse el caso de que me engorde y después no me vaya bien. Está entendido, lo dejamos para el próximo año.

Creo que, por hoy, nada más. Solo que te quiero y que tengo muchas ganas de verte. Me despido con un fuerte abrazo y un beso de los míos, que espero que te gusten; lo comprobaremos el día que vengáis, pues te voy a dar un besazo que hasta la virgen del Pilar se va a poner a temblar.

Adéu, Neus, t'estimo amb bogeria.

El teu Mateu

De la mili potser en guardo dues o tres-centes cartes. M'escrivia gairebé cada dia, sobretot quan després de fer el campament a San Gregorio el van destinar a Barbastre. Ara, quan les hi llegeixo, no se'n sap avenir:

—Vols dir que et deia aquestes coses? No pot ser.

I quan li poso les seves pròpies cartes als morros, diu:

—Coi, si que estava enyorat.

Jo també m'enyorava. Quan llegia aquell «lo de siempre» en clau, que volia dir que m'estivava amb bogeria i que es moria de ganes que féssim un Mateu petit, em feia un tip de plorar i no volia menjar res. Fins que la Núria, la mestressa de la perruqueria, que només tenia vint-i-cinc anys, però ja semblava una dona feta i refeta, em va dir:

—Si no pares d'enyorar-te, t'enviaré a Flaçà amb els teus pares, perquè t'estàs posant malalta.

Sort en tenia, de les cartes. En conservo un calaix ple, totes llargues com un missal. Quan passava el carter em feia patir una estona.

—Avui en Mateu de la Mina no t'ha pas escrit —deia.

I passava de llarg, carrer avall. Més tard, quan ja havia acabat de repartir les cartes per tot el poble, tornava a la perruqueria i reia.

—Va, té. Sí que tens carta d'en Mateuet.

Barbastro, 2-2-1968

Señorita Neus Llor:

Estimat tresor del meu cor: lo de siempre.

Hoy viernes he tenido carta tuya, a la cual ahora que son las dos de la tarde, sentado aquí en el suelo, te voy a contestar.

Sobre eso que me dices del abrazo que tenéis que daros con Valentín en la obra de teatro, lo entiendo perfectamente. Creo que la escena te será un poco difícil, pero ya sabes que por mí puedes hacerla sin ningún reparo. ¡Es teatro! Y además Valentín es un buen chico, creo que su único propósito es que la escena salga bien, sin mala intención. También te digo que, si no te esfuerzas en disimular el reparo que te da abrazarle, la escena os saldrá muy mal, pues la gente se fija mucho en estas cosas. Comprendo que para ti todo esto es un mal asunto, la gente es muy mala y siempre hay cuatro desgraciados que piensan lo peor. Si no lo haces bien algunos dirán que has estropeado toda la obra y otros pueden decir: «Mira, su novio en la mili y ella aquí dándose abrazos». Por eso te digo, hazlo lo más natural que puedas. Para tu tranquilidad, hay muchas maneras de abrazar; si se coge una posición adecuada, puede quedar una escena fina y muy bien resuelta.

El domingo, después de comer nos dieron fiesta y nos fuimos a Barbastro, al cine. No hacían Becket, *como te dije, sino* Capricho, *una de Doris Day que estuvo entretenida.*

Hace muchísimo frío, todo el día está helando. El sábado, imagínate, llevaba dos pantalones puestos y también el esquijama, dos jerséis y la americana de granito. Y aun con todo esto no me pude quitar el frío en todo el día. Siempre dormimos con cuatro mantas dobles, pero esta noche ni así he podido dormir. Con toda sinceridad también te digo que aquí se come muy bien, como en un hotel. Y no exagero. Nos ponen tres platos en cada comida, muy bien hechos y muy limpios. Hoy hemos comido un arroz muy bueno, pescado, vino y gaseosa. Y luego, una naranja. O sea que voy a engordar de lo lindo.

Ayer hice una buena propina, pues un teniente me dio cien pesetas por haber instalado un termo de butano en su casa. Casi cada día tenemos propinas, pues vamos a casa de los oficiales que se les estropea algo y siempre caen algunas pesetas.

Bueno, espero que todo lo que te cuento ya se lo contarás tú a los de casa. Adiós, cariño, te quiero mucho. Por hoy nada más. Esperando tener carta tuya mañana, se despide de ti con un beso muy fuerte éste que te quiere con toda su alma.

Records a tots. Adéu. T'estimo molt i molt. Fins a la teva carta.

Mateu

XI

Quan vaig tornar de la mili, l'avi Ramon es va jubilar i amb un altre operari ens vam posar pel nostre compte. Vam ser socis vint-i-dos anys: l'altre passava els comptes i jo em carregava tota la feina. Treballava nit i dia, dissabtes i diumenges, festes i vacances. Vaig aguantar tots aquells anys, però va arribar un dia que ja no vaig poder més i em vaig separar, amb un parell d'aprenents. Vaig fer més diners tot sol en els deu anys següents dels que havia vist en tots els anys que portava treballats.

La feina sempre m'ha agradat, no m'ha espantat treballar. A l'hivern pencava fins ben entrada la nit; de vegades, a les sis anava un moment a casa, a fer una queixalada amb la Neus i les nenes, a la vora de l'estufa, però encabat tornava a les obres. M'hi estava fins a les onze de la nit i a l'hivern hi feia una fred de Déu; tanta, que alguns cops, si treballàvem en alguna fàbrica, m'havia d'escalfar amb l'aire calent del tub d'escapament del toro o d'alguna màquina.

Més endavant, vaig treballar per a l'Ajuntament: em cuidava del servei d'aigües i no tenia mai festa. Anava amb un dels primers telèfons portàtils del poble, que era enorme, i sempre havia d'estar localitzable. Vaig estar de guàrdia tres-cents seixanta-cinc dies l'any durant més de vint anys. Sense horaris: sabia quan començava, però no veia mai l'hora de plegar.

Ara els operaris et diuen:

—Jo plego a dos quarts de sis.

—D'acord, potser sí, però treballant vuit hores sempre seràs com els altres. Si vols una mica més, has de pencar més —els contesto per mirar de fer-los entendre que no hi ha res regalat.

Jo he pencat com un animal: dies de Nadal, dies de Reis, dies de Ram o dies de Pasqua. Al taller, a les obres i a les rases. Amb pluja i neu, enmig del gel, enfangat, entre rates. De nit i en ple hivern. I mai no m'ha fet mandra.

XII

Quan en Mateu va fer vint-i-cinc anys i jo vint-i-dos, ens vam casar. Havíem festejat durant sis anys. Jo encara treballava a la perruqueria. Va ser per aquella època que va entrar la Cinteta de can Vidalet amb la foto dels italians i em va preguntar:

—Vols veure el pare del teu home?

Després que en Mateu no volgués saber res de la foto, vam seguir treballant tots dos com animals. Jo vaig deixar la perruqueria i vaig muntar una botiga d'objectes de regal. Ell es va deixar la pell a la feina i encara va trobar hores per construir una casa nova de trinca, amb les seves mans. Quan va estar acabada ens hi vam traslladar, van arribar les nenes, la Teresa i la Lluïsa, i vam prosperar. La Mina va començar a quedar enrere, fins al dia que va morir la meva sogra, la Joana, i al meu home se li van despertar tots els malsons d'infantesa.

En Mateu i jo la vam vestir i la vam preparar per al funeral. Ell portava dies més taciturn que de costum i quan vam enllestir la feina i vam seure a vetllar-la tota la nit, vaig veure que barrinava alguna cosa. Va començar a recordar els pitjors moments viscuts a la Mina i va fer-se retrets per les coses que no havia fet per la seva mare. No sé si es dirigia a mi o parlava sol, però recordo una a una les seves paraules.

La mare mereixia més, no sé, potser una mica de pau, però no la va tenir. La Joana de la Mina, li deien les dones del poble remarcant el nom de la casa amb mala intenció. Eren mala gent. La pobra dona donava de mamar asseguda en un tronc, a terra, al costat dels estenedors, i les veïnes la miraven amb menyspreu i l'assenyalaven, potser perquè ja corria que havia tingut una relació amb l'italià.

Treballava nit i dia, no era mai a casa, però per mi la mare hauria fet qualsevol cosa. Moixaines, no; de moixaines no recordo que me'n fes mai. No tenia temps de ser carinyosa ni de fer-me ni un petó. Era una dona trista. A la feina, també. De vegades la Neus diu que era «desdenyosa». Pobra, no sabia llegir ni escriure i feia el que podia per tirar endavant cinc criatures, contra tot i contra tothom.

Quan tenia sis anys, em van detectar un problema d'oïda i em baixava un cop per setmana al metge, a Girona. Pujàvem al tren a Caldes, sempre sense bitllet, perquè no teníem diners per pagar-lo.

—Bitllet? —demanava invariablement el revisor quan tot just deixàvem enrere l'estació de Caldes.

La mare plorava i mirava d'estovar-lo:

—El nen està malalt, ha d'anar al metge...

El revisor es mostrava inflexible i ens feia fora del tren. Quan baixàvem a l'estació següent, la de Riudellots, la gent del vagó ens mirava malament i jo em moria de vergonya.

Encara ara, de vegades, quan em costa adormir-me, ho torno a reviure: sóc al tren amb la mare i sento les mirades dels passatgers que se'm claven com ganivets, mentre el revisor ens escridassa i ens fa baixar de mala manera. Agafar el tren era un suplici cada setmana: abans de pujar-hi ja sabia que acabaríem plorant, expulsats del tren i caminant per les vies fins a Girona. Només de recordar-ho, ploraria. Segurament per això, des de petit, em vaig obsessionar que a casa no hi faltaria mai de res. I em vaig jurar que no tornaria a aguantar mai més els crits de la Mina.

Si les confessions d'en Mateu al peu del llit de la seva mare morta em van agafar de sorpresa, l'endemà al cementiri, quan em va acostar els llavis a l'orella i em va anunciar que volia buscar el seu pare, em va deixar de pedra.

Durant uns mesos va semblar canviat, era un altre home. Tenia un objectiu, trobar el pare, i s'hi va lliurar sense reserves. Mig any després ja havíem localitzat en Ciro Sannino i vam fer aquell primer viatge a Gènova carregats d'il·lusions.

Però les coses no van anar com esperàvem.

XIII

Tot el viatge havia pensat que aquell home, en Ciro, seria el meu pare, i ara que el tenia al davant, a la porta del seu pis, a la Via San Fruttuoso de Gènova, encara ho tenia més clar. Era el meu pare! Érem clavats! Però sobretot sentia alguna cosa que em deia que era ell; i aquestes coses no solen enganyar.

La primera trobada va ser curta. Vam seure tots al menjador. Recordo que el pis era de sostres alts, amb molta llum natural. La Lucia, la dona d'en Ciro, ens va oferir unes pastes dolces i alguna cosa de beure. La Neus els va obsequiar amb un regal: un càntir amb un dibuix de l'església de Caldes. La conversa d'entrada va ser freda, potser tensa, però de seguida ens vam deixar anar. Vaig preguntar a en Ciro si recordava la carnisseria de can Bardala; si es feia rentar la roba per una noia al safareig del poble. Li vaig ensenyar una foto de la meva mare. Però no vam aconseguir refrescar-li la memòria o no va voler recordar. De tant en tant em mirava, després abaixava el cap i escoltava. Però no parlava. Tampoc no es reconeixia en el noi de la foto del camp de la Granja ni recordava haver estat de l'equip de futbol dels mariners italians.

La seva dona, la Lucia, en canvi, no parava de barrinar i no amagava la seva sorpresa. Sentia sobre meu aquells ulls que ens miraven, ara a mi, ara al seu home, i buscaven una resposta a aquella retirada extraordinària. Era l'única que havia conegut en Ciro de jove i segurament per això era la que notava més aquella semblança.

—És que éreu clavats, això ho vèiem tots; només que per a ella era més impactant, més directe —em va dir la Neus quan vam tornar a l'hotel.

Aquella primera trobada em va desanimar i l'endemà hi vam tornar, només per acomiadar-nos. La Lucia tenia els ulls vermells i inflats; feia cara de no haver dormit bé o d'haver estat tota la nit capficada. Això ens va fer sentir més violents i vam decidir no allargar la trobada. Quan anàvem a marxar, la Neus es va fixar en la marca que en Ciro tenia a la parpella; era exacta que el fit que jo m'havia fet treure, aconsellat per un dermatòleg.

Quan ens vam dir adéu, en Ciro ens va voler

acompanyar a baix al cotxe. Ens vam quedar ell i jo un moment apartats i ja no vaig poder més.

—Ets el meu pare? —vaig preguntar-li directament.

Ell va abaixar el cap, va arronsar les espatlles i va callar. Finalment va deixar anar en castellà:

—Muchos años...

I va tornar a arronsar les espatlles.

Al viatge de tornada encara estava més callat que a l'anada. No recordo ni que escoltéssim música. Havia anat a Gènova amb el convenciment que havia trobat el pare, que havia resolt el forat negre del meu passat, però al final no havia pogut confirmar la relació i em sentia totalment decebut. I, és clar, tornava com tornava. Ja no sabia què més podia fer!

De manera sorprenent, però natural, a partir d'aquella primera visita vam establir una relació molt especial amb la família Sannino i es va iniciar una correspondència electrònica intensa, sobretot entre les meves filles i els meus dos *germans* italians, en Giovanni i la Francesca. Al cap d'unes quantes setmanes, em van preguntar si em quedaria més tranquil si en Ciro se sotmetia a una prova de paternitat i vam decidir comparar els nostres respectius ADN. En Giovanni es va cuidar de fer-nos arribar una mostra de saliva del seu pare i la vam enviar amb la meva a uns laboratoris que algú ens havia recomanat. Jo vaig aprofitar per adjuntar-hi mostres d'en Feliu, el meu germà gran. Ho vam ensobrar tot, vam enviar-ho i ens vam disposar a esperar.

XIV

El 22 de gener del 2005, en Mateu feia seixanta anys i vaig decidir que, si els resultats de la prova de paternitat eren positius, convidaria en Ciro, la seva dona i els seus dos fills a Caldes a una gran festa d'aniversari. Però encara no vaig dir res a ningú. Ni a la família de Caldes, ni a la família italiana. Volia que la festa d'aniversari del meu home fos una sorpresa per a tots.

XV

Els resultats van arribar per correu electrònic una mica abans de Nadal del 2004, el 7 de desembre. Quan vam veure el missatge a la bústia de l'ordinador, ni la Neus ni jo mateix no vam ser capaços d'obrir-lo. Els nervis se'ns menjaven i vam deixar passar vint-i-quatre hores. Finalment, al migdia de l'endemà, ens vam decidir:

Benvolgut senyor Mateu Torrent,

Li agraïm que hagi escollit la nostra empresa per assistir-lo amb la seva prova de paternitat.

Hem completat l'anàlisi de diverses regions d'ADN de les mostres que ens ha proporcionat. Cada regió sotmesa a estudi presenta un gran nombre de possibles combinacions. Això implica que és molt poc probable que dues persones agafades a l'atzar presentin la mateixa seqüència/combinació d'ADN en aquestes regions. També implica que no-

més el pare biològic de qualsevol fill podria presentar no només una sinó totes les diferents combinacions d'ADN a cada regió estudiada. Les proves realitzades sobre aquestes regions ens proporcionen, doncs, uns resultats de gran exactitud.

La interpretació d'aquests resultats presenta dues situacions possibles:

1. *Diverses de les seqüències d'ADN no similars: paternitat negativa (el presumpte pare no és el pare biològic).*
2. *Totes les seqüències d'ADN similars: paternitat positiva (el presumpte pare sí que és el pare biològic).*

Esperem que els resultats puguin resoldre tots els dubtes sobre els seus orígens i les seves relacions biològiques. No dubti a contactar-nos si té qualsevol pregunta.

RESULTATS. Els resultats d'aquestes proves tenen una exactitud del cent per cent. Mostres de Ciro Sannino i Mateu Torrent (presumpte pare i fill), estatus: PATERNITAT NEGATIVA.

Vaig llegir els resultats com un veredicte i em vaig enfonsar. Tant de temps buscant! Tantes esperances! Al final per no res. Em vaig deixar caure a la butaca i no vaig parlar en tota la tarda. No podia pensar, no podia concentrar-me; havia caigut en un pou, en un forat negre, i no sabia si en sortiria.

Però encara em faltava una sorpresa. L'endemà al matí vaig rebre un altre correu amb el resultat a part de les proves que comparaven el meu ADN amb el del meu germà Feliu.

Les explicacions científiques tornaven a ser llargues i enrevessades, de manera que me les vaig saltar i vaig passar directament als resultats:

> *[...] hem trobat que l'ADN de les dites mostres mostra, almenys, dues exclusions entre totes les regions del cromosoma Y analitzades. Això demostra, amb una precisió mínima del noranta-nou amb nou per cent, que les persones les mostres de les quals van ser identificades com a Mateu Torrent Pasqual i Feliu Torrent Pasqual NO PERTANYEN A LA MATEIXA LÍNIA PATERNA.*

La mateixa empremta genètica que desmentia la paternitat d'en Ciro demostrava que en Feliu i jo no érem fills del mateix pare. Havia anat a Gènova convençut que havia trobat els meus orígens i n'havia tornat sense pare i sense germans.

El resultat va ser un cop duríssim, un desengany per a mi i per a tota la família. Tots ens havíem fet il·lusions: la Neus, les nostres filles, les nétes. Jo em vaig desinflar completament, encara que alguna cosa em seguia dient que malgrat les anàlisis, aquell home, en Ciro, era el meu pare. Per als italians també va ser decebedor, a ells també els feia gràcia tenir un germà català. Tant que al cap d'uns mesos van convidar-nos a viatjar novament a Gènova.

En Ciro havia mort aquell mes d'abril del 2005, poc després de conèixer el resultat de les proves, de manera que, quan vam tornar a Itàlia, a primers d'octubre, jo hi anava sense tanta pressió, més tranquil. La primera nit ens van convidar a sopar. Van venir tots: La Lucia, la vídua d'en Ciro; els seus dos fills, en Giovanni i la Francesca, i els tres néts, la Martina, la Gabriella i en Tommaso. Mentre sopàvem, vaig adonar-me que no paraven de mirar-me. Primer intentaven ser discrets, però després ja no dissimulaven. Cap a les postres, en Giovanni i la Francesca em van aclarir què els passava:

—És que ens sembla que estem sopant amb el nostre pare.

Vaig tornar de Gènova encara més convençut que en Ciro Sannino havia sigut el meu pare.

Abans d'aquella segona trobada havíem fet algun intent més, en altres direccions, però sense gaires esperances. Sempre a través de l'associació de familiars dels supervivents del *Roma*, havíem identificat un altre dels mariners italians de la foto de l'equip de futbol, que vivia a Florència, i abans d'aquell segon viatge a Gènova l'havíem intentat visitar: no vam passar de la porta del carrer; no va voler ni escoltar-nos. Més endavant encara vam tenir un altre fracàs i, finalment, cap al 2008, vam decidir no insistir més i vam deixar de buscar.

Mentrestant, però, havíem aprofundit l'amistat amb la família d'en Ciro: en Giovanni i la Francesca m'havien començat a dir *fratello*; la Lucia ens felicitava el Nadal i la Pasqua. Vam tornar dues vegades més a casa seva, a Gènova, i totes dues vegades en Giovanni es va agafar uns dies de festa i ens va fer de guia per tots els racons de la ciutat. Els últims anys el contacte s'ha afermat i s'ha fet natural. Ens visitem, ens felicitem, ens intercanviem fotografies i ens comuniquem les novetats. Com qualsevol família.

XVI

La festa del seixantè aniversari del pare no es va celebrar. Havia sigut una bona idea de la mare, però va quedar en no res. Al final ell no havia pogut localitzar el seu pare, no havia trobat els seus orígens i no tenia res a celebrar. Mentrestant, nosaltres, les seves filles, sentíem créixer la sensació que en molts moments també ens havíem criat sense pare.

Saps que no he anat mai a la platja amb ell? Ni un sol cop en tota la meva infantesa. Ni un sol dia en tota la vida. Una vegada, la meva germana Lluïsa, la petita, em va preguntar:

—Teresa, el pare viu a casa?

Realment, no ho semblava, perquè sempre estava de guàrdia. Treballava cada dia de l'any, caps de setmana i vacances inclosos. De petites no vam fer mai vacances ni amb ell ni amb la mare. Mai. Ni vam compartir-hi caps de setmana. Els dissabtes ella havia d'obrir la botiga i ell treballava, de manera que cada divendres marxàvem a dormir a Flaçà a casa de l'oncle Poldo i la tia Rosa, la germana de la mare, que no tenien fills, i fins al dilluns no tornàvem a Caldes. Els meus records de petita i d'adolescent són amb ells, amb els oncles, i quan als divuit anys vaig anar a buscar l'analítica que confirmava que m'havia quedat embarassada del meu xicot, no em vaig atrevir a tornar a casa i vaig anar directe a casa dels oncles, a Flaçà. No estava preparada per enfrontar-me al pare, que és molt conservador. Mai no em deixava fer res. Sempre deia:

—Ja tindràs temps.

No em deixava sortir, no em deixava portar rellotge, no em deixava dur arracades, no em deixava baixar a les Fires de Girona; totes les meves amigues hi anaven, menys jo. A l'estiu no em deixava anar a les festes majors dels pobles de la rodalia i jo m'escapava per aquella finestra d'allà darrere i me n'hi anava en un Simca 1000. No tenia ni permís de conduir, només tenia disset anys. En aquella època frisava per tenir una moto i ell s'hi va oposar de totes totes, fins que un amic mecànic me'n va regalar una de segona mà i vaig poder moure'm una mica més al meu aire, d'amagat del pare.

De manera que, quan vaig saber que estava embarassada, no m'ho vaig ni pensar: tren i cap a

Flaçà a casa els oncles. Però al final va resultar que el pare s'ho va agafar millor que la mare, que sempre solia ser més oberta, però que en aquella ocasió en va fer un drama. Ell no. Ell només va dir:

—Ara ja no s'hi pot fer res. Compta amb nosaltres per al que necessitis.

Des de llavors, si tinc un problema, l'hi dic abans al pare que a la mare. Ell sempre escolta. Potser és fred, potser és conservador, però no s'altera. Escolta, analitza i dóna bons consells.

I no li tinc en compte que de petita no em portés mai a la platja. Al pare, demana-li el que necessitis, que t'ho donarà. I la mare, igual; mai no et diran un no. Mai, mai, mai. Els records d'infantesa els tinc amb els oncles, però els meus pares són els millors pares del món.

Del tema dels italians, que el pare podia ser fill d'un d'aquells mariners refugiats a Caldes, no n'havia tingut mai cap indici i no m'havia passat mai pel cap. En canvi, sempre vaig ser conscient d'on havia sortit, de com de miserable era la seva procedència: sempre vaig tenir clar que la seva infantesa havia sigut duríssima i sempre vaig tenir present que venia de la Mina. Vull dir que sempre he sabut que de petits passaven gana; que a casa es barallaven per un rosegó de pa; que a la tia

Mercè l'enviaven a Girona a demanar caritat; que fumaven les burilles que trobaven per terra; que en Feliu li robava el sou al pare; que quan encara era un nen ja es matava a treballar; que l'avi passava molts dies sol a bosc... De tot això sempre n'he estat conscient i sé perfectament que el pare ho ha portat com una motxilla pesant. I aquesta motxilla sempre l'ha marcat. Encara li pesa.

Dels italians, en canvi, no en vaig saber res fins que vaig veure per primer cop la foto de l'equip de futbol. Aquell dia vaig pensar: Hosti, aquest del mig és el pare! Si em preguntes, doncs sí, és clar, m'hauria agradat que la història hagués acabat bé; el pare ha tingut una vida tan difícil! Fa pena la història, però ell ja sabia què es feia, no era un nano petit que buscava el pare i tampoc no em va fer perdre el son. A la Lluïsa, sí. La meva germana petita va escriure les primeres cartes a la família italiana, des d'un primer moment s'hi va implicar molt més a fons i va tenir una gran desil·lusió.

XVII

Ens va sorprendre que un home fred com el pare, que ens pensàvem que ho tenia tot ben assumit, comencés a buscar els seus orígens amb aquella curiositat, amb aquell delit. Així, de cop i volta. Sempre havíem donat per fet que el pare biològic no era el que l'havia pujat, però ni ell ni nosaltres no n'havíem fet mai qüestió. Ho sabíem, de vegades en fèiem broma, mai vam dir «D'això no se'n parla», però tampoc mai no ens havíem plantejat de fer res per trobar-lo.

Veure'l tan il·lusionat va fer que ens hi poséssim tots. Va ser quan vaig decidir escriure a en Giovanni i la Francesca, els fills d'en Ciro, per preparar la visita dels pares a Gènova. Ho vaig viure com tota la família: amb molta il·lusió i molta expectació. Donàvem per fet que teníem un avi italià i, és clar, quan van arribar els resultats vam tenir una decepció enorme. Aquesta és una caixa que no hem acabat de tancar, jo encara penso que en Ciro era el seu pare. Però, és clar, jo no sé què hauria fet si hagués estat al lloc de la família italiana. Crec que hauríem de repetir les anàlisis, sobretot després que la prova demostrés que el papa i l'oncle Feliu tampoc no són fills del mateix pare.

Nosaltres també sabem què és no tenir pare, perquè per a la meva germana Teresa i per a mi mateixa era com si no en tinguéssim. Tant li feia si era entre setmana o si es tractava d'un dia de festa, ell no hi era mai, perquè treballava set dies la setmana, de set del matí a dotze del vespre. No anàvem mai de vacances. Em sembla que un dia, un sol dia entre tots els anys d'infantesa, vam anar junts a les Fires de Girona; i en una altra ocasió vam pujar a Andorra. Aquests són tots els meus records d'infantesa amb el pare.

Costa d'explicar, perquè, malgrat aquesta distància física i emocional entre nosaltres, per mi el pare sempre ha estat un referent i sempre que he hagut de prendre decisions importants he vingut a parlar-hi. Era dur? No. Exigent? Sí. Sabíem el que havia passat de petit i enteníem que ell no volia el mateix per a nosaltres. És clar que el trobava a faltar com a pare, però no es pot tenir tot! Era estricte, però no li calia demostrar-ho.

Sentimental? Gens. Carinyós? Tampoc. Regals?

Mai cap. Ni a nosaltres ni a la mare. Quan ella va fer seixanta anys, vaig dir al pare:

—Fem alguna cosa junts, algun viatge. A la mare li agradarà. Podríem fer un creuer tots plegats, amb les teves nétes.

Tenia els diners de sobres, però anava contra la seva manera de veure el món. Ens vam enfadar.

—Què en vols fer, dels diners? —li vaig retreure.

—No és pels diners. Simplement, no cal —em va contestar.

Al final el vam obligar i va quedar més content que mai. Realment no era pels diners, era pels principis. Ell ens ho ha pagat tot. A totes sis, les dues filles i les quatre nétes, ens ha ajudat a comprar les nostres cases. Ens ha pagat escola privada i estudis a l'estranger.

Passo més temps a casa ara que no pas d'adolescent, i quan va començar a buscar el seu pare, vaig ajudar-lo amb totes les meves forces, sense ni pensar-m'hi, com la cosa més natural del món. A l'oncle Feliu i a la tia Paquita, en canvi, no els agrada que hàgim remogut el passat.

XVIII

En Mateu i la Neus em van fer fer allò de l'ADN o com es digui i ho van enviar a no sé on, per veure si érem germans o no. I em sembla que va sortir que no ho som pas, de germans per part de pare: «Mateu Torrent Pasqual i Feliu Torrent Pasqual no pertanyen a la mateixa línia paterna», es veu que deia la carta amb els resultats de les proves. Però no li dono importància. Jo me'n sento germà. Només penso, i és el meu pensar, que van seguir buscant perquè s'ho podien permetre. Que què vull dir? Home, que van anar a Itàlia un parell de cops i s'hi van estar uns dies i això costa diners. Jo potser no ho hauria pogut fer. En Mateu, sí. En Mateu podia dir: «Com que sóc amo i tinc diners, me'n vaig allà i em dedico a investigar els meus orígens».

Als seixanta anys què volia anar a buscar? Un pare? Però si l'altre, el que teníem a casa, pobret, va fer tot el que va poder! Si va treballar a sol i serena per donar-nos menjar! Era un animal, però era molt treballador! Quan va deixar d'anar a bosc va treballar els camps de can Bardala i també va fer de sereno a les aigües San Narciso i portava el seu propi hort. Per això no sé si calia remenar el passat. Però torno a dir que no m'hi poso, tothom fa el que li lleu. O el que li convé. A la Paqui, la meva dona, sí que li va saber molt de greu. Sempre diu que si quan érem petits el pare es va fer un tip de pencar per alimentar-nos, per què coi ara ells havien d'anar a trobar un altre pare. Si parlessis amb ella, t'ho diria així de clar:

—Per què han d'anar a buscar un altre pare si el que tenien va treballar nit i dia per ells?

Ja t'he dit que jo me'n sento germà, d'en Mateu. I sempre ens hem portat bé. Això que ja de petit ell tenia els seus amics, que eren de més categoria, i jo tenia els meus que eren, no ho sé... més animals, més salvatges. La meva sort va ser marxar de Caldes, perquè si hagués seguit amb aquelles companyies tan poc recomanables no me n'hauria sortit. Ara, jo també tenia mala llet, ja t'ho he dit; fins que em vaig casar no em van domar. Però amb en Mateu sempre ens hem avingut. I li estic molt agraït. M'han operat de tres càncers, el primer de còlon, després de pulmó i finalment de fetge, i quan he estat ingressat a l'hospital no ha passat setmana que no vingués a veure'm. Ara, setmana per altra sortim a dinar, a sopar o a ballar a les festes majors, i si hagués de necessitar ajuda d'algú, no m'ho pensaria, recorreria a ell. I ja pots comptar que de res del que li demanés no em diria que no!

XIX

En sóc conscient: les nenes em recriminen que elles tampoc no han tingut pare i potser tenen raó, però aquesta és una assignatura que ja no puc aprovar. Ara faig el que vull, però abans treballava tot el dia i podia estar molt poc per casa.

Un dia, la Lluïsa, la petita, em va preguntar:

—Qui és el meu pare? No hi és mai.

La Teresa, la gran, també m'ho diu, de vegades:

—Com a pare no t'hem vist gaire.

Què vols? Tothom dóna allò que té i jo el carinyo només el podia donar allunyant la misèria de casa. No vaig portar mai les nenes a beneir la palma; si arribava per acompanyar-les a veure passar els Reis era pels pèls; no vam anar mai de vacances. Havia de fer diners, no per ferme ric, només perquè poguéssim viure com a persones i deixar enrere tota la misèria que havia representat la Mina. He fet el que havia de fer. N'estic plenament satisfet. A les nenes sempre els dic:

—Teniu el que teniu, però sobretot teniu una cosa que jo no vaig tenir mai: si em necessiteu, podeu comptar amb mi!

Això sí, tant a les meves filles com a les meves nétes sempre les aviso:

—Si crideu, us faré fora de casa!

Però, gràcies a Déu, a casa ningú no ha aixecat mai la veu. I he deixat enrere per sempre aquells crits insuportables que de petit, a la Mina, m'acompanyaven a totes hores. Cada dia de l'any.

M'agrada estar sol, però no sóc esquerp, també tinc amics. Hi ha gent que no en sap, d'estar sola. La Neus necessita la gent, necessita parlar; tant, que parlaria amb ella mateixa. Jo, si no tinc res a dir, callo. Sopo sempre tot sol, aquí, de cara a la tele, mirant una pel·lícula. Jo sóc de sopar, sopar: dos plats i postres. I a un quart o dos d'onze ja sóc a dormir. Sopo sol perquè m'agrada estar sol i perquè la Neus sopa mirant altres programes. També m'agrada treballar sol. No necessito ningú. No m'avorreixo. Quan treballo sol vaig fent sense parar i quan me n'adono ja és hora de tornar a casa. Ha sigut així tota la vida.

Saber-me italià no m'ha influït en res, ni en la

feina ni a casa. No me n'he amagat com han fet d'altres, això no. Sóc italià? Doncs sóc italià i ja està! Què vols que et digui, cada dia me'n sento més! I potser per això també em sento més aventurer, més atrevit.

Fa cinc anys que volo en un petit aeroport de la Costa Brava. Potser és el primer caprici que m'he donat en tots aquests anys: m'agrada pilotar i m'ho puc pagar. Sóc decidit, però també tinc sang freda. De fet, això m'ha salvat la vida com a mínim quatre vegades. La primera vaig estar a punt de morir per una descàrrega elèctrica que em va fer caure de l'escala des d'on treballava; quan vaig recuperar el coneixement, em pensava que m'havia quedat cec. La segona va ser per una intoxicació de pasta abrasiva quan treballava en un quarto de filtres d'una piscina; vaig sortir just quan el cap ja se me n'anava. La tercera, quan pujava un motor, se'm va trencar el tub des d'on m'aguantava i vaig caure al fons d'un pou; estava sol, coses d'aquell temps, i per sort un pagès va sentir els meus crits d'auxili, em va tirar una corda i la vaig pujar a pols. Finalment, fa pocs dies, se'm va parar el motor de l'avioneta; vaig aconseguir planar i vaig aterrar de miracle en un camp d'userda.

Però sentir-me italià no m'ha canviat la vida. Saber que el meu pare era un d'aquells mariners italians que van venir a refugiar-se a Caldes no m'ha influït. En canvi, el que sí que m'ha marcat és el fet de no poder descobrir com era, ni què sentia, ni què pensava. M'ha faltat una peça del trencaclosques, sense el pare el meu retrat ha quedat incomplet. Però tot això només és una cosa racional. Emocionalment, l'he trobat a faltar? No, tampoc. Potser, com que no he tingut les coses d'una família normal, tampoc no les he desitjat, ni he sospirat per tenir-les. Vaja, que no m'hi he obsessionat. Les coses van com van i t'hi has de conformar.

L'última trobada

Cementiri de Caldes de Malavella,
15 d'agost del 2017

Un missatge de WhatsApp de la Neus em va anunciar el desenllaç fatal de les complicacions que des de principi d'estiu havien obligat en Feliu a una intervenció quirúrgica difícil i a diversos ingressos d'urgència a l'hospital de Mataró.

«Rafel, t'he de donar una mala notícia: ahir al vespre es va morir en Feliu. Ja feia dies que tornava a estar ingressat. El pobre ha batallat com una fera, però al final estava molt dèbil i el cor no li ha aguantat. Ahir va tenir una aturada cardíaca i ja no el van poder reanimar. Una abraçada, Neus».

El van enterrar al cementiri de Caldes el dia de la Mare de Déu d'Agost, mentre mig Catalunya tenia els peus en remull a la platja i l'altra mitja estava de festa major. Quan va acabar la cerimònia, amb en Mateu ens vam quedar al cementiri per visitar la sepultura de la seva mare. Un cop allà, vam buscar l'ombra dels xiprers bessons de l'altra vegada i només de seure va maleir la mort del germà amb qui més s'havia barallat i a qui més s'havia estimat:

—Quina merda! —va cridar.

En Mateu semblava molt afectat. Abans, a l'església, no havia vessat ni una llàgrima, però ara feia mala cara.

Durant tot un any m'havia acostumat a baixar a Caldes setmana per altra, de vegades sense avisar. Si em presentava a mig matí, m'acabava quedant a dinar; a la Neus no li costava gaire temptar-me destapant cassoles i fent-me flairar fideus, arrossos o estofats. Un parell de vegades havíem anat a dinar al Balneari Prats per ambientar-nos en l'època de l'arribada dels italians. Si arribava a la tarda, sèiem a parlar a la cuina i després sortíem a passejar. També sortíem en cotxe a voltar pels camins de carro entre Caldes i Vidreres i en Mateu em feia de guia i m'explicava tot el que vèiem des dels cims i les ermites a les quals em portava. Quan pujàvem a algun d'aquells turons aïllats, ell podia parlar sense presses, al seu aire. Però després de tants de mesos, al seu relat encara hi havia algunes coses massa simples, massa lineals. Tanta duresa, tanta indiferència davant dels desenganys, la pretesa manca de sentiments, l'absència d'emocions. Eren reals? O eren un posat? Podia ser que un nen que havia crescut plorant de desesperació i de ràbia a la Mina no tornés a deixar escapar mai més ni una llàgrima? Podia ser que no plorés el dia que va morir la mare a qui havia defensat interposant-se entre ella i el pare que li pegava? Podia ser que després de criar-se a la casa més temuda i miserable de Caldes no sentís un legítim sentiment d'orgull quan s'havia convertit en un dels homes més acomodats del poble? No havia acumulat un sentiment de ràbia contra els que es burlaven del seu origen? Ni contra els que assenyalaven i menystenien la seva mare? No sentia una punxada de satisfacció quan veia que havia prosperat més que tots aquells que l'havien marginat pel fet de ser fill de la Mina?

De l'altra banda de la tàpia ens arribava el concert estrident d'un exèrcit de cigales. Nosaltres callàvem. Fins que en Mateu va mirar-me, va semblar que em llegia a la cara totes les preguntes acumulades i va dedicar-me un somriure vergonyós, tan trist com les seves paraules:

«Sense la Neus ho hauria passat molt malament, perquè he tingut èpoques molt fotudes: en alguns moments m'han agafat depressions, he sentit molta tristesa. Potser tinc la mala sort que només recordo les coses dolentes. Com que érem d'on érem, com que veníem de la Mina, des de petits estàvem assenyalats, érem miserables; tampoc no és que m'hagi agafat una dèria, però sempre he acabat tenint més presents les coses dolentes. No sé si n'hi ha hagut gaires, d'infanteses com la meva, no sé si és gaire freqüent que de petit ja no et puguis refiar de ningú. Quan et fas la vida tot sol, no has de passar comptes, però t'has d'espavilar.

Al final, però, estic satisfet: tinc una dona fantàstica, m'he guanyat la vida i econòmicament ho tinc tot; he aconseguit tot allò que de petit no tenia, tot guanyat per mi, amb esforç. Però encara hi ha alguna cosa que falla i que no m'acabo d'explicar. Ara sento que la vida m'ha canviat, que, després de tantes penúries i tanta misèria, tinc una altra vida i he de donar les gràcies a qui sigui per haver arribat fins aquí. No sé com dir-ho. De vegades no som prou agraïts. Passar de no tenir res a tenir-ho tot és per estar agraït. Poder ajudar qui convingui, sempre que convingui; tenir la família ben coberta, sense privacions. No ho sé, aquesta és una de les satisfaccions més grans de la vida. O fot-li com vulguis: és una compensació, una recompensa per tots aquells anys tan dolents de la Mina».

Les cigales van parar de cantar de cop, com si algú els hagués ordenat callar, i al cementiri de Caldes va semblar que tota la vida s'aturava. Les parets, els arbres i les plantes semblaven estranyament plans, com en una foto antiga o en un fotograma encallat d'una pel·lícula muda. Fins i tot nosaltres dos, asseguts al banc de cara als nínxols, semblàvem sobtadament inanimats. En Mateu mantenia la mirada perduda cap a la tàpia. Encabat va mirar a terra, va escurar-se el coll i va semblar que dubtava. Però, finalment, va aixecar els ulls, em va mirar a la cara i va fer una veu greu i solemne:

«No vaig plorar ni amb la mort de la mare ni amb la de l'home que, millor o pitjor, m'havia fet de pare. No sé dir-te si és perquè de petit vaig esgotar les llàgrimes o perquè sento que la vida m'ha canviat i no tinc dret a plorar. Però saps què? En realitat sí que vaig plorar un cop de gran, va ser el dia que vaig llegir els resultats negatius de les proves de paternitat. Estava convençut que finalment havia trobat el pare, però l'ADN va dictar una sentència inesperada i per a mi en Ciro va morir aquell dia: havia trigat tota una vida a trobar-lo i al final no m'havia durat ni sis mesos».

Pel camí de tornada a Caldes, un home corria davant nostre, compassat al gos que l'acompanyava.

«Veus aquest home que baixa de la muntanya? És en Josep Vilanova. A casa seva eren de la gent que ho tenia tot, uns dels amos del poble. Va estudiar a Barcelona i va fer un casament sonat, el primer d'alta societat que es recorda a Caldes. Però també va fer el primer divorci i les coses li van anar com més va pitjor: s'ho ha hagut de vendre tot, la família li ha girat la cara, la filla, que és famosa, presentadora de televisió, ha deixat de parlar-li. Però la seva desgràcia no em fa feliç, no s'ho mereix. Aquest és un dels homes que s'havia portat bé amb nosaltres. La fortuna li ha jugat una mala passada; ja ho veus, la venjança del destí també pot ser molt injusta. Hi va haver una època que era el més ric del poble, econòmicament, familiarment i sentimentalment. Quan a la Mina no teníem de res, ni per menjar, ell ho tenia tot. Ara no té res de res. Només el gos que l'acompanya».

A l'altura de les Roques, en Mateu va sorprendre'm agafant el camí de la mina, com el dia que ens havíem conegut, un any abans. Va conduir-me en silenci pels antics estenedors, vam baixar al safareig, vam resseguir el fil d'aigua blanca de la riera i vam sortir a la Mina. Allà va semblar que dubtava, després va sentenciar:

«He quedat a mig fer, no sé si m'explico. Diu que les coses tenen començament i final, però per a mi no serà veritat. Quan em mori quedarà una història inacabada. Vaig tardar a posar-m'hi i ara potser és massa tard: si no té principi, la meva història tampoc no tindrà final. Però no sé què pensar. Després de tant buscar, pot ser que tot acabi en no res?».

Segona part

EL NOI QUE XIULAVA CANÇONS NAPOLITANES

I

Gènova,
6 d'agost del 1943

A mitja pujada es van aturar per agafar aire. Llavors van mirar per primer cop cap avall, cap al mar, i van quedar fascinats per l'espectacle: el cuirassat *Roma*, el vaixell insígnia de la Regia Marina Italiana, mostrava amb orgull les seves línies blanques i vermelles, mentre el sol d'estiu es reflectia damunt de l'aigua, com un mirall, i semblava il·luminar tota la badia.

—Déu del cel! —va exclamar en Ciro.

Des de dalt, les naus de guerra italianes amarrades al port de Gènova es veien magnífiques. Van identificar un a un els poderosos creuers de la Vuitena Divisió, l'*Abruzzi*, el *Garibaldi* i l'*Aosta*, que estaven atracats en molls diferents, per dificultar els atacs de l'aviació enemiga. Després van tornar a dirigir la mirada cap a l'extrem del port i van emmudir: fins i tot immobilitzat al dic de reparacions el *Roma* conservava un aire majestuós.

—Des d'aquí dalt és imponent —va tornar a pregonar en Ciro, amb els ulls brillants d'emoció.

L'Ovilio i en Gavino van assentir entre grans rialles d'entusiasme.

—El *Roma* és el més gran, el més potent i el més veloç de tots els vaixells de guerra del Mediterrani —va contestar encara més enfervorit en Santo—. És invencible. És immortal.

—Només Déu és immortal —va tallar-lo el Poeta.

—Déu i el *Roma*, que combaten al mateix bàndol —va insistir en Santo, que era de molt el més bel·licista de la colla.

Quan van reprendre l'ascensió cap a la Madonna del Monte, compartien una renovada fe en la pàtria. Se sentien privilegiats de formar part de l'equipatge del millor vaixell de la flota italiana.

Havien baixat a terra amb el convenciment que aquell seria l'últim permís en moltes setmanes. Les reparacions del *Roma* s'havien completat amb èxit i en qualsevol moment el vaixell podia rebre l'ordre de tornar a la base de La Spezia per preparar l'entrada en combat, que se suposava imminent. L'Ovilio els havia posat al corrent. Ell era qui els subministrava les notícies més fiables;

estava destinat de radiooperador i, encara que tots els missatges venien xifrats, havia après a interpretar les reaccions dels oficials quan els entregava els despatxos al pont de comandament.

—Sortim a fer una última escapada —els havia proposat el dia abans en una de les trobades que feien cada tarda al forn de pa del vaixell, sota la protecció del Poeta, que era el cap de colla dels flequers de bord—. Estan a punt de suspendre indefinidament els permisos.

Al matí s'havien precipitat a terra i s'havien deixat arrossegar per en Santo, que era de Gènova, cap a un santuari dels afores, que protegia la ciutat des de les altures. Portaven més d'una hora de marxa, primer per la ciutat baixa i després enfilant-se per carrers que s'arrapaven a la muntanya, de revolt en revolt, com una serp. Només a l'entrada de la Salita dell'Orso, quan s'havien aturat a descansar, en Santo els havia convidat a mirar enrere i havien descobert les naus de guerra amarrades al port.

Van encarar a pas decidit l'últim tram de carrer, que pujava encaixonat entre murs de pedra verdosa, i quan van arribar al cim, van entrar al temple impulsats per l'exaltació religiosa que solen experimentar els soldats en temps de guerra. Un cop a l'interior, van baixar a la cripta, es van agenollar devotament, van clavar els ulls al mantell blau de la Verge i van invocar la seva protecció. Després de resar una avemaria, van encendre cinc espelmes i van fer a la Madonna tota mena de promeses si els concedia la gràcia de sobreviure a la guerra.

A la sortida de l'església se sentien reconfortats i es van encaminar entre rialles a l'*osteria* que havien descobert una mica més enllà de la balconada; un rètol pintat damunt de la porta anunciava el nom de l'establiment: A Cabannetta de Cianderlin. A dins, un home feia fotos a l'amo, que parava les estovalles de quadres. Els uniformes de la marina van cridar l'atenció del fotògraf, que duia un estoig de cuir penjat al coll amb la inscripció «Studio Giulio Rossi, via Garibaldi, Genova». L'home de les fotos els va demanar si es deixarien retratar. Els cinc amics es van mirar, van riure i s'hi van avenir. En Ciro semblava el més decidit.

—Va, sortim al balcó —els va animar.

S'havien conegut a primers d'any a la caserna de Carrara, durant el període d'instrucció, però no s'havien fet inseparables fins un dia de finals de maig, després dels exercicis de gimnàstica, quan un oficial els havia anunciat que s'havien de traslladar immediatament a La Spezia per incorporar-se tots cinc a la tripulació del *Roma*. D'això encara no feia ni tres mesos i la seva amistat ja els semblava eterna.

Des de sota del balcó, el fotògraf va cridar:

—Un sorriso per la posterità...

Els cinc amics es van agafar ben fort, es van passar els braços per l'espatlla, es van repenjar a les flors forjades en ferro de la barana i van somriure a la càmera. I en aquell moment, al balcó d'A Cabannetta de Cianderlin, amb la flota de guerra amarrada als seus peus, en Ciro Sannino, en Gavino Pina, en Santo Lopretti, l'Ovilio Lombardi i el Poeta també es van sentir immortals.

2

La Spezia,
8 de setembre del 1943

A la tornada de Gènova els fets van desmentir els pronòstics de l'Ovilio i un mes després el *Roma* seguia sense entrar en combat, amarrat de popa a la dàrsena de Porta Marola, al port de La Spezia. En tot aquell temps només havien sortit dos dies a mar oberta i encara només per fer pràctiques de tir amb les poderoses bateries de 381 mil·límetres. Aquells primers dies de setembre els aliats havien ocupat Sicília i ultimaven el desembarcament al sud de la península; l'aviació italiana havia sigut aniquilada; la flota, encara poderosa, s'arrecerava a port sense intervenir. La guerra pintava malament per als interessos italians, però, incomprensiblement, la nau més moderna de la Regia Marina semblava desentendre-se'n. Es mantenia en espera, però ningú no sabia dir en espera de què.

A bord, tothom buscava respostes.

—Sabeu què diuen a terra? —preguntaven els que sempre presumien d'estar ben informats.

—Què diuen?

—Que la pau és a tocar.

—La història de sempre —replicava en Ciro—. Des del 25 de juliol, des de la caiguda del Duce, no fan altra cosa que parlar de pau, pau i més pau. Però al final seguim aquí encallats, observant impotents com avancen els aliats.

La calor del final d'estiu resultava asfixiant i en Ciro passava les nits regirant-se a la llitera. Tenia l'ànima dividida: tan aviat es moria de ganes d'entrar en combat com es moria de por i pensava que ni ell ni els seus amics no sobreviurien als combats. El tedi el desesperava. Havia descobert que en plena guerra no hi havia res pitjor que tenir temps per donar voltes al destí que l'esperava. Vivia per a la trobada diària amb els amics a la fleca del vaixell; allà, reconfortats per l'olor evocadora del pa acabat de sortir del forn, discutien sobre quan acabaria aquella rutina insuportable. En qüestions de fervor militar, en Santo portava la veu cantant:

—Reso perquè la Providència ens porti d'una vegada al camp de batalla. A la vida d'un home no hi ha missió més sagrada que la de posar la vida al servei de la pàtria!

—Jo el que vull és acabar d'una vegada i tornar a Castelsardo a donar un cop de mà al pare amb les xarxes —contestava en Gavino amb un escepticisme que creixia cada dia que passava.

Discutien mentre ajudaven els homes del Poeta a traginar sacs de farina cap a l'obrador. En tot Itàlia no hi havia ni un quilo de farina blanca i ells en tenien un magatzem ple a vessar. La versió dels flequers més veterans era que l'havien confiscat al principi de la guerra a un mercant canadenc que la transportava a Anglaterra.

—Ja veieu, és farina americana! —insistia el Poeta quan els repartia la pizza amb anxoves que enfornava expressament per a la reunió de cada tarda.

Abans de donar per acabada la trobada, aquell dia en Ciro no podia amagar la seva impaciència:

—Ja no aguanto aquesta espera. Pau o guerra, el que hagi de venir, que vingui aviat!

I de cop, el 8 de setembre, quan gairebé havien perdut tota esperança, el port de La Spezia es va despertar revolucionat. Aquell matí, en pujar a coberta, van descobrir que l'activitat al voltant de la nau era frenètica: les barcasses anaven i venien traginant provisions; els tancs de combustible estaven sent carregats fins al límit de la seva capacitat; els artillers apilaven les municions acabades d'embarcar. A les vuit, quan va sonar el senyal de canvi de guàrdia, en Ciro es va fer càrrec de la llanxa del comandant i va dirigir-la a l'altra punta del port per recollir un grup d'oficials d'estat major, que van pujar a bord del *Roma* per l'escala que penjava a estribord del cuirassat. A les deu, des de la motora, va notar un balanceig procedent de la passarel·la de la nau i va sentir el xiulet que donava la benvinguda a algun oficial d'altíssima graduació. Va alçar la vista a temps de comprovar que es tractava de l'almirall Carlo Bergamini en persona, el comandant en cap de la Regia Marina Italiana, que embarcava a peu des de la dàrsena, seguit d'un altre grup d'oficials del seu estat major. Just en el moment que l'almirall va posar el peu damunt de la coberta, dos mariners van hissar la seva insígnia, una bandera blava amb tres estrelles grogues en diagonal, senyal inequívoc que el màxim responsable de la flota havia decidit traslladar el seu quarter general al *Roma* i a partir d'aquell moment es disposava a dirigir les operacions des del pont de comandament del cuirassat.

Les llanxes ja no van parar d'anar amunt i avall en tot el dia. Les reunions es van succeir a ritme vertiginós. La rutina de dies passats havia deixat pas a una activitat mai vista i tothom contribuïa a expandir els rumors sobre la imminència d'alguna contraofensiva excepcional. A mitja tarda, les naus de guerra van començar a desamarrar per anar a fondejar, l'una darrere l'altra, al mig de la badia. Una mica més tard, just quan el sol començava a pondre's darrere de les muntanyes de Le Cinque Terre, el *Roma* també va separar-se del moll; el vaixell insígnia va anar a tirar l'àncora a l'extrem més allunyat de la rada, amb la proa encarada a la bocana, a punt per sortir a mar obert. A aquella hora, el *Vittorio Veneto*, que tenia connexió directa amb el Ministeri de la Marina a Roma, era l'únic cuirassat que seguia amarrat al moll. Totes les altres naus mantenien les calderes enceses: les columnes de fum s'elevaven en vertical i formaven petits núvols negres damunt del cel de la badia. Tot indicava que, aquest cop sí, la sortida de la flota era imminent.

De sobte, quan tot just resplendien les primeres estrelles d'una nit que s'anunciava molt clara, el cel de la badia es va encendre i milers de llumetes verdes, blanques i vermelles van il·luminar la ciutat de La Spezia, com si acabessin de disparar-hi un castell de focs artificials. A bord del *Roma*, els mariners contemplaven atònits l'espectacle i s'interrogaven sobre l'origen d'aquell esclat de llum extraordinari. Fins que *radioprua*, el boca-orella de la tripulació, va fer córrer la notícia: Itàlia i els aliats havien signat l'armistici; la guerra entre ells s'havia acabat.

Poc després, la megafonia d'ordres generals va confirmar la fi de les hostilitats i va escampar per tots els racons del vaixell el comunicat radiofònic dirigit a la nació pel mariscal Pietro Badoglio, cap del govern de sa majestat el rei Vittorio Emanuele III:

«El govern italià, reconeguda la impossibilitat de continuar la lluita desigual contra l'aclaparadora potència adversària, en l'intent d'evitar ulteriors i més greus calamitats a la Nació, ha demanat l'armistici al general Eisenhower, comandant en cap de les forces aliades angloamericanes. La demanda ha estat admesa. Per consegüent, tot acte d'hostilitat per part de les forces italianes contra les forces angloamericanes ha de cessar arreu. Les forces italianes, però, reaccionaran a eventuals atacs de qualsevol provinença».

L'esclat de joia va ser instantani: una remor d'aprovació va recórrer les cobertes dels vaixells i va elevar-se com un crit unànime des del centre de la badia. L'armistici suposava el final de la guerra i això volia dir que els mariners tornarien aviat a casa. Les tripulacions van córrer a sumar-se a la festa: alguns van disparar trets de fusell i de revòlver; d'altres no van poder contenir-se i van llançar les gorres a l'aigua; la majoria s'abraçaven entre plors emocionats. A bord del *Roma*, en Ciro i els seus amics havien escoltat el comunicat a l'altaveu instal·lat damunt de la porta del forn de pa i ho celebraven fent plans per a la imminent tornada a casa.

—Quan arribi a Nàpols, em tornaré a enrolar en un vaixell mercant. He decidit seguir navegant, vull ser capità —va anunciar solemnement aquell vespre en Ciro als seus companys.

Cap a les deu de la nit, la festa es va començar a torçar i en Ciro va ser el primer d'adonar-se'n: a aquella hora, tornava a estar de guàrdia i pilotava la motora que conduïa Bergamini fins al *Vittorio Veneto*, on havia convocat els almiralls, els oficials de l'Estat Major i els comandants de les naus, per tal de transmetre'ls les ordres que li arribaven del ministeri. L'almirall els va fer un discurs vibrant però descoratjador, que els feia notar que l'armistici significava la derrota d'Itàlia:

«Digueu tot això als vostres homes. Sabran trobar en els seus cors generosos la força per acceptar aquest immens sacrifici. Digueu-los que els trenta-nou mesos de guerra que hem lluitat junts, hora a hora, en un combat desigual, que les naus que s'han enfonsat mentre lluitaven valerosament, que les morts glorioses que hem patit han fet que la Marina es guanyés el respecte i l'admiració de l'adversari. I la flota que fins fa una hora estava a punt per avançar contra l'adversari pot, ara que l'interès de la Pàtria ho exigeix, sortir a buscar el vencedor amb la bandera al vent i els seus homes poden anar amb el cap ben alt. No era aquest el camí que havíem imaginat. Aquest camí, però, l'hem d'emprendre sense dubtar, perquè el que compta en la història dels pobles no són els somnis i les esperances, ni la negació de la realitat, sinó la consciència d'haver complert el deure fins al final. Sostreure's a aquest deure seria fàcil, però seria un gest vergonyós i significaria aturar la nostra vida i la de la Nació sencera i tancar-la per sempre més en un cercle sense redempció, sense renaixença. Vindrà el dia en què aquesta força vivent de la Marina serà la pedra angular sobre la qual el poble italià podrà reedificar pacientment el seu propi destí. Digueu tot això als vostres homes i ells us seguiran amb obediència com sempre us han seguit, fins i tot en les accions més perilloses».

A mitjanit els comandants van tornar capcots a les naus i no van tardar a contagiar el desconcert a les tripulacions. La flota havia de fer-se a la mar, però no per anar a combatre l'adversari com havien estat esperant. Quan els mariners van retirar-se a descansar, ja s'havia escampat el rumor que, malgrat l'armistici, la flota salparia aquella mateixa nit i que, després d'una escala a l'arxipèlag de La Maddalena, navegarien amb rumb desconegut. Els més agosarats aventuraven que potser anirien a algun port controlat pels aliats per tal de verificar-hi el desarmament tal com establia l'armistici acabat de signar.

En Ciro no va dormir. Era l'hora dels pensaments dolços però també de la malenconia. Estirat a la llitera, mirava fixament el sostre de la cabina, tenyit de blau pels llums d'emergència. Acompanyat pel ritme monòton dels ventiladors i el soroll de fregit dels altaveus, que sempre estaven connectats, intentava aclarir les emocions contradictòries d'aquelles darreres hores: partien a la guerra? Contra qui? El dia abans estaven tots convençuts que el destí de la flota era frenar el desembarcament americà al sud de la península, però l'armistici desmentia aquesta hipòtesi. Qui era, doncs, l'enemic? Si no anaven a combatre els aliats, on anaven? Ell era dels que descartaven que poguessin entregar-se.

A les dues de la matinada, l'alarma va interrompre les seves cavil·lacions. Una veu greu ordenava pels altaveus: «Tots al seu lloc de navegació de guerra!».

Mentre saltava de la llitera va notar que pujaven la pressió de les calderes i només de posar els peus a terra li va semblar que el vaixell es començava a desplaçar. Va pujar disparat a coberta i quan va sortir a l'aire lliure va contemplar com, efectivament, el *Roma* enfonsava la proa en el mar i es dirigia majestuosament cap a la sortida de la badia. Va fer una última mirada enrere, cap a La Spezia: les llumetes de colors s'havien apagat. La ciutat estava completament a les fosques i va tenir un mal pressentiment.

3

Golf d'Asinara,
9 de setembre del 1943

—Quin espectacle! Mai no havia vist res igual —va exclamar en Ciro quan es va abocar a la borda i va contemplar a la llum del dia l'estol de vaixells de guerra que navegaven en formació rumb a La Maddalena.

Al seu costat, en Gavino no va contestar.

Acabaven de deixar enrere la costa de Còrsega i havien entrat en aigües del golf d'Asinara, a la punta nord-occidental de Sardenya; navegaven molt aterrats, a unes sis o set milles del litoral, per evitar una zona de mines entre les dues grans illes. El migdia era lluminós. Tenien un d'aquells cels tan clars i transparents propis del mes de setembre a les costes mediterrànies. El mar també estava excepcionalment tranquil.

No distingia bé els vaixells que actuaven d'escorta avançada, però sabia que el *Pegaso* obria la formació. El seguien de prop els altres torpediners, l'*Orsa*, l'*Orione*, l'*Ardimentoso*, el *Libra* i l'*Impetuoso*. Després venien els creuers, que des de la seva posició ja podia identificar plenament: l'*Eugenio di Savoia*, el *Duca d'Aosta* i el *Raimondo Montecuccoli*, que ocupaven el flanc d'estribord; l'*Abruzzi*, el *Garibaldi* i l'*Atilo Regolo*, al costat de babord. Al centre de la formació navegaven majestuosament els tres cuirassats, el *Roma* —des d'on ells dos observaven l'escena—, el *Vittorio Veneto* i l'*Italia*. Més endarrere, en la posició més externa de la formació, els seguien els caçatorpediners: a la dreta, el *Legionario*, el *Grecale*, l'*Oriani* i el *Velite*; a l'esquerra, el *Mitragliere*, el *Fuciliere*, l'*Artigliere* i el *Carabiniere*.

Eren en total vint-i-tres unitats, que navegaven perfectament alineades. Abans d'aquell dia potser ningú no havia vist mai una flota tan nombrosa ni tan ben sincronitzada. Estols de gavines i cormorans seguien els rastres d'escuma que les naus deixaven sobre el mar, com si fossin les esquadrilles aèries de protecció que ningú no havia pensat a enviar-los.

—No m'hauria perdut l'espectacle per res del món —va insistir en Ciro, que estava realment emocionat.

Aquesta vegada en Gavino tampoc no va dir res.

Tenia la mirada perduda cap a la costa. Semblava l'únic que no participava de l'eufòria que aquella matinada s'havia apoderat de la tripulació quan, finalment, la flota s'havia fet a la mar i havien deixat enrere les llargues jornades d'espera al port de La Spezia.

Aquell matí s'havien reunit d'urgència al forn de pa, fins que el senyal de canvi de torn els havia dispersat. En Santo, que estava exultant per la possibilitat d'entrar en combat, havia corregut a la bateria de gran calibre número dos, la més propera a la torre de comandament. L'Ovilio, que venia d'una família desterrada per Mussolini, no compartia aquell entusiasme; a les últimes hores s'havia mostrat especialment inquiet pel nerviosisme manifest dels oficials:

—Fins avui em costava d'entendre per quina causa lluitàvem, perquè, encara que els hagin dissimulat amb una capa de pintura, aquest vaixell segueix ple de símbols feixistes. Ara és pitjor, perquè des de fa unes hores tampoc no sé qui és l'enemic ni a quin port ens dirigim. La confusió que sento és absoluta! —havia exclamat abans de sortir disparat cap a la ràdio.

En Gavino i en Ciro, que havien acabat la seva guàrdia i tenien quatre hores lliures abans de reincorporar-se, havien deixat el Poeta i els seus homes enfornant el pa del dia i s'havien dirigit a la coberta de popa. En cas de combat, tots dos sabrien estar a l'altura, però tampoc no compartien el fervor general.

Navegaven a poc més de cinc milles del litoral i la visibilitat era immillorable. Es van estar encara una bona estona callats: en Ciro admirant l'estampa magnífica de la flota; en Gavino intentant reconèixer cada racó de la costa que desfilava davant dels seus ulls.

—Ho trobes a faltar? —li va preguntar finalment en Ciro, assenyalant el grup de cases que acabava d'aparèixer darrere d'un petit promontori.

Els darrers mesos havia escoltat mil vegades en Gavino cantant les gràcies de Castelsardo, aquell poblet que s'enfilava en un penyal escarpat arran de mar, al nord de Sardenya, i que ara mateix tenien a tocar, just al davant dels nassos.

—Ahir encara t'hauria dit que no, però confesso que ara em moro d'enyorament.

En Gavino va separar els braços en un intent d'abraçar tota la badia que s'obria al seu davant i va afegir, consternat:

—Tinc el poble a tocar de la mà i no puc ni acostar-m'hi a abraçar els pares!

Ara el que callava era en Ciro. Ell també s'enyorava de Nàpols i comprenia l'arravatament nostàlgic del seu amic. Sense ni adonar-se'n va començar a xiular la cançó dels «Dos paradisos».

—Conec cada roca d'aquests fons marins i cada accident d'aquesta costa —va interrompre'l en Gavino—. Domino els corrents, els remolins i les ressaques; en aquestes aigües vaig aprendre a navegar abans que a caminar; podria vogar-hi a ulls clucs en plena tempesta. Però saps què...? No sé nedar. Si en sabés, em tiraria i nedaria fins a casa.

Van riure, com si hagués fet un acudit, però de seguida van tornar a clavar la mirada sobre el poble, que ara se'ls mostrava en tota la seva bellesa. El dia era tan clar que podien distingir una a una les cases que s'arrapaven a la roca i pujaven fins a tocar del castell, al capdamunt del penyal.

—A aquesta hora les barques fa estona que han llevat i han tornat al poble —va explicar en Gavino, deixant-se portar per la nostàlgia—. El pare deu haver tret el peix de les xarxes a la platja petita, la que es veu a la dreta de les cases. Tot sol no pot haver calat gaire lluny i deu haver agafat sobretot peix de roca, però també pagells, rogers, sípies, algun sard i potser algun peix de sort, com ara un llobarro o un déntol. Abans de la guerra, quan anàvem a pescar tots dos, ens arriscàvem mar endins, seguint la línia que formen el campanar de la catedral i la torre del castell; just quan per darrere d'aquests dos punts treia el cap el

Muntescu, la muntanya que sobresurt a la part posterior del poble, i tots tres punts quedaven perfectament alineats, calàvem les xarxes. En aquell punt exacte, al fons del mar, hi ha una llosa amb les millors llagostes de la costa sarda.

En Ciro sempre havia admirat els recursos dels pescadors per orientar-se enmig del mar buscant les referències al paisatge de terra. Escoltar en Gavino li feia pensar en les seves pròpies pesqueres a Nàpols i de passada li va recordar que s'havien saltat el dinar.

El gregal que començava a bufar els portava una olor de peix i algues que s'imposava per damunt de la pudor de combustible que es respirava sempre a bord. Va semblar que en Gavino li llegia el pensament, perquè es va omplir els pulmons d'aire fresc i va deixar anar:

—Em moro de gana, em menjaria un *pane al brodo*!

—Què és?

—Un brou de peix de pobre, fet amb aranyes, serrans i escórpores, que es menja sucant-hi el pa sec. A casa és el sopar de cada vespre.

Anaven deixant enrere el poble i s'acostaven a la punta oriental del golf d'Asinara. La flota havia deixat de navegar en formació; els vaixells s'havien col·locat en filera, per creuar el pas sempre difícil de les boques de Bonifacio.

—Abans del vespre estarem amarrats a La Maddalena. M'hi jugo qualsevol cosa que als fills dels pobles més propers us donaran permís... —va començar a dir en Ciro, per aixecar l'ànim d'en Gavino, quan es disposaven a retirar-se cap a l'interior del vaixell.

No va acabar la frase. Un moviment brusc va estar a punt de fer-los caure per terra. Intrigats per la maniobra, van tornar cap a la borda i van veure amb gran sorpresa que tots els vaixells havien començat a ciar. La flota estava fent mitja volta!

—Tornem enrere? —va preguntar desesperat en Gavino.

Radioprua no va tardar a fer córrer que els alemanys havien ocupat la base de La Maddalena i que la flota italiana no podia amarrar-hi sense risc de fer-se capturar.

A les tres de la tarda tornaven a ser enfront de Castelsardo, però aquesta vegada navegaven en direcció contrària i amb les posicions invertides: el *Roma* ara anava a la cua dels cuirassats. En Gavino tornava a abocar-se a la borda amb la mirada perduda cap als penya-segats. Era conscient que se li havia escapat l'oportunitat d'abraçar els pares. Va fer una ganyota de dolor, però no va tenir temps de desesperar-se, perquè just llavors, quan acabaven de reaparèixer davant seu les cases blanques que s'enfilaven pel penyal, es van disparar les alarmes. Les botzines de les bateries antiaèries van sonar tres vegades seguides i gairebé al mateix temps els altaveus van començar a escampar per tots els racons de la nau la consigna més temuda: «Alarma aèria! Alarma aèria!».

En Ciro i en Gavino van aixecar instintivament el cap al cel a temps de descobrir cinc puntets negres, petitíssims, que s'aproximaven a la flota des de Còrsega, per estribord. A mesura que s'acostaven, els punts negres es van anar fent grossos fins a convertir-se en cinc bombarders alemanys que volaven sobre la vertical del *Roma*. D'un dels avions se'n va desprendre un objecte brillant que semblava agafar velocitat a mesura que es precipitava cap a la seva posició. Van seguir-lo amb la mirada fins que va anar a caure al mar, a poca distància de la popa de l'*Italia*, i va aixecar una enorme columna d'aigua. Passats uns segons de desconcert, van comprendre que acabava d'explotar una bomba. Els estaven atacant!

El cor se'ls va accelerar i es van encreuar una mirada de pànic. En Ciro va ser el primer de reaccionar:

—Hem de presentar-nos al lloc de combat! Si tot va bé, quedem a les set del vespre al forn de pa —va proposar quan se separaven.

En Gavino va sortir volant cap a la unitat d'electricistes de la bateria de gran calibre número tres; en Ciro, que abans de la guerra ja navegava professionalment en un mercant i era el que tenia un destí més mariner, va córrer cap a les escales de popa per baixar al local dels *nochiere* a rebre instruccions. A mitja baixada, una bomba va caure directament sobre la coberta lateral, a l'altura de la segona xemeneia, i va desestabilitzar la nau, que va escorar lleument cap a estribord. Els llums es van apagar. En Ciro es va veure atrapat a l'escala: els homes, terroritzats, s'empenyien en busca d'una sortida i obstruïen el pas; tothom cridava. El vaixell seguia escorant i no semblava que pogués recuperar la posició. Va maleir el moment que havia decidit entrar en aquella escala i va decidir tornar enrere.

L'ascens li va resultar penós. Quan finalment va veure la llum del dia al fons d'un passadís, una segona explosió va fer tremolar tot el vaixell. Per un moment li va semblar que aquelles enormes masses d'acer cedien i que la nau anava a fondre's com la cera dels ciris que havien encès dies enrere a la Madonna del Monte. Instintivament, va resar una avemaria a la Mare de Déu genovesa. A continuació, va serrar les dents amb força, va saltar per sobre de dos homes que havien caigut per terra i va sortir a coberta.

4

Ni el profeta del llibre de l'apocalipsi no va descriure mai res tan horrible com l'infern que es va trobar en Ciro quan finalment va aconseguir posar els peus sobre la coberta del *Roma*. Desenes d'homes cremaven vius com torxes i corrien d'una banda a l'altra entre crits espantosos. Hi havia una estesa de cossos per terra, amb les extremitats amputades. Alguns tenien estelles d'acer clavades al cos, com punyals. Els que mantenien la consciència suplicaven ajuda. Tots es recargolaven de dolor i gemegaven com animals ferits de mort.

La segona bomba havia impactat entre la torre de comandament i la segona bateria de canons de gran calibre. L'artefacte havia travessat els pisos inferiors, havia detonat just a l'interior del dipòsit de municions i havia produït una deflagració gegantina que s'havia pogut veure des de moltes milles de distància. La torre de comandament havia estat colpejada per la doble explosió i s'havia doblegat cap endavant, com una branca trencada; els oficials que dirigien les operacions de la flota des dels dos ponts de comandament havien mort a l'instant. La insígnia amb les tres estrelles grogues de l'almirall havia volat arrencada per l'ona expansiva i s'allunyava mar enllà. Al forat deixat per la bomba hi havia sorgit un volcà, que escopia acer i flames a més de mil metres d'altura. La bateria de gran calibre número dos també havia volat i les seves mil sis-centes tones d'acer havien anat a caure al mar. Totes les dependències de proa s'havien incendiat i la temperatura hi havia pujat a dos mil graus; ningú podia haver sobreviscut en aquella part de la nau convertida en un forn gegant, sota una espessa fumera de color groc.

Des de la seva posició, en Ciro va veure que la part central de la nau també començava a fondre's, com si fos de mantega. No podia respirar. Va sentir que les cames se li doblegaven, va agafar-se a una barana i va cremar-se les mans com si les hagués posat directament al foc. Tenia la gola encesa. Va sentir-se la pell de la cara resseca i tibada i va descobrir que les celles i el cabell també se li havien socarrimat. Pres del terror, va girar cua i va arrencar a córrer cap a la popa, que semblava la part més entera del vaixell, amb l'esperança de trobar-hi els amics. De camí, va encreuar-se amb homes que ploraven i d'altres que caminaven com autòmats i no responien a les seves paraules. Alguns no eren res més que masses de carn recremada que es movien com espectres entre el fum; es va preguntar si ja eren morts i caminaven per inèrcia.

Quan va arribar al fons de la popa, el vaixell havia escorat tant que l'aigua entrava per la borda. Molts mariners equipats amb les armilles salvavides deambulaven amb la mirada extraviada, sense saber què fer. D'altres s'estaven tirant al mar i alguns, potser els més veterans, intentaven amollar els bots salvavides. Va recórrer tota la coberta de popa buscant inútilment els amics i quan va veure que l'aigua no parava de pujar, ell també va tirar-se al mar.

Començava a nedar per allunyar-se, però va fer una última mirada enrere i en aquella llambregada va descobrir una figura familiar al costat dels últims bots salvavides que havien quedat per amollar: en Gavino s'estava allà, palplantat, immòbil, com si l'haguessin clavat a la coberta; l'aigua li cobria els peus, però no semblava ser-ne conscient. En Ciro va intentar nedar altre cop cap al vaixell i va cridar-li:

—Tira't! T'has de tirar i nedar ben lluny! Tira't abans que s'enfonsi!

En Gavino no va moure's. Semblava aliè a tot el que passava. En Ciro va intentar saltar fora de l'aigua, agitant els braços ben amunt, per cridar la seva atenció, però l'esforç va ser en va. Va empassar-se un parell de glops d'aigua salada, barrejada amb el combustible que s'escapava dels motors de popa, però encara va aconseguir fer un altre crit desesperat:

—Gavino!

Va seguir sense immutar-se. S'estava allà paralitzat al costat d'una escala, just a sota de la bateria de gran calibre número tres, l'única que estava intacta. Duia l'armilla salvavides posada, però alguna força sobrenatural el mantenia paralitzat.

El gregal, que havia encrespat lleugerament el mar, allunyava en Ciro del cuirassat ferit de mort; el seu amic se li feia petit en la distància, però veia clarament que seguia sense reaccionar. Va intentar inútilment nedar un cop més en la direcció del vaixell, va implorar Déu, conscient que el temps d'en Gavino i del *Roma* s'acabava, i va seguir cridant, desesperat. Fins que es va quedar sense forces i va deixar de lluitar. Es va deixar portar una estona pel gregal: ja no se sentia els braços ni les cames, només intentava no empassar-se més aigua bruta. Els ulls li cremaven, tenia ganes de vomitar.

De cop, va sentir un soroll esgarrifós, com un gemec, i es va girar just a temps de veure que el *Roma* bolcava i en la seva rotació arrossegava cap al fons del mar els pobres mariners que no s'havien tirat a l'aigua. Li va semblar veure que en Gavino encara s'estava allà, agafat a l'escala, i que aixecava un braç de comiat mentre rodava amb tota la popa de cap per avall. Després, el vaixell es va partir en dos i ja no el va veure més. Va témer que els remolins l'atrapessin, però, amb gran sorpresa, va comprovar que les restes s'inclinaven sense provocar grans turbulències i començaven a enfonsar-se per les parts mestres. A l'últim moment, les dues meitats encara es van elevar uns instants en vertical, apuntant cap al cel les línies blanques i vermelles pintades al casc de la nau per confondre els mesuraments de l'enemic. Després van començar a submergir-se ràpidament. La proa i la popa van ser les últimes parts de desaparèixer camí del fons del mar.

Davant dels ulls d'en Ciro, allà on uns segons abans encara hi havia les restes del vaixell insígnia de la Regia Marina Italiana, amb dotzenes de mariners que dubtaven si s'havien de tirar a l'aigua, ara només hi havia els blancalls del mar. Un instant enrere, el *Roma* era allà, comandant la flota italiana, i ara ja no existia. Com podia explicar-se? No havien passat ni vint minuts des que havia començat l'atac alemany. Al fons, damunt dels penya-segats de la costa, li va semblar veure la taca blanca d'un poble que s'enfilava per la muntanya. Va sentir un buit immens, es va passar el braç per la cara i va estremir-se.

Llavors, va sentir un xiulet i una veu llunyana que cridava:

—Allà n'hi ha un altre!

Poc després va advertir que una mà l'engrapava per l'armilla i va perdre el coneixement.

5

Quan es va despertar es trobava a bord del *Fuciliere*, rodejat de supervivents del naufragi. El caos era indescriptible. Els ferits s'apilonaven per tots els racons del vaixell, la majoria amb cremades per tot el cos. Alguns, els més greus, agonitzaven entre ofecs i tremolors. La visió era tan espantosa com la que havia tingut un parell d'hores abans a la coberta del *Roma*. Va tancar els ulls, intentant esborrar aquell espectacle macabre, però llavors la pudor de carn cremada li va resultar insuportable i va decidir pujar a coberta.

S'havia fet fosc, la nit era molt freda. En Ciro va estremir-se i va ser conscient que estava pràcticament despullat; només tenia posats els calçotets i la placa de reconeixement que li penjava del coll. Algú li havia untat les mans amb una pomada de tanins, però la cara encara li cremava. Els ulls li picaven i se sentia l'estómac regirat. Va seure en un racó, a recés del vent. Un alferes del *Fuciliere* va acostar-se i li va oferir un got de conyac, que va acabar de marejar-lo; el gust del petroli que s'havia empassat mentre nedava li pujava des de les entranyes i li ressecava la boca. Es va abocar a la borda i va vomitar. Altres supervivents deambulaven en silenci per la coberta, amb la mirada extraviada; caminaven descalços i tremolaven, perquè també havien perdut la roba durant el naufragi.

Navegaven al costat dels vaixells que havien participat en el rescat: el *Pegaso*, l'*Orsa*, l'*Impetuoso*, el *Mitragliere*, el *Carabiniere* i el *Regolo*. Algú li va explicar que els cuirassats i els creuers que havien sobreviscut a l'atac de la Luftwaffe havien fugit a tota màquina i feia hores que navegaven cap al sud, probablement cap al port de Bona, a la costa d'Algèria. Els vaixells lleugers que havien acudit a socórrer els nàufrags havien quedat abandonats a la seva sort, sense ordres de l'almirallat. El capità Giuseppe Marini, el més veterà d'entre els oficials de les naus de rescat, havia agafat el comandament del grup i intentava fer-los tornar a un port italià per desembarcar-hi els ferits.

Aquella nit, els vaixells de rescat van canviar de rumb moltes vegades i els ferits van entendre que alguna cosa no acabava de rutllar: els ports als quals pensaven desembarcar-los havien estat ocupats per les tropes alemanyes i Marini ja no sabia on portar-los. En Ciro va pensar que d'aquella manera, vagant en busca d'un port segur on amarrar, amb les cobertes col·lapsades de ferits, els vaixells de guerra semblaven oques decapitades que encara corrien per inèrcia muscular; les havia vist una vegada en un poblet, als afores de Nàpols, i mai més no havia pogut oblidar aquella imatge horrorosa. Potser ells també estaven morts des del moment de l'atac i només navegaven d'esma.

De matinada, quan més desanimat estava, va veure que canviaven un cop més de rumb i que els vaixells posaven proa al sud-est. A coberta va córrer la brama que es dirigien a les illes Balears i poc després els oficials ho van confirmar: el capità havia optat per buscar el port neutral més proper, amb l'esperança de guanyar temps, desembarcar-hi els ferits i carregar aigua i combustible; més endavant ja mirarien d'atrapar el gruix de la flota. Semblaven bones notícies i en Ciro es va tranquil·litzar. El vent era cada cop més fred i va decidir baixar a l'interior del vaixell buscant una llitera on estirar-se.

Respirava per la boca, intentant dissimular la repugnància que li causava l'olor de carn cremada, que a mesura que penetrava al cor del *Fuciliere* es feia cada cop més insuportable. Va entrar a diverses cabines atapeïdes de matalassos ocupats per homes que ploraven incapaços d'aguantar el dolor.

Finalment, va descobrir un petit espai desocupat, al fons d'una galeria on s'amuntegaven alguns dels ferits més greus. Quan estava a punt d'arribar al seu racó, una mà li va fregar el braç i el va obligar a aturar-se davant d'una llitera. Un pobre desgraciat hi jeia amb el cos sencer embenat, de cap a peus: dos ulls inquiets l'escrutaven des de darrere de les benes de la cara. En Ciro tremolava, perquè el vent gelat de coberta li havia congelat el cos despullat. Llavors va sentir:

—Äia de fessúa a porta a-a seportùa.*

Les paraules van sonar primes i apagades, però en Ciro va identificar a l'instant la llengua de la Ligúria i va reconèixer aquella veu familiar.

—Poeta? —va preguntar amb un crit que li va sortir de l'ànima.

La mà del Poeta es va aferrar amb força al seu braç i es van fondre en una abraçada inacabable. Ploraven com dos nens petits. Quan van separar-se, en Ciro va adonar-se que havien oblidat les precaucions aconsellades per les seves ferides. El Poeta tenia la cara, el tòrax, les cames i els braços embenats, però els ulls li brillaven com si se li hagués aparegut l'àngel de la guarda.

—Com estàs? —li va preguntar intentant dissimular l'ansietat.

* «Aire que es filtra per la ranura porta a la sepultura».

—No puc respirar. Em sembla que aquell maleït foc m'ha cremat les entranyes.

No van separar-se en tota la nit. Van suportar junts les dues alarmes aèries, que van disparar la inquietud dels supervivents: no sabien si els sobrevolaven avions alemanys o anglesos, però tant li feia, les dues possibilitats els aterrien.

—No tenen pietat ni dels moribunds? —va rebel·lar-se en Ciro, amb un to amarg, desesperançat.

A l'alba va sortir a coberta, a respirar una mica d'aire fresc. Només quatre vaixells, els que portaven més supervivents a bord, seguien navegant de costat: el *Mitragliere*, el *Carabiniere*, el *Fuciliere* i el *Regolo*. A la llunyania va distingir les siluetes del *Pegaso*, l'*Orsa* i l'*Impetuoso*, que s'havien separat de la formació i es dirigien més al nord. Un sotstinent va rebre'l amb la bona nova:

—Acabem d'entrar en aigües territorials espanyoles!

La lluna era gairebé plena, exageradament brillant. Els deixants que s'allargaven a popa dels vaixells reflectien intensament la llum tremolosa de la lluna, com si fossin milers de petites bombetes. L'infern havia quedat enrere: en Ciro va donar gràcies al cel i va córrer cap a l'interior del vaixell a donar la notícia al Poeta.

6

Maó,
10 de setembre del 1943 - 8 de gener del 1944

Quan van entrar al port de Maó, desenes de figures negres es movien com espectres als penya-segats i observaven de lluny les evolucions dels vaixells. La notícia de l'arribada de les quatre naus de guerra italianes s'havia escampat com la pólvora des de la bocana fins al cul de la badia i havia trastocat l'ensopiment habitual de la petita ciutat, assentada a la punta oriental de les Balears. Van atracar en un moll en desús, situat entre dues cales allunyades de les cases, que els locals anomenaven el Fonduco i cala Figuerasses. Mentre tiraven les amarres a terra i les lligaven als norais, els curiosos no paraven d'arribar. Un estol d'ocells negres, que a en Ciro li van semblar corbs o milans, sobrevolava les naus. També els espectres del penya-segat li semblaven aus de rapinya a punt d'atacar-los: encara no sabia com els rebrien en aquell port estranger i les figures negres li resultaven inquietants.

A aquella hora, l'Eduardo Serra es dirigia en bicicleta a la serradora familiar del Cós de Gràcia, al centre de Maó, i quan va veure la gentada concentrada als penya-segats, ell també va decidir acostar-s'hi. Quan va treure el cap per entremig de les atzavares del camí de l'Almirall i va mirar cap al mar, va quedar fascinat per l'espectacle de les quatre naus arrenglerades contra el moll. Estava acostumat als vaixells de guerra espanyols, que anaven i venien de la base naval; amb la colla els agradava controlar-ne els moviments, mentre es tiraven de cap des dels espadats del Repòs del Rei. Però aquelles naus eren diferents: tenien la coberta plena de banderes de colors cridaners, estampades amb figures geomètriques variades. Hi havia banderes italianes, però també ensenyes amb franges horitzontals i verticals; n'hi havia amb creus, amb aspes, amb quadrats i amb triangles; estaven tintades en negre, en groc, en vermell i en blau. Vist des de dalt, l'efecte cromàtic era extraordinari. Als seus onze anys, l'Eduardo no havia estat mai tan excitat i no parava de fer exclamacions plenes de sorpresa i admiració.

Només de culminar les maniobres d'amarratge, els quatre vaixells de guerra italians van quedar de costat. Per primer cop des que havien sigut atacats pels alemanys, els mariners podien veure de prop els tripulants de les altres naus; es miraven estupefactes i descobrien la imatge de la seva pròpia derrota gravada en l'estampa dels altres, com si es miressin en un mirall. En les cares dels companys ja no hi havia por, ara hi descobrien la vergonya per una desfeta soferta sense ni haver plantat cara.

Quan es van sobreposar al desconcert inicial, els mariners italians van tirar a l'aigua les barques de salvament i van començar a traslladar els ferits a un hospital militar construït dos segles enrere en una petita illa al centre del port: l'illa del Rei. L'operació de trasllat de més de dos-cents ferits greus, la majoria procedents dels tres caçatorpediners, va durar un parell d'hores. Quan van completar l'evacuació, els mariners van pujar a les naus i van començar a retirar les banderes de colors que estaven escampades com flassades damunt de les cobertes. L'espectacle que va quedar al descobert va glaçar la sang dels curiosos, que no van poder ofegar un crit col·lectiu de dolor: les banderes amagaven els cadàvers dels mariners que havien mort durant la travessa nocturna.

L'olor de carn cremada i els gemecs dels ferits, que fins aleshores havien passat desapercebuts, es van elevar fins al capdamunt dels penya-segats i van acabar de commocionar aquelles figures negres, que van començar a disgregar-se, foragitades per una visió que els resultava insuportable.

—Vénen de la guerra! —va dictaminar solemnement l'Eduardo Serra quan va veure aquell escampall de morts. I va córrer a les serres familiars a portar la notícia.

En Ciro tampoc no va resistir la visió dels seus companys morts i va desviar la mirada cap al fons de la badia. Després, va aixecar els ulls al cel i va comprovar que l'estol de corbs o de milans no parava de créixer. Els ocells negres ara batien les ales amb força i volaven en cercles concèntrics damunt de les naus italianes.

7

Dos dies després, van enterrar els morts al cementiri de Maó. A les nou en punt, les campanes de l'església de Santa Maria van començar a tocar a difunts i durant dues hores van escampar el repic del dol per tot el port. Estirat al seu llit del primer pis de l'hospital militar, el Poeta es va estremir; les campanades li recordaven que havia sobreviscut de miracle, que ell també havia sentit que la mort el sotjava durant la travessa. Responent a la crida de les campanes, els supervivents van acomodar-se a la coberta dels vaixells, disposats a seguir la cerimònia des de la distància. No podien anar a l'església perquè ningú no havia pensat a subministrar-los una muda i seguien mig despullats des de la maleïda tarda del bombardeig. El silenci a bord era escruixidor.

Les tripulacions regulars de les quatre naus de rescat, en canvi, havien baixat a terra amb l'uniforme reglamentari i esperaven en formació l'arribada dels fèretres per acompanyar-los en processó fins a la part alta del poble. Quan van arribar les barcasses al moll, van carregar les caixes i van pujar-les a espatlles de voluntaris fins a la monumental església de Santa Maria, que va quedar petita per acollir els milers de persones que volien assistir al funeral. La cerimònia estava pensada per als mariners italians dels quatre vaixells de rescat, però també havia congregat els mariners espanyols de la base naval, els soldats de terra dels campaments militars de l'illa i tota la població de Maó, commoguda per la mort atroç dels joves italians.

La tarda abans, el rector de Santa Maria s'havia presentat al moll del Fonduco i havia preguntat:

—Són catòlics?

El capità Marini se l'havia mirat amb els ulls esbatanats, com si estigués escoltant un autèntic sonat.

—Però què coi vol que siguin? —va contestar indignat—. Són mariners de la Regia Marina Italiana!

Un cop aclarida satisfactòriament la qüestió, el bisbe de Ciutadella en persona va presidir la cerimònia, que va concelebrar amb una dotzena de capellans vinguts de diferents parròquies de l'illa.

En Ciro, que havia aconseguit l'uniforme reglamentari d'un mariner del *Fuciliere*, havia sigut dels primers d'arribar. Quan va entrar a Santa Maria, va quedar admirat per la grandesa de l'orgue, que mostrava alguns desperfectes, com si algú l'hagués volgut destruir, però encara es veia monumental. A continuació va passejar la mirada pels arcs del primer pis, que va trobar molt elegants; finalment va escrutar una a una les capelles laterals i va anar a seure a la que estava dedicada a la Mare de Déu dels Dolors, que li va semblar la més adequada als seus propòsits.

Era allà per oferir el seu propi funeral als amics perduts a l'Asinara: en Santo, en Gavino i l'Ovilio no tindrien mai una cerimònia com aquella, perquè mai ningú no podria recuperar els seus cossos del fons del mar. Li va semblar que ningú com la Dolorosa podria comprendre el seu abatiment. Agenollat de cara a la verge, va dedicar una primera oració al pobre Gavino, que s'havia quedat per sempre al fons de l'Asinara perquè no sabia nedar i no s'havia atrevit a tirar-se a l'aigua. Després es va preguntar què devia haver-li passat a l'Ovilio: l'havia buscat per totes les naus amarrades a Maó, amb l'esperança que una d'elles l'hagués rescatat, però ningú n'hi havia sabut donar raó; havia acabat acceptant que devia ser entre els morts i també va resar-li una avemaria de comiat.

Finalment, va recordar en Santo, que estava de servei a la bateria número dos de proa i amb tota seguretat havia volat en el moment de la deflagració del dipòsit de municions. S'havia passat mesos esperant entrar en combat i quan, per fi, la guerra l'havia vingut a trobar, no havia tingut temps ni d'adonar-se'n.

—Si Déu i el *Roma* combatien al mateix bàndol, hauràs de convenir que la tarda del 9 de setembre, al golf d'Asinara, Déu va deixar de ser invencible —va retreure en Ciro a en Santo, com si en aquell mateix instant el tingués al seu davant—. O això, o no teníem Déu de la nostra part —va sentenciar, serrant les dents per no cridar.

Va aixecar el cap per resar una altra avemaria i demanar la intercessió de la Mare de Déu en favor del seu amic. Només aleshores va adonar-se que la Dolorosa tenia una cara tristíssima: una llàgrima enorme li lliscava galta avall i anava a caure damunt d'una de les set espases que li travessaven el cor.

—Espero que la verge hagi intercedit per tu i Déu t'hagi acollit al paradís —va afegir finalment en Ciro, aquest cop en veu alta, com si definitivament en Santo fos allà, al mig de la capella dels Dolors.

Però just llavors va sentir la remor que anunciava l'entrada dels voluntaris a l'església, i quan a continuació va veure els taüts alineats al peu de l'altar, va comprendre que la mort de tots aquells innocents en aigües de l'Asinara li feia molt difícil confiar en un Déu misericordiós. Qui era el culpable d'aquelles morts? De què havien servit aquelles vides segades quan tot just despuntaven? Quin Déu colèric podia haver exigit aquells sacrificis humans? Però encara volia creure en el descans etern dels seus amics i va donar per bones totes les oracions. En aquell instant de recolliment íntim també va tenir un record per a l'almirall Carlo Bergamini, cap de la flota, al qual havia respectat més que a cap altre mariner.

—I tu, Bergamini, sempre tan recte, sempre lleial al rei i a la pàtria, sabries dir-me per qui has entregat la vida? —li va preguntar.

Va sentir molta llàstima per l'almirall i també li va dedicar una pregària. Després, es va posar dret per saludar l'entrada del bisbe i els seus concelebrants, i es va disposar a seguir la cerimònia, que va ser molt emotiva i va arrencar rius de llàgrimes als assistents.

Quan el bisbe va donar per acabat el funeral i es van obrir les portes de Santa Maria, la gentada va omplir la costa de sa Plaça, el carrer de ses Moreres i el llarguíssim Cós de Gràcia. Mariners italians i espanyols van carregar les caixes en un camió i es va formar una comitiva presidida pel senyor bisbe, que va pujar camí del cementiri, seguit per més de cinc mil persones; mai no s'havia vist a Maó una concentració tan multitudinària. Dues bandes de música, una d'italiana i una de la ciutat, tancaven el seguici tocant música fúnebre, que posava el punt de gravetat que l'ocasió requeria.

A mitja pujada del Cós de Gràcia, just a l'altura de les fustes dels Serra, la comitiva va aturar-se i els capellans que havien concelebrat el funeral van dirigir una última oració pels joves morts. En Ciro, que anava just darrere del camió, va quedar encarat a l'Eduardo Serra, que seguia l'escena enfilat en una escala, a la porta del negoci familiar. Aquell noiet que el mirava amb ulls inquiets li va recordar els seus vuit germans i just en aquell instant va advertir que amb totes les emocions dels últims dies no havia tingut temps de pensar en la família: de tornada al vaixell havia de buscar la manera d'escriure a Nàpols i fer-los saber que estava viu. Quan el seguici va tornar a posar-se en marxa, ara ja només amb els militars i les dues bandes de música, va veure que des de l'interior de les serres cridaven al nano que tornés a la feina. Però aquell dia, a Maó, ningú no va tornar a treballar.

Sortint del cementiri, el sol cremava com els pitjors dies d'estiu i tota la tropa suava. En Ciro va buscar la protecció dels pins que flanquejaven l'entrada del poble i després va accelerar el pas a l'ombra dels edificis del Cós de Gràcia, que va refer de baixada cap al port. Es moria de ganes d'explicar la cerimònia al Poeta, però abans tenia per davant una tarda plena de sorpreses. La primera l'esperava a bord del *Fuciliere*. Només d'embarcar, un sotsoficial li va entregar un paquet:

—De part dels espanyols —li va dir.

Embolicat amb paper d'estrassa hi havia un uniforme d'estiu de la marina espanyola, dos calçotets i unes botes negres. Per fi tornarien a semblar soldats regulars. Es va canviar immediatament, amb il·lusió de nen petit, però quan es va veure vestint l'uniforme espanyol no va poder evitar de sentir-se incòmode. No es reconeixia, era com si estigués ocupant el cos d'un estrany. De fet, tot en aquella guerra començava a ser molt confús: venien d'enterrar els seus morts en terra desconeguda; havien estat bombardejats pels alemanys, que havien estat els seus aliats durant quatre anys; s'havien refugiat en un port espanyol on tan aviat els tractaven d'amics com els feien sentir presoners; i si mai els deixaven marxar, tampoc no sabrien on anar, perquè ja no tenien ports segurs. Ara vestia l'uniforme d'un estranger i mai se'l podria sentir seu.

En Ciro es va aturar davant d'una planxa metàl·lica que li feia de mirall; es va allisar la brusa blava i es va ajustar el coll, que era blanc. Era ell, era la seva cara, però definitivament no s'agradava. No va tardar a canviar de criteri perquè quan va pujar a coberta s'havia aixecat una mica d'aire i va pensar que en tot cas sempre era millor vestir un uniforme estranger que anar mig despullat, sobretot ara que els dies s'escurçaven i les nits començaven a ser fredes. Al final, potser només es tractava de sobreviure.

La segona sorpresa la va tenir quan tornava de visitar el Poeta a l'hospital militar. Havien rigut a costa del seu uniforme de l'armada espanyola i s'havien emocionat recordant la cerimònia fúnebre, que en Ciro li havia reproduït fins a l'últim detall. Al Poeta encara li costava respirar, però semblava que estava millor de les cremades, i de tornada al moll del Fonduco en Ciro va pujar a la barca amb l'esperit reconfortat. Però llavors, quan es va asseure al banc de popa, es va mig desmaiar.

El mariner que pilotava la barca li va dir:

—Sembles malalt.

—Només una mica decandit. Amb aquesta pudor de carn cremada fa tres dies que no m'entra res: tot el que menjo ho vomito.

El pilot va acostar els que venien de l'hospital a les naus i després va desviar la barcassa cap al *Regolo*, que només havia recollit vint-i-tres dels més de sis-cents supervivents del *Roma*. Quan van pujar a bord, l'aire que es respirava a l'interior del vaixell no tenia res a veure amb el de les altres naus. El pilot de la barcassa va conduir en Ciro a la cuina. Allà, lluny dels ferits i de la pudor de carn cremada, va menjar de gust per primer cop des de l'atac.

Al vespre, un altre cop a bord del *Fuciliere*, l'esperava l'última sorpresa. Un oficial va reunir tots els supervivents a coberta i va anunciar-los:

—Els que formàveu part de la tripulació del *Roma* heu d'estar preparats per baixar a terra immediatament. A partir d'avui mateix us acomodareu en tres edificis que ens han cedit els espanyols.

Dues hores després, els supervivents del naufragi que no estaven ingressats a l'hospital militar es repartien en tres edificis bastits al fons del port, a la colàrsega, entre la base naval i el poble de Maó.

8

Vuit dies després de l'arribada dels vaixells italians, la gent de Maó encara evitava d'acostar-se al port, que seguia impregnat d'aquella horrible pudor de carn cremada. A l'illa del Rei la situació era encara més espantosa, perquè les cremades i les ferides infectades dels interns havien atret un exèrcit de petites mosques i l'amenaça d'una epidèmia havia disparat totes les alarmes. Les monges lluitaven incansablement contra la invasió; intentaven desesperadament mantenir allunyat el perill d'una epidèmia, però aviat es van rendir a l'evidència que les benes no impedien la concentració de centenars de punts negres damunt de les ferides més delicades. Quan ja estaven a punt de claudicar, les Filles de la Caritat es van inventar un sistema estrafolari: amagaven les mans cremades dintre de caixes de cartró, que impedien que les mosques s'hi acostessin; amb les mans tancades en aquelles gàbies, els ferits semblaven titelles a mig fabricar. Les sales de cremats tenien una imatge grotesca, però la solució es va demostrar molt pràctica. Dia a dia les cremades milloraven i els mariners internats van recuperar l'esperança.

En Ciro es presentava cada tarda a l'illa del Rei per fer companyia al Poeta. Els primers dies hi anava pels molls, fins as Castell i l'embarcador de l'hospital, que era el camí més llarg; però més endavant va decidir aproximar-s'hi per l'altra banda, voltant per darrere la base naval, fins a cala Partió. Allà un pescador li deixava una barqueta de setze pams, que havia batejat amb el nom de *Menorquina*.

De tornada de l'illa, havia començat a aventurar-se cada tarda per les feixes cultivades que baixaven des de Sant Antoni, una gran casa de façana clàssica i parets vermelles, que dominava la badia. En Ciro es moria de gana i quan va descobrir en un marge entre feixes una figuera paratjal carregada de figues madures no va resistir la temptació. Estaven al punt: vermelles, carnoses, tan clivellades pel sol que gotejaven un suc dolcíssim. Va espantar les abelles que picotejaven les figues, va abastar-ne unes quantes, les més blavoses, gairebé morades i se'n va posar dues de seguides a la boca, amb avidesa. Quan atansava una branca més alta, va sentir una fressa al seu darrere; va girar-se espantat i va descobrir que un home l'observava des del corriol, tallant-li l'escapatòria. Va donar per fet que el denunciaria i es va veure perdut, però el pagès el va sorprendre:

—Ets mariner des barcos italians? Diuen que passau gana? Va, vine amb jo, na Magdalena te farà alguna cosa de menjar —li va dir—. I a partir d'ara, no fa falta que robis res. Si tens gana, puges a ca nostra i ho demanes.

Al cap d'una estona devorava una amanida de tomata i un tros de formatge casolà, a la cuina dels masovers de Sant Antoni, la casa de pagès més important de s'Altra Banda i segurament de tota aquella part de l'illa. En Ciro els explicava la seva odissea a bord del *Roma* i en Mateu Pons i la Magdalena Moll se l'escoltaven com si sentissin explicar un conte.

Els dies van passar de pressa. La roda girava, no se sabia cap a on ni qui la impulsava, però en Ciro va acostumar-se a la nova rutina sense grans entrebancs. Als locals militars que els havien habilitat com a casernes dormien a terra, en un jaç de palla i flocs de llana. El menjar era tan escàs que passaven autèntica gana, però tenien llibertat de moviments pel poble, feien classes d'espanyol, jugaven a futbol per mantenir-se en forma i cada tarda, tornant de l'hospital militar, pujava a Sant Antoni a visitar els seus nous amics.

El sentien d'una hora lluny, perquè pujava tot el camí xiulant. Després, quan s'havia refet a la cuina devorant el menjar que li preparaven, els cantava antigues cançons napolitanes, que de vegades adaptava amb enginy per narrar les tribulacions dels mariners i la seva estada a Maó: «E' la *Menorquina* la nave più bella / è la nave sulla cui navighiamo / è la *Menorquina* una sagoma snella». En Mateu i la Magdalena el corresponien explicant-li els amors de Lord Nelson i Lady Hamilton en l'ala noble d'aquella mateixa casa que ara els acollia i que els anglesos coneixien com The Nelson's House.

A en Ciro, la rutina i l'esperança que aviat tornarien a casa li eren suficients per anar tirant. Fins que un matí, quan va llevar-se, va veure que havien mogut les naus des del moll del Fonduco i les havien fondejat, l'una al costat de l'altra, a la colàrsega, al cul del port. Al principi no hi va donar importància, però aquella tarda, quan va anar a agafar la *Menorquina* per traslladar-se a l'illa del Rei, el pescador de cala Partió li va dir:

—Tots es pops van a morir a sa colàrsega!

Llavors va entendre que havien mogut les naus per deixar-les immobilitzades. No tornarien a casa en molt de temps.

Aquella mateixa tarda, quan va pujar al primer pis de l'hospital militar, va veure el Poeta que parlava amb una dona menuda, elegant i enjoiada, que prenia notes en una llibreta.

—Qui era? —va preguntar encuriosit, quan ella va marxar cap a una altra estança.

—Es diu Fortuna Novella i és filla de Carloforte, a l'illa de San Pietro, al sud-oest de Sardenya; hi parlen genovès, com a Le Cinque Terre. Té una gran biblioteca i demà em portarà els *Sonets* de Petrarca.

La dona, que era la vídua d'un acabalat home de negocis menorquí, Antoni Riudavets, va posar tot el que tenia a disposició dels compatriotes, en especial dels ferits ingressats a l'illa del Rei. Fortuna, la dona petita i fràgil, d'ulls blaus i cor gros, aviat es va convertir en l'àngel de la guarda dels malalts: els escoltava, els feia de traductora, els feia regals i, quan convenia, també els feia de mare. Els ferits deien que quan entrava de visita a la seva cambra de l'hospital podien respirar l'olor de casa, l'olor de la seva pròpia *mamma* i van començar a anomenar-la *Mamma Mahón.*

9

El Poeta va obrir els ulls i va descobrir que el cel de Maó s'havia enfosquit com si fos negra nit; una tempesta de llevant estava a punt de descarregar sobre el port. Un parell d'hores abans, a migdia, quan s'havia adormit, el cel era transparent, blavíssim; només de tant en tant un núvol de cotó fluix venia de mar oberta i desfilava per davant de la seva finestra camí de l'interior de l'illa. Va maleir un cop més l'abatiment que li causaven les lesions al pulmó, que el mantenien endormiscat les millors hores del dia. Les cremades havien millorat, però l'aire li arribava cada dia amb més dificultat.

El seu cos s'apagava i les monges de l'hospital li havien concedit l'última voluntat dels condemnats a mort: sor Emilia i sor Rosa havien apropat el seu llit a una finestra i li havien obert els porticons de bat a bat. Des que l'havien ingressat a l'hospital, era el primer cop que veia el cel. Era tot el que necessitava abans de morir.

Quan les monges l'havien deixat sol, havia provat infructuosament d'incorporar-se, per abocar el cap per la finestra, damunt del port, però els braços no l'havien aguantat i s'havia hagut de conformar reposant el cos de costat, decantat cap a l'exterior. Els núvols s'havien fet cada cop més grans, blanquíssims, i havien adoptat formes capricioses. Per la seva finestra havien desfilat figures d'animals, de persones i de monstres, que amb prou feines duraven uns segons, abans de desdibuixar-se empeses pel vent, cada cop més violent. Quan el cansament l'havia vençut i havia tancat els ulls, havia iniciat un viatge pertorbador buscant tots els àngels i els dimonis que havien poblat els seus escassos vint anys de vida.

Es va despertar inquiet per la imminència de la tempesta. Va sentir algú que respirava al seu darrere i va veure en Ciro, al peu del llit, que se'l mirava en silenci. Es van estar una bona estona així, mirant-se als ulls, però sense dir-se res; després, en Ciro es va sentir obligat a preguntar:

—Com estàs, avui?

—Millor —va contestar el Poeta.

Però ho va dir així, molt sec, sense esperança. Després va semblar que s'animava.

—Aquesta tarda he baixat a l'infern dels éssers més infames, he travessat el purgatori on es desesperen els pusil·lànimes i he pujat al cel a trobar les ànimes més pures... Ara em sento en pau, preparat per al viatge.

En Ciro va fer cara d'espantat. Delirava? El Poeta va adonar-se'n, va somriure i li va preguntar:

—No coneixes *La Divina Comèdia*?

—Sí, és clar, de l'escola... Però sencera no l'he llegit mai.

—Jo l'he rellegit aquesta mateixa tarda, de principi a final: els núvols l'han escrit per a mi al cel de la badia. Primer representaven persones i animals perillosos: un guepard, un lleó i una lloba ferotge, que m'impedien el pas. Després se m'ha aparegut Virgili, el poeta, i m'ha convidat a acompanyar-lo. Hem pujat a la barca de Caront i hem vist les cues d'escorpí de Gerió. Hem descobert rius de sang, pluges de foc en deserts ardents, mars de sang bullent; hem anat a trobar centaures, minotaures, poetes, usurers, traïdors, criminals, governants corruptes... Sabies que aquells que es fan mal a si mateixos són condemnats al setè cercle de l'infern, on es converteixen en plantes i ja no disposen mai més del seu propi cos?

El Poeta va tancar els ulls i quan va prosseguir, més que parlar, suplicava:

—Déu, com voldria que Minos es compadís

de mi i em deslliurés d'una vegada d'aquest cos que em mortifica! Com anhelo convertir-me en un castanyer dels boscos de Biassa! O en un ginebró de la garriga que creix als penya-segats d'aquí fora, que flairo des del llit!

Definitivament el Poeta delirava, però en Ciro no gosava interrompre'l.

—Saps? Quan he arribat al cel, m'hi he trobat la Beatrice. Estava radiant, més serena que mai, i vestia el mateix vel blanc i el mantell verd que es va posar l'últim dia que vam baixar plegats de Biassa. Te'n recordes?

En Ciro se'n recordava perfectament. Havia sigut a l'agost, quan encara estaven atrapats a La Spezia, però semblava que havia passat en una vida anterior, quan encara no havien conegut l'infern de l'Asinara.

Aquell dia, quan va baixar a terra, en Ciro no tenia ganes d'anar al cine i va decidir pujar a Biassa amb el Poeta, que tenia el seu pare treballant a les fusteries de l'Arsenale, a només cinc-cents metres de la dàrsena on estava amarrat el *Roma*, però encara no s'havien pogut trobar cap dia. Si volia parlar-hi, havia d'aprofitar aquelles hores de permís i pujar al poble.

—Si ens afanyem encara hi trobarem les noies

—va dir el Poeta quan van començar a enfilar-se per la muntanya.

Les noies eren la Beatrice, la xicota del Poeta, i la Francesca, l'amiga que sortia amb en Ciro des que un diumenge de juny els havien presentat a les sessions de tarda del Monteverdi.

Van passar el matí de casa en casa, saludant els veïns, que volien abraçar el noi del fuster, perquè així imaginaven que abraçaven els seus propis fills, que també havien marxat a la guerra. El Poeta havia sigut el primer noi de Biassa que havia estudiat al Liceo de La Spezia i es preparava per entrar a la universitat. Tot el poble n'estava orgullós, del Poeta, sobretot el seu pare, que era un militant convençut de la causa de l'educació; per sort, el fill havia aprofitat el temps i s'havia tornat un apassionat dels llibres.

Quan va arribar l'hora del comiat, el pare no va dissimular la seva frustració. Aquella maleïda guerra havia alterat greument el curs natural de les coses i amenaçava els projectes que li havia costat tant de preparar per al seu fill gran.

—Sigues valent, però no t'arrisquis més del compte, et necessito viu. Després de la guerra, m'ajudaràs a la fusteria i aniràs a la universitat —va dir-li fredament.

—Potser haurem de tancar la fusteria i obrir una fleca —va riure el Poeta, mirant de reüll en

Ciro, que també reia—. Des que estic destinat al forn del vaixell, diuen que mengem el millor pa de tota la flota.

El pare no va contestar, es va limitar a abraçar-lo. La mare se'ls mirava de lluny, asseguda a taula; no donava senyals de voler incorporar-se. El Poeta s'hi va acostar.

—Abraci'm, mare! Passaran setmanes, abans no pugui tornar a visitar-los.

La dona s'hi va girar d'esquena. Estava convençuda que, si no l'acomiadava, seria com si el seu fill no marxés al front. I si no marxava, no hi hauria cap guerra i no li podria passar res de dolent. Era la seva manera d'esquivar la mort.

La reacció llunàtica de la mare va sorprendre el Poeta, que va fer una ganyota de dolor, va intercanviar un somriure trist amb el pare i es va girar cap a la porta.

—Va, anem a buscar les noies i baixem a Spezia —va dir, així, sense l'article, com en deien la gent de la regió.

La Francesca i la Beatrice els esperaven a la porta. La Beatrice en realitat es deia Chiaretta, però des del dia que havien començat a sortir el Poeta li havia canviat el nom.

—Només faltaria que un poeta no pogués ni rebatejar la xicota —es defensava rient quan l'hi retreien.

Van agafar el carrer de l'església i més enllà del cementiri van passar una zona d'hortes, plantades de cebes i patates, que la gent canviava al mercat de La Spezia per productes que necessitaven. Després van entrar en un bosc de castanyers tendríssims, carregats de castanyes que encara verdejaven, i el Poeta es va aturar.

—Aquest mes d'octubre, moltes famílies no tindran braços per collir les castanyes i baixar-les a Spezia —va lamentar mentre es treia les sabates i se les penjava a l'esquena.

Les dues noies el van imitar.

—Que heu fet alguna promesa? —va preguntar desconcertat en Ciro.

—Què t'emboliques, tu, ara? En aquests corriols enfangats les sabates es gasten en quatre dies —va contestar la Francesca, enriolada.

Van caminar un tros amb el sol al darrere i de seguida van entrar a l'obaga, que ja no van deixar fins que van ser a baix, a tocar de l'Arsenale. Es van dirigir al centre, a recollir la colla, que a aquella hora ballaven al Marconi, i van anar plegats a ramblejar amunt i avall de la Via del Prione, com solien fer cada tarda que els deixaven baixar a terra. En Ciro i el Poeta passejaven tranquil·lament agafats del braç de la Francesca i la Beatrice. Uns metres més enrere els seguien l'Ovilio, en Santo i en Gavino, que no paraven de fer-los broma.

Quan s'acostava l'hora de tornar al vaixell es van encaminar a la Porta del Chiodo i van passar per davant d'una zona de magatzems mig abandonats, dissimulats amb una mica de vegetació.

—Fills de puta! —va cridar de cop el Poeta, mentre arrencava a córrer cap a l'entrada d'un carreró—. Figli de putana! A ve tagio 'e bale e a ve gi fago 'ngolae!* —va cridar després, fora de si, en el dialecte genovès de Le Cinque Terre, dirigint-se al grup que es movia furtivament entre les ombres.

El Poeta va arribar al portal en el moment que dues figures arrencaven a córrer en direcció a Via Garibaldi. Quan passaven per sota d'un fanal, en Ciro va distingir perfectament els uniformes alemanys i es va posar en alerta, perquè, just en aquell instant, els que no havien fugit van plantar cara al Poeta, van rodejar-lo i el van tirar a terra. Tot just llavors en Ciro va reaccionar i va cridar els altres, que caminaven més enrere.

L'arribada dels amics va posar en fuga els alemanys quan ja havien clavat amb fúria les botes a la cara del Poeta, que s'havia defensat com un animal des de terra. Es va incorporar amb dificultats; tenia un tall a la cella i el nas també li rajava. Es va

* «Fills de puta! Us tallaré els collons i us els faré empassar».

passar la màniga per la cara i es va acostar renegant a tres nois que devien tenir onze o dotze anys. Encara tenien els pantalons abaixats i se'l miraven amb cara d'espant.

—Va a ca', schifoso! A femo i cunti dopo...* —va cridar al primer que es va trobar, abans de bufetejar-lo. Els nois es van apujar els pantalons i van arrencar a córrer.

No va tornar a parlar en tota la nit. A la Porta del Chiodo van pujar a la barcassa que els havia de portar a l'altra banda del port. El *Roma* estava amarrat de popa, a la Porta Marola, però no tocava directament al moll, estava separat una trentena de metres. A aquella hora, la barcassa anava plena. Entre els passatgers, el Poeta va descobrir-hi amb disgust dos oficials de la Luftwaffe; eren els homes que interpretaven per als italians les indicacions de les patrulles aèries de suport de l'aviació alemanya. Quan la barcassa passava entre la popa i el moll, per acostar-se a l'escala que estava penjada a estribord, els passatgers es van començar a posar drets per enfilar-se. Els dos homes de la Luftwaffe van ser dels primers d'aixecar-se. El Poeta, també. Va fer veure que perdia l'equilibri, va caure damunt d'un dels oficials alemanys i el va fer caure a l'aigua.

* «Passa a casa, desgraciat! Un altre dia passarem comptes!».

Quan van ser dalt, en Ciro li va comentar:

—No hauria pensat mai que els nazis et caiguessin tan malament.

—A mi només m'interessa la literatura. Però fa tres anys que aguantem aquesta colla de cabrons i ja no puc més.

En Ciro se'n recordava bé. No feia ni dos mesos d'aquella tarda i ja gairebé havia oblidat la Francesca, però cada dia havia recordat la reacció furiosa del poeta amb aquells nois de La Spezia.

—Per què et vas emprenyar tant aquell dia amb els nanos a l'entrada del carreró?

—Aquells insensats es venen per quatre quartos als oficials pervertits que busquen carn fresca. S'ho agafen com un joc: una mamada a canvi del preu d'una entrada al cine. Un dels nois era el meu germà petit.

En Ciro i el Poeta es van quedar en silenci. La tempesta havia començat a descarregar amb fúria i el vent feia petar la finestra, però cap dels dos no va fer el gest de tancar-la. Els llampecs il·luminaven el port de punta a punta i el repicar frenètic de la pluja contra les teulades els exaltava l'ànim.

Al cap d'una estona, en Ciro va dir:

—Saps, Poeta, que no he sabut mai el teu nom de pila verdader?

La cara del Poeta es va il·luminar.

—Dante, em dic Dante Sansolini.

En Ciro va tirar el cos endavant, per tocar-li el braç, i va fer una gran riallada. El Poeta va intentar sumar-s'hi, però amb prou feines va poder esbossar un somriure.

—El dia del bateig el pare va anunciar el nom a la família, convençut que el més gran dels nostres clàssics m'havia de marcar el destí —va aclarir el Poeta amb un fil de veu cada cop més dèbil—. Si no hagués estat per aquesta maleïda guerra, el seu desig ja s'hauria acomplert. Ara seria mestre. O un escriptor reconegut.

10

Quan va sortir al pati de l'hospital, la tempesta havia engolit la badia i va saber que no tornaria a veure viu el Poeta. Va travessar els jardinets de les monges i va córrer pel dret cap a la barca. Quan va agafar els dos rems, ja estava xop. Va buscar l'entrada del port amb la mirada, però la bocana havia desaparegut sota una cortina de pluja. Sant Antoni també era una figura desdibuixada entre la boira, però va decidir pujar-hi igualment. Sentia el pes del desànim i necessitava la companyia d'en Mateu i la Magdalena, que eren el més semblant a una família que havia trobat des que havien quedat retinguts a Maó.

Quan arribava a les feixes de dalt, la pluja es va aturar en sec, com si algú hagués ordenat de cop la fi de la tempesta. Els fruiters regalimaven; les regues de l'hort s'havien inundat i semblaven rieres desbordades. Va pujar l'últim tram xiulant

«Carmela», una cançó trista, melancòlica, i en Mateu va sortir a rebre'l:

—Ens has duit bona sort, aquest serà any d'esclata-sangs i de bolets de tota casta! —va dir-li amb un gran somriure, abans de fer-lo passar a la cuina.

Van seure a la taula, de cara al foc, que en Mateu mantenia viu amb troncs d'ullastre i d'alzina. La Magdalena els va treure les sobres d'un arròs de la terra que havia fet el dia abans per a tots els que havien pujat a ajudar-los en la matança del porc. Quan va veure aquella cassola de blat trencat amb trossos de costelló, botifarró, xulla, sobrassada, tomata i una cabeça d'alls sencera, en Ciro va obrir uns ulls com taronges i va callar per concentrar-se.

—Aquest plat és una bomba, fa dies que em malcrieu i després no em sabré acostumar de nou a la porqueria de menjar de la Marina espanyola! —va dir amb una gran riallada quan es va acabar l'arròs.

Després, per agrair-los l'hospitalitat, els va sorprendre cantant la primera estrofa d'una cançó menorquina que s'havia fet ensenyar al poble: «Roseret de roses blanques, / qui ens ho havia de dir, / tan amics com érem antes, / que ara haguéssim de renyir».

En Mateu va esclatar a riure i es va aixecar per acostar un formatge d'ovella fet a casa i un cistell de figues de coll de dama pintada que havia abastat abans que la pluja les deixés aigualides. Quan va tornar a seure encara reia i també es va posar a cantar: «Ses figues mos heu de dar, / de coll de dama i verdals, / bordissots i paratjals, / totes grosses com sa mà».

L'endemà, quan pujava amb recança l'escala de l'hospital, va veure sor Emilia i sor Rosa que sortien de la sala dels cremats greus. Vestien totes dues de blanc, com els àngels, i es cobrien amb còfies d'ales gegantines, que semblaven a punt de volar. Però quan en Ciro se les va encreuar, es van senyar precipitadament i va comprendre que aquella tarda eren àngels de la mort que li anunciaven el final del Poeta.

El van enterrar al cementiri de Maó, al mateix tros de terra que s'havia destinat a donar sepultura als mariners morts en la travessia de Sardenya a Menorca, la nit després del bombardeig. En Ciro s'havia passat el matí a casa de Mamma Mahón, buscant una lectura adequada per a l'ocasió. Va estirar un llibret d'un prestatge tancat amb vidre i es va acostar a la finestra que donava a la badia. Després de la pluja el cel tornava a ser transparent i l'illa del Rei semblava més propera. Va mirar la coberta del llibret: *Vita Nuova*, Dante Alighieri, va llegir, i va somriure convençut que el Poeta hauria aplaudit la tria.

Més tard, al cementiri, quan van dipositar la caixa amb les despulles a la fossa comuna i el mossèn de Santa Maria va dirigir l'última oració, en Ciro va fer dues passes endavant i es va situar al costat del capità Marini, que presidia la cerimònia. Les parets blanques del cementiri projectaven una llum que encegava. En Ciro va abaixar els ulls, va esperar que s'acostumessin al sol i va llegir:

Amor porta en sos ulls ma benvolguda:
per això es fa gentil ço que ella mira;
per on passa, tothom vers ella es gira,
i fa tremir el cor a qui saluda.

Mes, si ella el seu esguard a terra muda,
de dolor pels defectes d'ell sospira:
fugen del seu davant l'orgull i l'ira;
per fer-li honor, oh dones, deu-me ajuda.

Tota dolçor, tot pensament humil
neix en el cor de qui parlar la sent,
i el que quasi la veu benaurat viu.

El que ella apar llavors que mig somriu
ningú no pot dir, ni sols haver-ne esment:
tan nou és el miracle i tan gentil.

11

Diumenge va sortir del campament a mig matí disposat a caminar fins a cala Partió, per darrere de la base naval espanyola, com si encara hagués d'anar a fer companyia al Poeta. Quan es va adonar que ja feia vint-i-quatre hores que l'havien enterrat, va girar en rodó i va tornar enrere. Al cap de poc tornava a ser a la porta del campament, però va passar de llarg i va seguir caminant. Se sentia desorientat, però les cames li anaven soles. Va passar per sota del poble, va deixar enrere el moll de cala Figuerasses i a l'altura de l'embarcador d'es Castell va aturar-se. Un d'aquells ocells negres, que ara ja estava segur que eren corbs, sobrevolava l'hospital militar i va intuir que un altre malalt acabava d'exhalar el darrer sospir. Va maleir l'ocell i es va espolsar un pensament que el perseguia: no volia morir lluny de casa, però si no aturaven aquella roda sinistra, tots acabarien cedint a l'envestida de la mort. Va tornar al camí i va accelerar el pas.

Va caminar més de dues hores fins a la bocana del port. Hi havia un mar de fons que venia de lluny, potser d'Itàlia, perquè a la badia no hi passava ni un bri d'aire. Va baixar arran d'aigua i va seure en una roca plana, que cremava pel sol, que era alt i projectava reflexos brillants damunt del mar, fins a l'horitzó. Una gavina havia planat damunt de l'aigua i es deixava portar per les onades llargues i ondulades, que pujaven i baixaven al ritme del corrent. El sol l'encegava, però va saber que una barca entrava a port per les aus que xisclaven en espera que els pescadors llencessin el peix dolent a l'aigua.

Va clavar la mirada en aquells reflexos brillants que l'hipnotitzaven, com les flames del foc de casa, als hiverns d'aquella infantesa napolitana que ara li semblava tan llunyana. L'aigua era transparent i deixava veure la línia entre el net i el brut del fons, aquella frontera que separava la sorra de les algues, com li havia descrit en Gavino aquell dia que li explicava com calaven les xarxes amb el seu pare, abans de la guerra. Les pallarides i els uriços s'arrapaven a les roques, sota l'aigua, però les algues es deixaven portar pel corrent de fons, amb moviments rítmics i ondulants. El matí de diumenge era molt plàcid. Ningú no hauria dit que estaven en guerra.

Va deixar passar el temps i en algun moment de les seves cabòries va veure que el mar pujava i cobria la roca més gran. Quan el nivell va tornar a baixar, va formar un gran remolí que semblava voler endur-s'ho tot —roques, algues, uriços, pallarides i somnis— i arrossegar-ho al fons del mar, com el cos del pobre Gavino, que a aquella hora alimentava els peixos al fons de l'Asinara, sotmès al caprici dels corrents que li arribaven de l'estret de Bonifacio. O potser amb el pas dels dies un cop de mar l'hauria escopit a la platja de Castelsardo, als peus del seu pare, que hauria cridat de ràbia, desesperat per un món que ja no podia comprendre.

Havia acceptat de mica en mica la desaparició d'en Santo, en Gavino i l'Ovilio, però encara no se sentia amb forces d'acomiadar-se definitivament del Poeta, que era el seu darrer vincle amb tots aquells mesos viscuts al *Roma*. Ara ell era l'únic supervivent d'aquella foto que s'havien fet a la Madonna del Monte, quan creien que eren immortals. Quina ironia! Si ell no sobrevivia, ningú no aniria a recollir les còpies que havien pagat per avançat. La imatge dels cinc amics abraçats per l'espatlla aniria a parar a un calaix de mals endreços. I, a la fi, algú la llençaria a les escombraries.

Va deixar passar les hores sense adonar-se'n fins que de cop l'aire li va semblar fred. Va perdre les ganes de seguir encantat en aquell mar que podia seduir-lo com una amant apassionada o fer-se-li fosc i traïdor fins a límits insuportables. Va marxar entre corriols pedregosos fins a arribar a l'escullera de ponent. El sol, que començava a baixar, li venia de costat i va accelerar el pas, com si volgués deixar enrere la seva pròpia ombra, que es projectava llarguíssima damunt del moll. De sobte, va veure que una altra ombra se li acostava i es va sobresaltar, però quan es va girar no va veure ningú, només el corb negre que sobrevolava la badia. Tanta tristesa, tanta crueltat, li feien veure visions. Si no es volia tornar boig, havia de fugir d'aquell país i tornar a casa.

12

El menjar no millorava. Més de cinc-centes persones havien de subsistir amb les racions pensades per a dues-centes cinquanta, de manera que les queixes dels mariners afamats van anar pujant de to i es van acabar convertint en protestes cada cop més organitzades. El dia 20 d'octubre, a l'hora de dinar, els supervivents del *Roma* es van declarar en vaga de fam. Aquell dia els havien subministrat uns rosegons de pa negre, sec, dur com una pedra, i una gasòfia difícil d'empassar: quatre pèsols i quatre fesols mal comptats que flotaven damunt d'un líquid fumat, impossible de qualificar. Els italians es van negar a servir-se la sopa i van llençar el pa al mar. Era una revolta en tota regla.

El jove oficial que estava de servei, Arturo Catalano Gonzaga, va mirar de calmar els ànims amb l'argument que eren hostes d'una marina estrangera que els havia rebut fraternalment:

—Ens han vestit, ens han procurat un sostre i, encara que de manera molt escassa, ens donen menjar.

Era un oficial molt popular entre els seus homes, però no els va poder calmar. De fet, els instigadors de la protesta havien escollit aquell dia perquè sabien que en Catalano estava de servei i confiaven que seria comprensiu amb les seves queixes. Un nou intent de rebaixar la tensió protagonitzat pel tinent de vaixell Giuseppe Megna, l'oficial més veterà de tots els supervivents, també va fracassar.

Quan la notícia de la vaga va arribar a la base naval espanyola, les autoritats militars de l'illa van respondre enviant al campament un destacament d'infanteria de marina fortament armat, que va ser rebut a empentes i amb una esbroncada monumental dels manifestants italians. El destacament espanyol no va voler escoltar les crides a la solidaritat entre militars i va reprimir violentament els revoltats.

La protesta va incomodar les autoritats espanyoles i va desfermar l'hostilitat d'alguns sectors locals.

—Es queden es poc menjar que noltros tenim, i tenen sa poca vergonya de tirar-lo a la mar! —cridaven l'endemà alguns veïns, atiats pels partidaris de la causa alemanya, que des del primer dia miraven amb menyspreu els italians.

La vaga de fam es va saldar amb mesures disciplinàries contra els amotinats, que van veure restringits provisionalment els seus moviments i les seves sortides pel poble. L'oficial Arturo Catalano va ser condemnat a deu dies de reclusió, per no haver estat capaç d'aturar la protesta, i va anar a parar a la bodega del vaixell espanyol *Churruca*. Un sentinella armat tenia ordres de vigilar la porta de la cel·la minúscula que li havien assignat i havia d'assegurar-se que es mantenia incomunicat els deu dies que durava la condemna. No havia passat ni una hora des que l'havien tancat quan un alferes espanyol va irrompre en la cel·la per demanar-li el nom complet i la graduació.

—Arturo Catalano Gonzaga Di Cirella —va dir com a tota resposta, estranyat per la pregunta.

Deu minuts més tard, l'alferes va tornar.

—El meu comandant, el capità de vaixell Carlos Parvo, vol saber també el nom de pila del seu pare.

L'oficial italià estava desconcertat. Intentava pensar de pressa, perquè no comprenia on volien anar a parar totes aquelles preguntes de l'alferes espanyol, que li semblaven estrafolàries.

—El nom del meu pare, almirall de la Regia Marina Italiana, és Gaetano —va acabar concedint, convençut que la informació no li podia reportar cap mal.

Va ser un nom màgic, com un sant i senya, perquè pocs minuts després el comandant del *Churruca* en persona va baixar a la bodega, va obrir la porta de la cel·la i va abraçar Arturo Catalano, que seguia sense entendre què passava.

—Ets el fill del meu grandíssim amic Gaetano! El teu pare era el comandant de l'explorador *Da Verazzano* i vam fer junts la guerra civil espanyola. Durant mesos i mesos vam combatre per mar els comunistes!

Va fer un pas enrere i se'l va mirar de dalt a baix, com volent reconèixer en el jove oficial la gallardia del seu amic Gaetano. Després va somriure i va concloure:

—Tu no pots ser el meu presoner! Durant els dies que has de passar al *Churruca*, seràs el meu hoste!

Durant deu dies, Arturo Catalano va ser tractat a cos de rei, va moure's amb llibertat per tot el vaixell, va compartir taula amb el capità i va poder llegir sense restriccions els diaris espanyols i estrangers que arribaven a Menorca. Aviat va descobrir que, mentre ells estaven reclosos al port de Maó, el món havia seguit donant voltes. Les notícies el van deixar aclaparat: la fugida del rei a Bríndisi, l'alliberament de Mussolini en l'assalt rocambolesc dels alemanys a la presó de Campo Imperatore, l'internament de les naus de guerra italianes a Malta i Alexandria i, sobretot, la solemne signatura del text definitiu de l'armistici, el 27 de setembre, que havia comportat l'entrega com a botí de guerra de les naus italianes als països que els havien derrotat.

Va ser així, en definitiva, llegint els diaris sota la mirada compassiva dels oficials espanyols, que Arturo Catalano va comprendre amb gran dolor que la poderosa Regia Marina Italiana ja no existia i que els homes refugiats a Maó ja no eren mariners d'una gran potència, sinó un grup de pobres nàufrags, sense fe i sense pàtria.

A bord del *Churruca*, també va descobrir que la matinada de l'11 de setembre, l'endemà de la seva arribada a Maó, els comandants Giuseppe Cigala i Riccardo Imperiali havien enfonsat voluntàriament l'*Impetuoso* i el *Pegaso*, aigües enfora de la badia de Pollença, a la veïna illa de Mallorca, per evitar la caiguda de les seves naus en mans enemigues. Els oficials espanyols van elogiar la dignitat d'aquella decisió i van informar-lo que els dos comandants, els membres de les seves tripulacions i alguns supervivents del *Roma* es trobaven internats al port de Sóller.

La revolta dels mariners italians va activar totes les alarmes: les autoritats de l'illa, que temien l'extensió de les protestes per contagi a la població autòctona, es van afanyar a informar la totpoderosa Dirección General de Seguridad de Madrid, que immediatament va traslladar la seva preocupació al Consell de Ministres. Llavors, per sorpresa dels homes del seu govern, el Caudillo Francisco Franco va decidir intervenir-hi personalment i va telefonar al seu amic el general José Moscardó, l'heroi de la resistència de l'Alcázar de Toledo, a qui havia recompensat nomenant-lo capità general de la regió militar de Catalunya:

—Pepe, necesito que a la mayor brevedad encuentres en Cataluña alojamiento para un millar de marinos italianos. Son los supervivientes del acorazado *Roma*, que, como sabes, han ocasionado graves disturbios en el puerto de Mahón. Deberán permanecer ahí, en régimen de libertad vigilada, hasta el término de la guerra.

Moscardó es va posar en marxa i va dirigir personalment una gira d'inspecció per Sant Hilari, que no oferia prou places, i Santa Coloma de Farners, on va descobrir que les Termas Orión havien quedat inutilitzades pels efectes de la guerra civil espanyola. Va ser aleshores que el governador civil de Girona li va suggerir una visita a la vila balneària de Caldes de Malavella, que li va provocar una impressió molt satisfactòria; els balnearis i les fondes de la localitat oferien unes possibilitats d'allotjament immillorables. Només el

Vichy Catalán, el balneari més gran de tots, presentava problemes, perquè s'hi refugiaven més de mil jueus, que havien arribat fugint dels nazis. El capità general va decidir avançar-se a la decisió de Madrid i va ordenar desallotjar-los immediatament. De tornada a capitania, Moscardó va ordenar la redacció d'una memòria completa de les visites a les viles balneàries de la província de Girona i la va fer arribar a la Dirección General de Seguridad: en la seva opinió, Caldes presentava les condicions òptimes per convertir-se en un gran camp d'internament.

Mentre el seu ajudant redactava l'informe, Moscardó ja havia trucat al Generalísimo i l'havia posat al corrent:

—Misión cumplida, Paco.

13

Entrat el mes de desembre, quan feia mal temps i no podia pujar a veure els seus amics de Sant Antoni, en Ciro s'encaminava cap al poble, a l'església de Sant Francesc, i modelava figures de pessebre que acoloria segons la tradició napolitana amb pintures que li proporcionava Mamma Mahón. Com més dures es feien les llevantades i més emboirada es despertava la bocana de la badia, més acoloria les figures en Ciro, que enyorava la llum i el bon temps que havia acompanyat els primers dies dels supervivents del *Roma* a l'illa de Menorca. Ja havien passat més de tres mesos i ni ell ni els seus companys veien el final del captiveri.

La vigília de Nadal el va agafar amb els tres reis en adoració a mig pintar i en Ciro va tancar-se tot el dia a l'església amb ànim de completar el pessebre abans de la missa del gall. Mamma Mahón li havia aconseguit un pot de purpurina daurada i en Ciro es va aplicar a gastar-la en les corones dels tres reis i en els perfils de les seves capes, que va pintar de colors molt vius: verd groga la capa del rei negre; taronja la del rei ros i blau cel la del rei blanc.

La nit de Nadal va ser ennuvolada i ventosa, però quan a mitjanit el mossèn va començar a dir la missa del gall, la llum del pessebre napolità d'en Ciro va despertar el cor dels feligresos locals, que amb veu emocionada van unir els seus cants al cor vibrant dels italians. Més tard, de matinada, quan tornaven al campament cantant cançons de Nadal, tremolant de fred perquè encara vestien els uniformes d'estiu de la marina espanyola, els mariners enyoraven les famílies i les llars que havien deixat a l'altra banda del mar i tenien feina a dissimular la nostàlgia que els aclaparava. La nit, però, encara no s'havia acabat i quan els italians van arribar a les casernes els esperava un paquet sorpresa per a cada un, que els va aixecar l'ànim. A cada paquet hi havia dos parells de mitjons, fulles d'afaitar, fruita seca, torró, tabac i una ampolla de vi. I un missatge que deia: «En aquesta sagrada festa de Nadal, en el dia que ens sentim més propers a la família i a casa nostra, en nom de la pàtria llunyana desitjo fer-vos arribar el pensament més afectuós, acompanyat d'aquest petit present, que podeu considerar enviat pels vostres éssers estimats... Visca Itàlia! Visca el rei! Visca la Regia Marina! Signat, Giacomo Paulucci di Calboli, ambaixador de Sa Majestat el Rei d'Itàlia. Madrid, Nadal del 1943».

El regal va allargar la festa fins a l'alba del dia de Nadal i els va posar d'un bon humor general que ja no van perdre fins a la nit de Cap d'Any; una altra nit freda i ventosa que va causar el trencament de la cadena de l'àncora del *Regolo* i va estar a punt de fer embarrancar les quatre naus, arrossegades pels cables que les mantenien unides entre elles en aigües de la colàrsega. Mirant les operacions de salvament, que van durar tota la jornada, en Ciro repetia les paraules del seu amic pescador de cala Partió:

—Això no pot acabar bé. Tots es pops vénen a morir a sa colàrsega!

Però aquesta vegada, contra pronòstic, els vaixells van resistir i la desgràcia no va anar a més.

14

El dia de Reis al vespre, quan menys s'esperaven cap sorpresa, el capità Marini va concentrar els homes a l'esplanada i els va anunciar el trasllat immediat a la península. Els mariners es miraven estupefactes. Feia prop de quatre mesos que esperaven ansiosos el moment d'abandonar Maó per tornar a casa, a Itàlia, però un trasllat a un altre punt d'Espanya no els havia ni passat pel cap.

Aquella mateixa tarda havien convocat Marini a la base naval i el comandant espanyol li havia comunicat que el *Tarifa*, un vaixell de la flota espanyola, acabava de salpar aquell matí del port de Palma amb els quatre-cents tripulants del *Pegaso* i l'*Impetuoso*, i els cent dos rescatats del Roma que es trobaven a bord quan els comandants Imperiali i Cigala havien autoenfonsat les seves pròpies naus. El *Tarifa* estava a punt d'entrar al port de Maó per fer-hi una escala d'un parell d'hores i embarcar també els cinc-cents vint supervivents del *Roma* que dormien al campament, perquè no tenien plaça a les naus ancorades a la colàrsega. A partir d'aquell dia, a Maó només hi quedarien les tripulacions oficials, retingudes en nom de les disposicions internacionals fins al dia que arribés el final de la guerra.

La decisió del trasllat s'havia pres discretament a Madrid feia gairebé dos mesos. Després de la visita del capità general de Catalunya als balnearis, el director general de Seguridad havia comunicat telefònicament la seva decisió al governador de la província de Girona, José Fernández: «Ordeno se proceda a la preparación de los balnearios de Caldas de Malavella, a fin de que puedan recibir hasta mil súbditos italianos que se encuentran actualmente en Mallorca y Menorca, donde deberán permanecer en régimen de libertad vigilada hasta el final de la guerra». Aquell mateix 30 d'octubre, el governador hi havia donat la seva conformitat de manera diligent: «Su Excelencia puede dar por cumplimentada la orden. Los balnearios estarán dispuestos para el momento en que se requieran».

El moment havia arribat.

—Teniu dues hores per recollir les vostres coses —va urgir-los Marini—. A mitjanit el *Tarifa* té ordre de partir de Maó i transportar-vos fins al port de Barcelona. El comandant Riccardo Imperiali és a bord i serà a partir d'ara el vostre oficial superior.

—Barcelona? No sé si m'agrada, serem més lluny de casa —va queixar-se en Ciro en veu baixa.

—Potser tornarem per terra, per la frontera francesa —va replicar-li en Salvatore Taccia, un sicilià menut que formava a la seva esquerra.

Encara li va desagradar més profundament.

—Per terra? Som mariners, no podem tornar per terra! Hauríem de tornar per mar —va protestar indignat.

Quan en Ciro es disposava a pujar per la passarella del *Tarifa*, els mariners italians que venien de Mallorca observaven des de la coberta i acollien els companys que embarcaven amb crits de joia pel retrobament. En Ciro els va correspondre aixecant els braços i va ser just llavors, quan saludava, que li va semblar veure un fantasma a la banda del pont superior. Va saltar a bord, decidit a córrer cap a les escales, però un oficial va aturar-lo per comprovar el seu nom a les llistes d'embarcament. Quan per fi l'oficial li va franquejar el pas, va escombrar el pont amb la mirada, però ja no hi havia ningú; es va fregar els ulls amb la mà, però els homes que uns instants abans observaven els moviments dels que pujaven a bord havien desaparegut a l'interior del vaixell.

Quan el *Tarifa* va començar a separar-se del moll de ponent, eren més de les quatre de la matinada. A terra, el capità Marini va fer la salutació militar i va cridar visques a Itàlia, al rei i a la marina; les tripulacions formades van contestar amb entusiasme i, des de la coberta del vaixell espanyol, els mariners que marxaven van imitar-los. Alguns ja sentien un punt de nostàlgia: en Ciro buscava en Mateu i la Magdalena entre la gentada que els acomiadava; quan els va descobrir, va palpar el formatge que li havien baixat de Sant Antoni per al viatge i els va dir adéu agitant la mà dreta. Mentre posaven proa a la bocana del port, en Ciro encara seguia a coberta, aixecant el braç alegrement en senyal de comiat. Però el vent era gelat, la gentada es va anar fent petita i, arribats a l'altura de l'illa del Rei, ell també va retirar-se a l'interior de la nau.

El *Tarifa* era un vaixell mixt, de càrrega i passatgers, amb un pis de cabines que estaven reservades als oficials italians, sotmesos a la prohibició expressa de sortir fins que arribessin al port de Barcelona: les autoritats espanyoles temien que, un cop a alta mar, s'apoderessin de la nau i la desviessin a un port italià. Els mariners es van repartir entre la coberta i les dues bodegues de càrrega.

En Ciro va buscar un lloc on estirar-se a la bodega de popa i va compartir el formatge de Sant Antoni amb una colla de companys afamats que no havien menjat des del migdia. Va trobar a faltar un bon tros de pa i va enyorar la farina blanca del Poeta i les trobades al forn del vaixell insígnia; quan va caure rendit no va passar d'un son lleuger, que el va mantenir tota la nit en un estat de confusió absoluta, perdut entre el *Tarifa* i el *Roma*. De tant en tant es despertava i buscava inútilment en Santo, l'Ovilio, en Gavino i el Poeta entre tots aquells mariners que dormien estirats pel terra de la bodega posterior del *Tarifa*.

A mitja tarda, algú va cridar que tenien Barcelona a la vista i va decidir pujar a coberta. Va travessar el pont i va dirigir-se a proa disposat a buscar un bon lloc per seguir l'entrada a port i la maniobra d'atracament. Quan arribava al punt que prometia una millor perspectiva, va sentir una cridòria descomunal que procedia de les entranyes del vaixell i des de la coberta va abocar-se damunt de la bodega de proa. Els mariners procedents de Mallorca s'hi apilonaven en grups que omplien tots els racons. Va escrutar atentament les cares d'aquells homes que parlaven a crits, excitats per la proximitat del port, i, de cop, el cor se li va accelerar: al fons de la bodega, dret entre dos mariners que escoltaven atentament, hi havia un home alt i prim que parlava apassionadament; tenia una cigarreta a la mà i gesticulava contínuament, movent braços i mans com un molí de vent. Hauria reconegut la silueta de l'Ovilio entre un miler!

—Ovilio! —va cridar com un boig en Ciro, penjant el cos sobre la bodega.

Tot primer ningú no li feia cas. En un moment determinat, alguns mariners van veure aquell home desesperat, que s'abocava des de coberta intentant cridar l'atenció i van començar a alertar els de baix. Finalment es va fer el silenci a la bodega. Llavors en Ciro va tornar a cridar fins a tres vegades:

—Ovilio! Ovilio! Ovilio! Aquí a dalt!

Al racó de la bodega, el grup que escoltava l'home prim que gesticulava va veure que passava alguna cosa i tots van girar-se amb curiositat. Quan l'Ovilio va mirar cap a dalt, va veure la cara d'en Ciro penjada sobre seu i va quedar paralitzat.

—Ciro! —Va fer un crit animal, que li va sortir de les entranyes. Els mariners que omplien la bodega van esclatar en un aplaudiment colossal.

Deu minuts després, a la coberta del *Tarifa*, l'Ovilio li explicava com s'havia tirat a l'aigua després de la segona bomba alemanya, la que havia sentenciat a mort el *Roma*, i com el gregal l'havia allunyat dels vaixells i de les barcasses de salvament.

—D'aquelles hores només en recordo el silenci. Cada cop era més lluny, rodejat dels blancalls del mar. Havia deixat de sentir els crits dels nàufrags i el soroll de les calderes dels vaixells de rescat; el silenci damunt del mar es va fer imponent. Va arribar un moment que era tan intens que em vaig pensar que ja era mort!

En Ciro revivia la seva pròpia tragèdia, quan no havia pogut convèncer en Gavino que es tirés al mar. Ell també recordava el silenci trencat només pel xipolleig de les ones i els xiulets de les barques de salvament. No s'havia adonat que l'Ovilio havia represès el fil del seu relat.

—... al cap d'unes hores em vaig despertar a bord del *Pegaso* i navegàvem cap a les Balears amb totes les naus que havien participat en el salvament —explicava en aquell moment—. Però quan vam entrar en aigües espanyoles ens vam separar; el *Pegaso* i l'*Impetuoso* es van dirigir cap a la badia de Pollença i ens vam autoenfonsar per evitar que les naus no caiguessin en mans angleses ni alemanyes. Els espanyols ens van internar al port de Sóller, en un allotjament lamentable; el menjar també era escàs i ens han mantingut tot aquest temps desinformats. Ha estat un calvari que s'ha allargat gairebé quatre mesos, fins que ahir ens van traslladar a Palma i ens van embarcar en aquest vaixell. Si ens haguessin bombardejat els aliats, els franquistes ens haurien tractat a cos de rei, però ens va enfonsar la Luftwaffe i et ben juro que aquests feixistes ens han fet pagar cara la traïció als seus amics alemanys.

En Ciro va somriure per sota el nas. Era feliç de retrobar-se amb un amic com l'Ovilio, però també de tenir novament algú per criticar els feixistes italians que havien conduït la seva pàtria a una derrota en tots els fronts. I de passada també podrien criticar els seus aliats espanyols, que, com deia l'Ovilio, no semblaven millors. Només de desembarcar al port de Barcelona, van tenir ocasió de comprovar-ho, perquè les autoritats franquistes els van rebre amb un passadís de soldats armats amb fusells. Un escamot els va custodiar de mala manera, entre empentes i amenaces, fins al tren que els esperava a l'estació de França, per conduir-los més al nord.

—Aquests són com els nostres —va sentenciar l'Ovilio, quan va sentir els crits que els obligaven a posar-se en marxa.

Amagat darrere dels porticons de la finestra, al seu despatx de capitania, el general Moscardó havia seguit en directe el desembarcament dels mariners italians. Quan va veure que la columna es posava en marxa cap a l'estació, va ordenar que el posessin en contacte telefònic amb el governador de Girona.

—Los italianos están en camino. Asegúrese personalmente de que en Caldas la situación esté controlada en todo momento. No quiero que el Generalísimo tenga que volver a preocuparse de estos malditos marineros; es más, no quiero que vuelva a oír hablar de ellos. A partir de hoy son cosa suya, gobernador; le hago responsable.

TERCERA PART

LA NOIA QUE PLANTAVA CLAVELLS DE POETA

15

Caldes de Malavella,
9 de gener - 5 de juliol del 1944

Avançada la nit, el tren es va aturar sobtadament en una estació que no semblava gran cosa, perduda entre camps i arbredes. No hi havia poble. El sotrac de la frenada i els crits dels oficials van despertar els mariners:

—Tothom a baix! En formació!

L'andana estava deserta. Un cartell de lletres blanques sobre un fons blau marí anunciava: «Caldas de Malavella». Cap dels nois no havia sentit a dir mai aquell nom.

Quan el comandant Riccardo Imperiali, capità del *Pegaso*, es disposava a baixar del tren, una figura que havia seguit la maniobra des del racó més fosc de l'estació va avançar dues passes i es va plantar al centre de l'andana per rebre'l. L'home vestia l'uniforme de comandant de la marina italiana: quan va aixecar el cap, alguns van reconèixer el capità de l'*Impetuoso*, Giuseppe Cigala, que havia viatjat el dia abans des de Palma per organitzar l'última etapa del trasllat. Des d'aquell moment, Cigala i Imperiali, els capitans de les dues naus autoenfonsades a la badia de Pollença, assumien el comandament conjunt del contingent que arribava a Caldes, format per les seves pròpies tripulacions i pels supervivents del *Roma*. En total, una mica més d'un miler de mariners.

A fora hi havia una gran esplanada i en un extrem una cantina malgirbada, que a aquella hora estava tancada. El poble seguia sense veure's. Feia una fred espantosa i els mariners van començar a renegar, perquè ningú no els havia equipat i encara vestien l'uniforme d'estiu de la marina espanyola que els havien regalat a Maó el mes de setembre.

A pas lleuger, en un intent desesperat d'entrar en calor, van enfilar una avinguda llarguíssima, flanquejada a banda i banda per dues fileres de plàtans encara joves però de capçades enormes, molt elegants. L'entorn semblava cuidat i la vegetació era frondosa, res a veure amb el paisatge pelat que havien deixat enrere a l'illa de Menorca. A mesura que avançaven cap al poble, la impressió millorava: semblava un lloc d'estiueig.

La formació es va detenir a les portes d'una tanca molt elegant, amb un rètol escrit en lletres daurades que anunciava l'Hotel-Balneario Vichy Catalán. Els italians no s'ho podien creure: al fons d'un parc de cedres i altres arbres monumentals s'aixecava un edifici de dues plantes, d'inspiració moresca, que els va semblar sortit directament de *Les mil i una nits*. Després de quatre mesos de privacions, en unes dependències militars miserables, aquell hotel era un miracle.

El comandant Cigala va ordenar silenci i va començar a fer passar a l'interior del balneari els primers de la formació, després de prendre nota de la seva identificació. Quan va arribar el seu torn, en Ciro i l'Ovilio van cridar els seus noms amb una alegria desbordada. Van pujar de dos en dos els esglaons de l'entrada i, un cop dins, l'oficial els va indicar el número de l'habitació. Quan hi van pujar els esperava una nova sorpresa: un matalàs de llana! Havien dormit gairebé un any a les lliteres del *Roma* i després, durant quatre mesos més, s'havien conformat amb un jaç de palla al terra gelat dels campaments de Maó i de Sóller. Aquell matalàs era un altre regal del cel.

—Som afortunats, aquest hotel és de luxe! —va exclamar en Ciro mentre s'estirava damunt del llit. L'Ovilio ja feia estona que havia agafat la posició més còmoda damunt del seu catre i sentia que els ulls se li tancaven, a punt d'entrar en un somni del qual no es volia despertar.

El somni es va esvanir al cap d'un parell d'hores, quan l'un darrere l'altre els mariners es van despertar morts de fred i es van trobar tots al passadís, caminant amb la flassada penjada a l'esquena, per intentar escalfar-se. L'hotel era un embolcall magnífic, però hi feia la mateixa fred horrible que havien patit a les illes aquells darrers mesos. Ja no van tornar al llit i quan clarejava van baixar a inspeccionar el parc. Hi havia una font i una bassa d'aigua congelada i els camps estaven coberts per la gebrada, com si hagués acabat de nevar. En Ciro va tirar una pedra, que va rebotar damunt del gel de la bassa sense ni esquerdar-lo; devien estar a tres o quatre sota zero i l'Ovilio va sentenciar:

—Si no ens volem morir de fred, haurem de trobar un bon sistema per escalfar-nos.

Des que l'havien destinat a la ràdio del *Roma*, no havia parat de fer cursets de física i de mecànica i s'havia convertit en un manetes, capaç d'inventar tota mena d'artefactes inversemblants, però que solien ser molt pràctics.

Ningú no havia vist arribar els mariners. A l'alba, quan Caldes es va despertar, la gent del poble va descobrir amb sorpresa l'activitat desenfrenada que s'havia apoderat dels balnearis durant la nit. Els rumors van començar a escampar-se, però durant les primeres hores ningú no sabia explicar l'origen exacte d'aquell rebombori. Fins que, a mig matí, quan els oficials i els sotsoficials van exigir ser reagrupats en el millor establiment, el Vichy Catalán, van obligar a redistribuir bona part de la marineria i van propiciar els primers contactes entre els veïns i els estrangers acabats d'arribar.

En Ciro i l'Ovilio van ser dels primers a rebre l'ordre de trasllat al Balneari Prats, just al centre de la població. Quan van posar els peus al carrer, els esperava una gentada encuriosida; la marxa dels mariners pels carrers del poble va donar pas a tímides converses en l'espanyol precari que alguns havien après a Maó i a Sóller; els italians s'acompanyaven de gesticulacions molt exagerades i de mica en mica van aconseguir revelar el misteri i satisfer la curiositat de la gent que els interrogava.

L'intercanvi va ser intens, però va durar pocs minuts. El va interrompre l'aparició sobtada d'un militar espanyol, que vestia de verd, embolcallat per una capa llarga de lona que l'abrigava fins als peus; es cobria el cap amb un barret estrambòtic, que semblava de xarol brillant, rodó per davant i amb dos pics punxeguts a la part posterior. En

Ciro va picar amb el colze els ronyons de l'Ovilio i li va assenyalar el personatge que arribava seguit de sis homes vestits amb els mateixos uniformes. A tots dos se'ls va escapar el riure per sota del nas.

El sergent de la Guàrdia Civil no els va saludar. Semblava molt molest. Quan va obrir la boca per dirigir-se a la gent del poble, més que parlar va bordar:

—No quiero ver ninguna conversación más con los extranjeros: hasta nueva orden, la confraternización con los internos está prohibida. Se acabó la cháchara, todo el mundo a su casa.

Els veïns van acotar el cap i van començar a dispersar-se. El militar de maneres brusques i violentes va dirigir-se als agents que l'acompanyaven i va ordenar:

—Custodiad a los marineros hasta su destino.

Quan van començar a desfilar cap al nou allotjament, en Ciro encara estava inquiet.

—A la gent del poble aquest militar estrafolari no els fa gens de gràcia —va fer notar a l'Ovilio—. Has vist? Estaven cagats de por.

Als italians, aquells agents malcarats aviat se'ls van fer familiars, perquè des del mateix dia de la seva arribada van començar a patrullar els carrers de Caldes i van vigilar les sortides del poble, que van convertir en un camp d'internament rigorós.

Per als pobres mariners, el sergent Francisco Serrano i els seus homes van ser un malson.

Al Balneari Prats els van separar en habitacions individuals. A l'Ovilio el van instal·lar a l'última habitació de la planta baixa; per arribar-hi havia de fer una excursió que l'obligava a travessar mig establiment, però, a canvi, la seva finestra donava just al davant de la fleca del poble. Només d'entrar es va omplir els pulmons d'aquella olor de pa acabat de coure, que el va fer sentir bé i el va transportar al forn de pa del *Roma*. En Ciro també va tenir sort: va anar a parar a una de les habitacions del primer pis, que donava directament al jardí; a l'altre costat de la finestra hi tenia un cedre majestuós i tot de til·lers i castanyers d'índies amb les capçades esfullades per l'hivern, però que ja es veia que a l'estiu devien ser magnífics. Pel terra hi havia heures que s'escampaven com una catifa i parterres separats per boixos, que a l'estiu es devien omplir de flors. Va obrir la finestra, va respirar a fons i va agrair al cel aquell regal inesperat: malgrat el canvi d'establiment, el somni de *Les mil i una nits* continuava viu.

Quan va baixar a trobar l'Ovilio, estava eufòric:

—El canvi no ha sigut tan dolent com pensàvem —va dir, abans d'estirar-se de panxa enlaire damunt del llit del seu amic i deixar que aquella olor de pa calent que arribava des de l'altra banda del carrer, de la fleca Moll, li amarés de nostàlgia l'esperit.

Els dos amics es van encreuar una mirada de complicitat i per un instant es van sentir transportats al *Roma*, acompanyats d'en Santo i en Gavino, aquella tarda que l'almirall Bergamini es va presentar per sorpresa a la fleca del vaixell i va compartir amb ells la pizza amb anxoves acabada de sortir del forn del Poeta.

—Tenien raó els que em deien que era millor deixar-se caure pel forn que no pas quedar-se a sopar al menjador d'oficials —va dir-los aquell dia l'almirall, quan s'acomiadava amb un somriure paternal—. Espero que d'ara endavant em guardin discretament un lloc en aquestes reunions.

Però l'endemà la Luftwaffe va enfonsar el *Roma* i ja no van poder descobrir com s'ho havia fet el comandant en cap de la poderosa flota italiana per descobrir el secret de les seves humils trobades al forn de pa del vaixell.

16

Amb la primera llum del matí, el segon dia els carrers de Caldes es van omplir de mariners italians carregats de sacs de roba que picaven de porta en porta buscant alguna noia que els volgués fer la bugada.

Quan la Joana va entrar a la carnisseria de can Bardala, en Ciro ja l'esperava.

—Aquest italià demana per tu —li va dir la Saurina, la mestressa, com a tota salutació.

—M'han dit que rentes roba per les cases, que ets bona bugadera i treballadora i voldria saber si podries rentar la roba d'un grup de sotsoficials i mariners que ens estem al Balneari Prats; en total, quinze persones.

La Joana es va sentir afalagada. L'italià era una mica més jove que ella: alt, ben plantat, amb els cabells pentinats endarrere que deixaven a la vista dues entrades simètriques a l'altura de les temples i li arrodonien la cara. La barbeta era discreta, però tenia uns ulls brillants i un somriure permanent als llavis que el feien agradable, cordial. Se'l veia un home educat. En espera de la resposta, havia adoptat un posat greu, una mica sorrut.

La Joana s'havia posat les mans a la cintura i tenia el cap decantat lleugerament cap a l'italià; es va allisar el vestit blau fins als malucs i el va repassar de dalt a baix: el noi tenia una piga al lòbul de l'orella dreta i per passar-se els nervis se la fregava amb l'índex i el polze de la mà dreta. El tic de l'italià li va fer gràcia i se li va escapar el riure per sota del nas. Va caminar fins al taulell de la botiga per guanyar temps mentre s'hi pensava: els diners li vindrien molt bé, perquè el seu home, que es passava el dia a bosc, no portava mai ni cinc a casa i no hi havia manera d'arribar a finals de mes. Va mirar cap a la Saurina, buscant la seva aprovació.

—Mentre siguis a la carnisseria quan et necessiti... —va assentir secament la mestressa de la casa.

A aquella mateixa hora, una comitiva encapçalada pel sergent Serrano trencava des del carrer Major cap al nucli més antic del poble i es dirigia a can Rabassa. Des de la derrota republicana a la guerra civil espanyola, quan pujava un guàrdia civil pel carrer dels Polls, la Carme de can Rabassa veia que la seva mare s'encongia, perquè donava per fet que aquells feixistes li venien a buscar les pessigolles o, encara pitjor, li portaven males notícies de *l'oncle d'Alella*. La Carme no entenia per què li havia de dir «oncle», si era el mateix home a qui deia «pare» encara no cinc anys abans, quan venia de permís des del front de guerra a visitar-les. Per sort, algunes vegades els agents passaven de llarg i seguien carrer amunt, camí de l'ajuntament, però aquell dia el sergent en persona es va aturar i va picar als vidres de la porta.

La mare de la Carme va fer el cor fort i va obrir. Faltaven cinc minuts per a les vuit; la seva petita s'ajustava la bossa a l'esquena per sortir disparada cap a l'escola. El sergent venia acompanyat de la dona de l'electricista Agustí i de dos homes que semblaven estrangers.

Va parlar la dona de l'electricista:

—Aquests homes necessiten algú que els faci cada dia la bugada: la seva i la dels seus companys. Són mariners italians que s'estan al Vichy Catalán.

Allò era una gran sorpresa i la Pepita va obrir tant la boca que li va quedar cara de beneita. Abans de la guerra en aquella casa es rentava i es planxava la roba dels tres balnearis del poble. Tota la roba: la dels clients, la dels cambrers i la blanca de les habitacions! Però els homes de la casa eren republicans i en acabar la guerra, com que no van poder atrapar-los, els franquistes ho van fer pagar a les dones i els van retirar tota la feina. D'un dia per altre. Per això era una sorpresa que ara els encarreguessin alguna cosa i encara més en presència del sergent de la Guàrdia Civil, que fins a aquell dia no havia fet altra cosa que humiliar-los i fer-los la vida impossible, intentant descobrir què se n'havia fet, de l'home de la família, que acabada la guerra no havia tornat al poble. La Pepita Vinyals, la mare de la Carme, no oblidava el dia que aquell fill de puta havia volgut tallar al zero els cabells de totes les dones de la casa i les havia volgut obligar a beure oli de ricí en públic, per escarmentar-les. Sort de l'alcalde Quintana, que s'hi havia oposat i a última hora les havia salvat.

—I de quanta roba parlem? —va preguntar tímidament la Pepita, pensant que es referien a les mudes de tres o quatre persones.

—Parlem de la roba de tots els italians que estan instal·lats al Vichy Catalán.

A la Pepita li va venir cap-rodo intentant comprendre el volum exacte de l'encàrrec; el Vichy Catalán era el més gran dels establiments i va entendre que parlaven de bastant més que de tres o quatre homes. Quaranta-vuit hores abans, ella també havia assistit esverada com tota la gent del poble a l'arribada d'aquells joves que s'instal·laven als balnearis i les pensions. Havia sentit a dir que eren soldats italians, de la marina, però no tenia ni idea de com havien vingut a parar a Caldes ni de quants n'hi podia haver. Ni el total, ni els que hi havia en cada balneari. Només havia vist que eren molts.

—De quanta gent podem parlar? —va tornar a preguntar la Pepita.

Quan va escoltar la resposta es va marejar definitivament.

Es trobaven a la gran sala d'entrada, que era la sala repartidora d'una antiga casa de pagès. Una porta donava a la cuina, una altra al safareig, la tercera al quarto de les planxes i la darrera tancava l'escala que pujava a les habitacions. La Pepita es va acostar a l'escala i va cridar la seva mare, que era al pis de dalt.

—Què et sembla? Ens en podem sortir?

—Haurem de cridar la teva germana Maria i necessitarem llogar una colla de noies —va dir la matriarca de la família, després d'assistir atònita a la descripció de l'encàrrec.

Mentre l'escoltava, la Pepita repassava mentalment la llista de les candidates a qui podien oferir la feina. Si era necessari, canviarien de local i tot. A can Rabassa rentaven i planxaven des de feia més d'un segle. Les dones de la casa dominaven l'ofici i sabien organitzar-se; la mare, la germana, la filla i ella mateixa se'n sortirien de sobres.

Els homes de la casa ho havien passat més magre, sobretot el seu home, en Pere Romeu, que abans de la guerra havia treballat a l'embotelladora de l'aigua Vichy Catalán i s'havia afiliat al sindicat socialista. El final de la guerra civil l'havia agafat a València i només quan tornava del front i estava a punt d'arribar a casa va ser conscient que el destí se li havia girat en contra. De camí va fer nit al Masnou, a casa d'uns parents falangistes, que li van aconsellar no tornar a Caldes.

—A tots els d'esquerres us pelaran. Us esperen.

En Pere no ho entenia. Ell no havia fet res de dolent, no havia format part del comitè antifeixista del poble i no havia fet mal a ningú. Dormia tranquil. Però els parents falangistes insistien:

—A Caldes van assassinar molta gent i tots els d'esquerres ho pagareu.

No sabia què fer; no sabia on anar. Va alertar els de casa i la seva cunyada Maria va localitzar un vinyataire d'Alella, que va acceptar llogar-lo amb papers falsos i amagar-lo a la bodega, en un mas als afores del poble.

Per evitar les sospites de la Guàrdia Civil, el matrimoni va estar molts mesos sense posar-se en contacte. Molt després, el primer dia que la Pepita va pujar a Alella a veure d'amagat el seu home, li va dir a la petita Carme:

—Avui anirem a veure l'oncle d'Alella.

Mentre mirava de pair la sorpresa per l'encàrrec que li acabaven de fer, la Pepita va recordar aquella primera visita a Alella i va pensar que havia de fer saber al seu home que la bugaderia tornava a estar en marxa. Se n'alegraria per la petita i potser també per ella, encara que tots dos sabien que el matrimoni estava cada dia més apagat i que havien de pensar a espavilar-se cadascú pel seu costat. Llavors va sentir la Mercè, la dona del lampista, que preguntava:

—L'italià vol saber si també us podeu cuidar dels colls i de les jaquetes dels oficials, que s'han de fer en sec.

—Digue-li que no es preocupi. De colls i de pitreres en fèiem cada setmana per als balnearis; i la roba que s'hagi de rentar en sec la portarem a uns parents de Badalona que tenen maquinària.

La roba dels oficials donaria a mare i filla l'excusa perfecta per acostar-se al Maresme a visitar una darrera vegada l'oncle d'Alella sense despertar les sospites de la Guàrdia Civil. L'últim dia que hi havien pujat, uns quants mesos enrere, l'oncle que abans era el pare havia tornat a agafar a coll la Carme i havia jugat amb ella. Semblava que en Pere es negava a acceptar que la seva filla s'estava fent una noia gran. Després, les dones de la casa havien animat la Carme a sortir a l'era i a deixar l'home sol amb la mare, però ella s'havia quedat jugant a la sala de l'entrada i havia sentit com parlaven, estintolats a l'entrada de la bodega.

—Com estàs? —va preguntar la Pepita al seu home.

—Aquesta gent són un regal del cel —va contestar en Pere—. Em protegeixen com si fos de la casa.

—Deixa't del cel i dóna les gràcies a la meva germana. La Maria va cuidar l'amo de la bodega quan feia d'infermera al Vichy Catalán, aquells mesos que van convertir el balneari en hospital durant la guerra. La Maria li va salvar la vida i quan li va demanar que et donés feina i t'amagués al seu mas d'Alella, no s'hi va poder negar, s'hi sentia en deute.

—Doncs ja pots dir-li que l'està pagant amb escreix. Ningú sospita sobre el meu canvi de nom. I a vosaltres com us va?

—Per nosaltres no et preocupis, ja ens en sortirem.

La Pepita ho va dir mentre es dirigia cap a la porta, amb intenció de donar la visita per acabada. Llavors la Carme petita s'hi va acostar i va sentir que l'oncle, des de la bodega, encara es dirigia a la mare.

—Aviat marxaré a València. M'hi han ofert un camió per fer transport a tota la península. Per què no veniu amb mi? —va sentir que preguntava.

Era una pregunta amb poca convicció, més per fer-li saber que aviat marxaria, que no pas per esperar una resposta.

La mare es va aturar i va deixar que ell s'hi acostés. Se'l va mirar amb nostàlgia, li va acostar una galta per deixar-se besar i va dir en veu baixa:

—Ja és tard. Hem de marxar.

Ell ho va entomar amb naturalitat. Feia prop de cinc anys que vivien separats i s'havien acostumat a viure l'un sense l'altre. Mare i filla van sortir a l'era i van començar a baixar cap al centre del poble, a buscar l'autobús de tornada. Abans, però, l'oncle la va tornar a agafar en braços, la va fer volar pels aires per darrera vegada i li va fer un petó com aquells que li feia quan encara era el pare i les visitava a Caldes, aquells maleïts anys de la guerra. Quan mare i filla marxaven carretera avall cap al poble, l'home les seguia de lluny amb la mirada i semblava encongit, derrotat.

En Ciro es va presentar l'endemà mateix a can Bardala amb dues grans saques de roba i al cap de dos dies va passar pel safareig a recollir la roba neta que la Joana ja tenia seca i plegada. Un parell de dies després va tornar-hi amb una altra saca de roba bruta i al cap de poc ja hi anava cada dia, primer a la carnisseria i encabat al safareig, i s'hi estava tota la tarda, perquè empalmava el permís especial que li havien concedit per encarregar-se de la roba amb l'hora de la passejada.

Els primers dies es quedava una mica lluny, en un racó del safareig, xiulant cançons napolitanes, però més endavant, quan les hores de llum van començar a allargar-se, es va anar acostant a la pica i jugava amb la Mercè i en Feliu, els fills de la Joana. Si els nens s'havien quedat a casa, a la Mina, en Ciro tornava al seu racó i cantussejava qualsevol cosa mentre mirava de reüll la noia com rentava. Després, quan ella pujava als estenedors, ell també la seguia i es buscava un altre lloc per observar-la mentre es bellugava d'un cantó a l'altre estenent la roba. Feia dies que esperava en va que la Joana aixequés el cap i li dediqués un somriure, però no deixava de xiular-li aquelles cançons napolitanes. De vegades eren cançons tristes i nostàlgiques, però sovint eren alegres i animades; algunes tardes en Ciro deixava de xiular i cantava amb una veu greu però molt ben afinada.

17

Els comandants italians van organitzar els balnearis com autèntics aquarteraments militars. D'entrada van ordenar torns de guàrdia que havien de cobrir-se amb un contingent que variava segons les hores del dia i les dimensions de cada establiment. La guàrdia nocturna havia de patrullar el perímetre complet i la de dia incloïa les places dels sentinelles que havien de vigilar les entrades. Els matins els van omplir de cursos de formació professional amb la intenció d'ocupar les hores principals del dia i l'objectiu final d'ajudar els mariners i els sotsoficials a trobar feina quan s'acabés la guerra. Les classes s'impartien a les sales del Vichy Catalán. Hi havia cursos al gust de tothom: artilleria i operadors de tir, càlcul integral, electrofísica, mecànics de calderes, electricistes, física, àlgebra, conductors d'automòbil, francès, anglès, espanyol i cursos de primària per als analfabets.

Tots els mariners estaven obligats a assistir, com a mínim, a un dels cursos i el primer dia els comandants els van donar tot un matí per pensar a quina especialitat es volien apuntar. En Ciro i l'Ovilio ho tenien clar i van ser els primers de decidir-se: en Ciro, que havia navegat un any a bord de l'*Amerigo Vespucci*, el vaixell escola de la marina italiana, es va oferir de professor de patró marítim i com a alumne es va apuntar a classes d'història naval militar; l'Ovilio va decidir perfeccionar l'aprenentatge que ja havia iniciat al *Roma* i va optar per l'enginyeria elèctrica i la tecnologia de la ràdio. A les deu del matí ja eren tots dos al peu de l'escala principal del Vichy, deixant passar les hores, morts d'avorriment, mentre els seus companys encara rumiaven les seves preferències. Al cap d'una estona, van veure baixar en Domenico Folino i en Salvatore Taccia.

—Seré alumne teu, m'he apuntat al curs de patró naval —va comunicar-li ben enriolat en Domenico.

Fumaven asseguts per terra, en un racó a sota de l'escala, i en Domenico va començar a gravar el seu nom damunt del guix amb un ganivet. «Folino», va escriure a seques el futur alumne d'en Ciro. Mentrestant, el seu company va agafar un llapis i va escriure amb lletra clara al bastiment superior de la porta: «Taccia, Salvatore». I a continuació va anotar la data: «12-1-1944».

—Ja sou part de la història —va riure en Ciro quan va veure les inscripcions—. Les generacions futures descobriran que tal dia com avui dos herois de la Regia Marina Italiana van passar per Caldes de Malavella i van protagonitzar gestes extraordinàries: classes agosarades de nàutica al matí, passejades intrèpides a les arbredes al migdia i migdiades perillosíssimes havent dinat.

A partir d'aquell matí, quan acabaven les classes, els mariners formaven militarment a l'esplanada del Vichy Catalán per fer l'assemblea diària amb la lectura d'ordres, advertiments, recomanacions i la notificació dels càstigs per incompliment de les normes dictades. Els arrestats complien la pena al calabós habilitat a l'antic celler del soterrani del Balneari Soler. La jornada oficial s'acabava a les nou del vespre passant llista a tots els establiments sota la vigilància directa d'un dels agents de la Guàrdia Civil espanyola.

Quan feia una setmana que havien instaurat la rutina diària, un migdia el sergent Serrano es va presentar d'improvís a l'esplanada del Vichy i va interrompre la lectura d'ordres.

—Les traigo un presente que, como buenos marineros que son, sabrán apreciar —va dir, mentre entregava al comandant Imperiali un marc de grans dimensions amb una foto del Generalísimo Francisco Franco vestit amb l'uniforme i la divisa de capità general de la marina espanyola—. Es una foto muy desconocida del Caudillo; un tesoro que dignificará como Dios manda la entrada del balneario.

A l'hora de dinar, en Ciro va córrer a informar-ne l'Ovilio, que s'havia quedat de guàrdia al Balneari Prats.

—El sonat del barret de xarol s'ha presentat amb un retrat d'en Franco amb la divisa de capità general de la marina. Vol que el pengem a l'entrada del balneari. L'Imperiali encara no s'ha recuperat de l'ensurt.

L'Ovilio no li va contestar. Estava concentrat relligant un cable elèctric al voltant d'un maó; quan ja li havia fet un munt de voltes i el cable cobria bona part de la superfície plana, es va girar i li va cridar:

—Ja ho tinc!

Es va acostar a l'endoll amb els dos extrems del cable que havia entortolligat al maó i els va connectar. Al cap d'una estona, el filament es va començar a posar incandescent i l'Ovilio va celebrar l'èxit amb una gran rialla.

—Hem de trobar més totxos i més cable elèctric. Aviat estarem calents com Déu mana!

Vuit dies després, totes les habitacions dels balnearis havien copiat el sistema de calefacció de l'Ovilio i tenien al costat de l'endoll un totxo, amb un cable elèctric que feia de resistència. L'èxit va ser tan gran que les xarxes dels establiments no van resistir-ho i van començar a esclatar, l'una darrere l'altra, fins a inutilitzar completament les instal·lacions elèctriques. Al cap d'un parell de dies, un intent massiu de reconnectar les totxanes va deixar sense llum tota la població de Caldes i va provocar un enfrontament molt virulent entre les autoritats locals i els comandaments italians. L'incident va obligar a intervenir el governador civil de la província de Girona: miraculosament, al cap de pocs dies, malgrat la dramàtica escassetat d'energia elèctrica que patia Espanya des del final de la guerra, la companyia subministradora va contractar un suplement de potència amb els establiments hotelers i Caldes va recuperar la llum.

18

Una tarda, la Joana va trencar el gel:

—Què cantes?

En Ciro era al seu racó, recolzat al tronc del lledoner, i es va sobresaltar. Però va seguir cantant, primer encara en veu baixa i després amb un to cada cop més alt fins a fer sentir la seva veu poderosa per tot el safareig: «Roseret de roses blanques, / si em voleu matar aviat, / aneu fent-me mala cara / quan us passo pel costat. / Roseret de roses blanques, / qui ens ho havia de dir, / tan amics com érem antes, / que ara haguéssim de renyir».

—Ara cantes cançons en català? —va preguntar la Joana, que no podia dissimular la seva sorpresa.

Va mirar-se'l amb picardia. Després va deixar anar una gran riallada i va exclamar:

—Coi d'italià! Ets un pou de sorpreses!

L'atmosfera de Caldes era més distesa que la de Maó, sobretot després que els comandants Cigala i Imperiali decidissin mantenir ocupades també les tardes dels mariners amb tota mena d'activitats físiques i d'entreteniment. Tractaven d'impedir que els nois s'abandonessin a una vida sedentària i moralment perillosa. Van crear equips de futbol, de bàsquet i de voleibol; van organitzar combats de boxa i van programar tres sessions setmanals de cinema amb una vella màquina de projecció que els van procurar els balnearis i que aviat va ser substituïda per una de millor que els van enviar de l'ambaixada italiana a Madrid. Els oficials es van reservar el croquet, les cartes i el billar.

El contacte amb la gent del poble també va arribar d'una manera més natural, sobretot amb els comerciants i els hotelers. Els italians eren un bon negoci: no tenien grans pagues —els oficials rebien del consolat cent cinquanta pessetes mensuals, els sotsoficials, setanta-cinc i la marineria, cinquanta— però els seus diners eren suficients per animar l'activitat comercial d'un poble de dos mil dos-cents habitants que des de la guerra civil sobrevivia en la misèria.

Aviat es va veure que l'economia local rutllava, perquè la cua de la fleca d'en Moll no parava de créixer, segons podia comprovar cada dia l'Ovilio des de la seva finestra privilegiada. A primers de febrer, les bones perspectives es van confirmar quan els germans Pere i Rafel Quintana van reobrir la seva pastisseria, després de fer-hi unes reformes d'urgència que els van permetre habilitar unes quantes taules per servir pastes i begudes calentes. Les dones de la casa, l'Encarna i la Dolors, una rossa i l'altra morena, tenien fama de ser les dues més guapes del poble; quan passaven pel carrer feien girar tothom. A la pastisseria, vestides de negre amb puntes blanques al coll i a les mànigues, aportaven un aire de distinció al local, que va ser adoptat com a centre de reunió per part dels oficials italians, que hi anaven cada tarda a jugar una partida de bridge. Caldes recuperava així una mica del seu passat esplendorós.

Darrere d'aquella façana aparentment endreçada, però, s'hi amagaven algunes amenaces. Un miler de joves en plena forma que portaven més de cinc mesos lluny de la pàtria havien d'acabar causant problemes per força: el primer de tots, l'assetjament poc dissimulat a les dones del poble. Els oficials en tenien prou coquetejant a la pastisseria, perquè quan tenien necessitats més peremptòries obtenien permisos per escapar-se a Girona i a Barcelona, on trobaven tota mena de locals on desfogar-se. Els mariners, en canvi, tenien la sang calenta i, després de tantes setmanes d'abstinència, estaven a punt de rebentar. A partir de les cinc de la tarda, a l'hora de la passejada, omplien els carrers del poble i es dedicaven a dir galanteries a totes les dones que trobaven. Se les menjaven amb la mirada. Els marits es van espantar i no van tardar a protestar formalment a les autoritats. Un incident amb la petita de can Rabassa els va procurar l'excusa per intensificar les queixes contra els italians.

Les dones de can Rabassa havien contractat set noies i havien traslladat la bugaderia a una caseta de la Colònia Rodríguez que feia cantonada amb la rambla de Recolons. Les planxadores eren com la mel, un reclam dolç per a l'eixam de joves mariners que s'entrenaven per als combats de boxa al pati posterior del casino, a quatre passes de la nova bugaderia. Si algú volia localitzar algun italià a l'hora de la passejada, el carreró de les planxadores era el lloc més transitat. La Pepita havia contractat a hores un mariner que abans de ser mobilitzat feia de sastre, i els seus companys s'ho feien venir bé per passar a cada moment a saludar-lo i aprofitaven per treure el cap a l'interior de la bugaderia per repassar totes les noies.

Els dies de sol, a can Rabassa treien les taules i les planxes al carrer i les noies treballaven tot cantant «L'emigrant», «Rosó» o «Llevantina», dirigides per la Pepita i la Maria, fins que el sergent, que sempre patrullava els carrers, les descobria i les comminava a deixar de cantar cançons catalanes.

—Estas canciones no aportan nada a la formación moral de las chicas —deia amb aquella cara permanent d'emprenyat.

Al voltant de la bugaderia, els joves mariners anaven sempre revolucionats i només era qüestió de temps que acabessin provocant algun conflicte. El primer va tenir la petita de la casa de protagonista: la Carme jugava al camí dels horts i li va sortir al pas un mariner que s'havia abaixat els pantalons i tenia el membre empalmat. La nena, que a casa no hi tenia ni pare, ni avi, ni germans, no havia vist mai un home despullat i va entrar esverada a casa, cridant:

—Mama, a l'hort hi ha un italià que la porta lligada amb un cordill!

—Són uns bèsties —va protestar la dona, que va sortir disparada, decidida a presentar una queixa indignada a l'ajuntament.

Les autoritats locals i la gent d'ordre de Caldes van fer veure que s'agafaven molt seriosament l'incident, però en realitat estaven més espantats pels rumors insistents segons els quals els oficials italians havien fet tractes amb algunes prostitutes i les havien convidat a instal·lar-se al poble per donar a la tropa la possibilitat d'esbravar-se.

—Una cosa és tenir una puta de dos deu cèntims que treballa molt de tant en tant i una altra tenir un planter fix de prostitutes —va raonar el jutge de pau per convocar una reunió a l'ajuntament.

El prostíbul era una amenaça que no es podien permetre; representava un perill per a la concòrdia dels matrimonis i posava en risc l'ordre públic que la Guàrdia Civil assegurava amb mà de ferro. L'11 de febrer, l'alcalde de Caldes va enviar una carta d'alarma al governador civil de Girona, que va signar conjuntament amb l'ecònom de la parròquia, el jutge de pau i la secretària local de la Secció Femenina:

Excelentísimo señor gobernador civil de la provincia de Gerona:

Los abajo suscritos, como autoridades locales de esta villa, tienen el honor de recurrir a VE para exponerle que, constituyendo un intenso rumor público en la localidad la noticia de que en un plazo más o menos lejano pudiera ser instalada en esta población una casa de mala nota, con motivo de encontrarse en esta internados un considerable número de jefes, oficiales y marinos italianos, y habiendo producido la citada noticia profunda sensación en la población civil de esta villa en sentido franca y absolutamente desfavorable, los suscritos consideran un deber el comunicar a VE que haciéndose, ellos por sí, eco también de su disconformidad con la instalación de la referida casa de lenocinio, tienen el honor de participárselo a VE por si pudiera prestar su valiosa ayuda para que tal medida no se adoptara en esta población, pues son evidentes e incalculables los perjuicios morales de todo orden que a la misma acarrearían.

Els guardians de la moral pública insistien que no es tractava d'un rumor passatger, que els italians no amagaven les seves intencions i que es vantaven en públic de la imminent instal·lació de la casa de putes. Per tot plegat, es posaven en mans del governador:

> *En nombre propio y en el de la población que representamos* —deien— *esperamos que esta no se verá jamás con la vergüenza que para ella supondría la instalación de semejante prostíbulo.*

La resposta no va tardar ni vuit dies. El governador va contestar el 16 de febrer amb un escrit curt i indignat:

> *En relación con el escrito de esa alcaldía, número 57, de fecha 11 de los corrientes, donde da cuenta de los rumores existentes sobre la instalación en esta localidad de una casa de mala nota, significo a V. que los mismos carecen de todo fundamento ya que, siendo de mi competencia exclusiva autorizar la apertura de tales casas e inspirado en el mismo criterio de moralidad pública que manifiesta, no me hallaría dispuesto a consentirlo con la facilidad que gratuitamente supone con su extemporánea protesta.*

Al despatx de l'alcalde, la resposta va caure com una bomba. Els prohoms del poble estaven avergonyits, perquè s'adonaven de l'estil inapropiat del seu propi escrit.

—L'hem ofès —va aconseguir dir l'alcalde Quintana, enfonsat a la poltrona.

—Havíem d'haver fet referència a la seva moralitat exemplar —va postil·lar mossèn Massaguer, que havia sigut el promotor de la protesta.

Mentrestant, la primera autoritat provincial havia citat discretament a Girona el sergent de la Guàrdia Civil de la caserna de Caldes i li donava les instruccions precises:

—Mire, sargento, creo que podemos dar un poco de escape a estos pobres marineros; deje que se desahoguen como corresponde a jóvenes viriles, más tratándose de muchachos entrenados para el noble arte de la guerra. Pero, por Dios, asegúrese de que las chicas trabajen solo en los hoteles y diga de mi parte al comandante italiano que, si el cura o la delegada de la Sección Femenina ven a una sola puta por las calles del pueblo, cerraré el prostíbulo y restringiré los movimientos de todos los internados. Guante de seda en puño de acero, sargento Serrano. Confío en usted.

Dos dies després, coincidint amb una visita del governador civil i el coronel de la Guàrdia Civil als mariners italians, a les golfes del Balneari Vichy Catalán s'inaugurava el prostíbul, que estava predestinat a convertir-se en el negoci més lucratiu que s'havia vist a Caldes des d'abans de la guerra.

19

Un mes després de l'arribada dels mariners als balnearis, tot el poble coneixia en Ciro: «El noi que xiula cançons italianes» o «l'italià que du la roba a la Joana de la Mina», el batejava la gent de Caldes quan en parlava. Gràcies al permís especial que li havia signat el comandant Cigala, en Ciro sempre era el primer que circulava pels carrers del poble i no havia d'esperar com els altres a les cinc de la tarda per sortir a fer la passejada. Quan acabava de dinar, marxava disparat del menjador: recollia la roba del dia, travessava el jardí, sortia per la porta de darrere del balneari, la que donava al carrer Major, i pujava fins a la carnisseria a mirar si la Joana havia enllestit la feina. Si encara l'hi trobava, l'acompanyava de camí al safareig i s'oferia a portar-li el cossi i els estris que pesaven. Ella se'l mirava desconcertada. Es feia l'ofesa i rebutjava l'oferiment, però se sentia tractada com una reina.

Quan arribaven als safarejos, ell anava a seure unes passes més enllà, unes vegades al peu del lledoner, d'altres al costat de la font del Raig d'en Mel, i l'observava mentre estovava la roba ensabonada, amunt i avall del fregador, abans d'enfonsar-la en l'aigua per esbandir-la. Li agradaven els moviments repetitius de la noia, sempre rítmics, molt elegants. Mirava de cridar la seva atenció apujant el to de les cançons, que ara ja li cantava directament. Si no li feia cas, cantava més i més fort, fins que ella aixecava el cap i ell li podia dedicar un somriure. La Mercè i en Feliu sempre rondaven per allà i s'havien acostumat a l'italià. Així que veien arribar en Ciro, l'acorralaven i li demanaven:

—Ensenya'ns a xiular.

El mariner els ensenyava a posar la boca en la posició adequada, però dels llavis de la mainada només en sortien bufets sense sonoritat i ell reia a cor què vols i les rialles ressonaven per tot el safareig. Els petits també reien i llavors en Ciro els esbullava els cabells, agafava un grapat de terra argilosa, la mullava a la font i els modelava animals i persones, com si fossin figures d'un pessebre napolità.

La Joana se'l mirava de lluny i li hauria agradat tornar-li un somriure com a agraïment. Però es reprimia i tornava a la feina, perquè no sabia com tractar-lo. D'on sortia aquell noi? A primer cop d'ull, vestits amb l'uniforme d'estiu de la marina espanyola, tots els mariners italians es confonien, però des del primer dia en Ciro li havia semblat diferent: atent, amable, dolç. No s'ho hauria pensat mai, que hi havia homes així: de caràcter fort i decidit, disposats a fer la volta al món en un vaixell de guerra, però també de tracte delicat com el vol d'una papallona. Que en Ciro era home de món, es notava d'una hora lluny; que era de tracte suau i encantador, ho anava descobrint dia a dia.

Es preguntava si el seu home havia sigut mai d'aquella pasta. Potser quan es van conèixer? Tal vegada quan festejaven? No, tampoc! Potser de jove havia sigut graciós i rialler, però no havia mostrat mai un mínim de delicadesa. El recordava maldestre des de sempre i després de casats s'havia tornat cada cop més agre.

Aquells darrers anys, en Salvador es deixava caure poc per casa i, quan ho feia, es limitava a menjar, beure i satisfer les necessitats més primàries. Mostrava la mateixa complaença quan alleugeria el ventre al galliner que al llit quan la muntava; en totes dues circumstàncies, quan havia enllestit la feina, feia la mateixa cara de satisfacció. Si no era per aquests senyals de vida animal, la seva presència a la casa hauria pogut passar desapercebuda: no parlava, no reia, no jugava amb la mainada, no li feia galanteries a ella, no s'entendria, no s'emocionava. Només quan les coses es torçaven i tombaven en una direcció que no li convenia, es regirava com un animal emprenyat i els crits es podien sentir fins a la plaça de l'església. Si els diners no arribaven per pagar els deutes, es feia el distret; si la Joana li reclamava un cop de mà per pagar una muda als nens, que s'havien estirat i tot els quedava petit, mirava cap a una altra banda; si ella plorava que ja no podia més, se'n desentenia i se'n tornava a bosc.

Al començament, la Joana atribuïa la mala bava de l'home a la duresa de la feina a la muntanya i confiava que amb el temps les coses tornarien a ser com abans. Però, en comptes de calmar-se, en Vador es va tornar cada cop més distant i violent. I la Mina es va convertir en una casa marcada: tots l'evitaven, ningú no s'hi acostava, ningú no en volia saber res.

20

La centraleta de telèfons era un dels últims reductes del balneari Vichy Catalán que controlava la propietat. Quan l'operador va aconseguir establir connexió i va passar la trucada del comandant Imperiali al cònsol italià, es va enganxar l'auricular a l'orella per xafardejar descaradament la conversa. No li va costar gaire comprendre de què parlaven i, cada cop més alarmat, va fer avisar l'arrendatari del balneari:

—Digueu-li que, si no vol perdre-ho tot, deixi el que estigui fent i baixi corrents a la centraleta. Els italians li estan fent el llit!

Modest Carreras tenia llogat l'hotel a la vídua de l'antic propietari i actuava com si en fos l'amo. L'arribada dels italians li havia donat esperances de rellançar el negoci, però, a l'hora de la veritat, tot eren problemes. Els mariners no paraven de queixar-se: de la fred, de l'escassa qualitat dels àpats, de la manca de neteja, de la poca disponibilitat de molts serveis. I encara no li havien fet cap dels pagaments setmanals als quals s'havien compromès. Aquell mateix matí s'havia queixat d'aquests incompliments al governador civil durant la visita oficial que la primera autoritat de la província havia fet als mariners italians.

En Modest Carreras va baixar les escales de dues en dues i va entrar renegant a la centraleta; feia dies que s'esperava alguna cosa com aquella.

—Amb qui conspiren ara aquests fills de puta? —va preguntar, mentre agafava nerviosament l'auricular complementari que li oferia l'operador.

—El comandant Imperiali parla amb el cònsol italià a Barcelona; els volen fer embargar els hotels —va respondre secament, sense treure's el seu auricular de l'orella.

Quan van penjar, l'arrendatari del Vichy Catalán no s'ho podia creure: efectivament, el cònsol d'Itàlia a Barcelona, un feixista de cap a peus, lleial a Mussolini, planejava l'embargament per fer-se càrrec des del consolat de la gestió dels hotels. En Modest Carreras va córrer a reunir els directors dels altres dos balnearis —el Prats i el Soler— i els va exposar la situació. Tots tres van coincidir en el perill que corrien i de seguida es van posar d'acord per contraatacar. Devia ser la nit més freda de l'any, però no podien arriscar-se i van decidir actuar des d'aquell mateix moment.

A aquella hora, pels carrers de Caldes no hi corria ni una ànima; la tramuntana arribava esmorteïda, però era gelada i els tallava la cara. Caminaven de pressa, com si els perseguís un fantasma, i no es van aturar fins que van ser a la porta de la caserna de la Guàrdia Civil, just sota el lema «Todo por la Patria». Van agafar aire, van picar a la porta i al cap d'una bona estona el sergent va sortir a obrir-los personalment. Feia mala cara, no li agradaven les sorpreses fora d'hora. La relació entre el sergent i les forces vives de la vila era educada per necessitat, però no era cordial. Es tractava de dos mons a part que es toleraven, s'ajudaven, però no es tenien simpatia i més enllà de la defensa de l'interès comú, no havien establert mai cap complicitat.

Des que havien arribat els italians, sempre que es reunia amb els hotelers, el sergent se'ls escoltava amb un punt d'aprensió: els trobava pusil·lànimes i poc de fiar; donava per fet que l'acceptaven perquè els proporcionava la força que necessitaven per imposar la seva voluntat al poble, però sabia que, si els convenia, el trairien sense pietat. Però per a sorpresa dels tres visitants, aquella nit les tribulacions dels hotelers van captar el seu interès des del primer instant. Si hagués pensat que només es tractava de defensar els interessos econòmics d'aquells homes que es queixaven de vici, perquè tothom sabia que els quedava un marge molt generós, el sergent no s'hauria mogut. Però tenia nas per intuir que, si els italians imposaven el seu pla, ell seria el primer perjudicat.

Veia a venir la doble jugada del cònsol: relacionar-se directament amb el ministre espanyol de Marina, saltant-se l'autoritat del governador civil de Girona, i embargar als hotelers per gestionar directament aquell gran negoci des del consolat. Era tot el que necessitava per estar-hi en contra i va decidir avortar la conspiració.

L'endemà mateix va escriure al governador civil, amb còpia al seu superior immediat, el coronel de la Guàrdia Civil de la comandància de Girona. La carta no era arravatada com hauria volgut; era continguda, com corresponia a una comunicació oficial, però estava carregada d'acusacions de deslleialtat cap als italians. El sergent tenia l'habilitat de presentar el plet com un conflicte entre uns empresaris patriotes, addictes al règim, i uns estrangers que malparlaven de les autoritats espanyoles i es mostraven decidits a incomplir amb males arts els compromisos adquirits amb el mateix governador civil de la província.

Abans d'enviar la carta, el sergent va tornar a citar els hotelers i els va llegir l'esborrany.

Excelentísimo señor:

Me comunica el arrendatario del Balneario Vichy Catalán, el señor Modesto Carreras Furest, que hacia las ocho menos cuarto de la tarde del día de hoy, al intentar hablar por teléfono con sus familiares de Gerona, pudo sorprender una conferencia telefónica que se celebraba entre el responsable de los marineros italianos internados en esta plaza, don Riccardo Imperiali, y el cónsul general de Italia en Barcelona; y creyendo el informante, por su parte, que pronto podría hacer uso de su comunicación telefónica, se mantuvo a la espera, escuchando cómo el señor Imperiali informaba al cónsul general sobre la visita efectuada en esta plaza en el día de hoy por su Excelencia, comunicándole como nota más destacada la mala impresión que tal visita le había causado, al apreciar que las autoridades españolas mostraban su tendencia a favorecer los intereses de los industriales de esta población que tienen a su cargo la manutención y alojamiento de los citados italianos internados.

Al mismo tiempo, el señor Imperiali le comunicaba su mala impresión por la rigidez militar y las pocas facilidades en permisos y otros aspectos a que estaban sometidos, calculando como opinión personal que, bajo el mando de la autoridad militar, la vida y el régimen de internamiento en esta plaza presentaban para ellos perspectivas poco esperanzadoras. A estas informaciones el cónsul general respondió que ya se encargaría él de atenuar los rigores del régimen al que se les quería someter y que haría todas las gestiones necesarias para hacer cambiar el criterio de las autoridades de esta provincia, mientras gestionaba hacerlos depender exclusivamente de la autoridad central del Ministerio de Marina de Madrid.

Otro aspecto de la conversación, según el informante señor Carreras, lo constituyó el tema del pago del alojamiento, manifestando el jefe de los marineros italianos que se veía abrumado por los dueños de los balnearios, que le interesaban diariamente la liquidación de las cuentas que tiene pendientes de pago. Según sus propias palabras, su situación resulta insostenible, más todavía después de haberse comprometido ante su Excelencia a resolver esta situación poniéndose al corriente de pago dentro de las próximas horas. Pregunta, pues, qué debe hacer.

Respondió el cónsul general que confiaba en su diplomacia y que con buenas palabras fuera aplazando la cuestión, ya que su propósito era el de pagar sólo diez (10) pesetas por plaza, en lugar de las dieciocho (18) que tenían convenidas, pretendiendo con ello obtener tiempo y éxito en las gestiones de requisa de los establecimientos con tal de poder administrarlos ellos por su cuenta, asunto este que, según las palabras del cónsul general, ya está gestionando en Madrid.

Al serme comunicada esta conversación telefónica por el informante señor Carreras, se presenta acom-

pañado por los restantes propietarios y administradores de los balnearios de esta población, los cuales comparecen también para manifestar la gravedad de sus respectivas situaciones y la imposibilidad de hacer frente a los compromisos económicos ya contraídos, como por ejemplo la compra de colchones, pago de personal, provisiones, etcétera, por lo que ruegan y piden solución urgente a esta situación.

Caldas de Malavella, 28 enero de 1944.

El comandante de la plaza, 203 comandancia de la Guardia Civil,

Francisco Serrano López

Els hotelers van escoltar molt complaguts la carta que els acabava de llegir el sergent Serrano i li van expressar la seva satisfacció amb grans somriures i cops de cap d'assentiment. Quan abandonaven la caserna encara tenien a la cara aquells somriures babaus i mostraven una falsa simpatia cap al sergent prodigant-li copets a l'esquena i fent exagerades reverències de reconeixement.

Tan bon punt va rebre la carta, el governador civil de la província va citar urgentment el sergent de Caldes al seu despatx de Girona: des de l'arribada dels italians, tenia el general Moscardó a sobre i no volia deixar escapar cap fil. Va demanar diplomàcia i paciència al sergent, però a canvi li va prometre el seu suport i li va garantir que els interessos dels hotelers estarien protegits. Tenia encàrrecs molt importants a fer-li i el necessitava entregat a la causa; quan es disposava a sortir del despatx li va posar una mà a l'espatlla i li va revelar:

—La próxima semana acompañaré al capitán general en una visita de inspección a los balnearios. Invitaremos también al cónsul general, que intentará aprovechar la visita para presionarme, pero le preparo algunas sorpresas. Necesito que transmita al comandante Imperiali que de la disciplina que demuestren sus hombres durante la visita del general Moscardó dependerán las futuras condiciones de su estancia en Caldas. Cuídese de eso; del resto me encargo yo.

Aquell matí, quan va deixar el Govern Civil i des de la pujada de Sant Martí es va encaminar pel carrer de Ciutadans i el pont de Pedra cap a l'estació de Girona, el sergent Serrano estava eufòric: havia tallat en sec l'intent italià d'ignorar la seva autoritat. Era el responsable d'una comandància local que només tenia sis agents assignats, però li eren suficients per garantir l'ordre d'un poble de dos mil dos-cents habitants que, d'un dia per l'altre, havia estat envaït per més de mil soldats italians. Aquella responsabilitat li permetia tractar amb les primeres autoritats de la província i se'n sentia orgullós. Si els italians aconseguien entendre's directament amb ministres, diplomàtics i altres autoritats de la capital, ell tornaria a ser un simple número de la Guàrdia Civil, un pobre agent rural del cos, i els darrers cinc anys d'entrega abnegada a les autoritats provincials no li haurien servit de res.

Aquella tarda havia arribat als balnearis de Caldes un carregament de jerseis de llana enviat des d'alguna caserna de Barcelona. Finalment algú s'apiadava d'aquells pobres mariners vestits d'estiu en un hivern duríssim, de temperatures sota zero. Abans de sopar, es va fer el repartiment. Quan l'Ovilio va veure que els jerseis eren del color de la Itàlia dels feixistes, va rebotir el seu per terra, indignat.

—Ja se'l poden confitar! Ens volen disfressats de feixistes, vestits de negre.

Aquells dies el vent encara era gelat. En Ciro va recollir el jersei de terra i va obligar el seu amic a agafar-lo.

—És millor ser un antifeixista disfressat de negre que un antifeixista mort de fred —li va dir mentre es posava el seu, decidit a deixar de congelar-se d'una vegada—. Si es descuiden ens envien la roba d'hivern el mes d'agost —va rematar quan va recordar que esperaven les peces d'abric des que el mes d'octubre havien arribat les pluges a Maó i les temperatures havien baixat de cop.

21

A l'Ovilio les primeres hores de la guàrdia nocturna li van passar de pressa: va fer un parell de rondes pel perímetre del Balneari Prats i va entrar a can Moll a donar conversa al flequer, que pastava les coques i els pans de dos quilos per enfornar de matinada. Des de l'habitació del balneari el veia treballar cada nit a l'obrador i ara li agradava seguir per primera vegada els mateixos moviments, les mateixes escenes, des de l'altra banda de la finestra, des de dintre de la fleca. Se sabia els passos de memòria, perquè no eren diferents dels que havia vist fer al Poeta al forn del *Roma* tots aquells mesos que havien compartit a bord abans que els enfonsessin.

Passades les cinc de la matinada, la nit se li va començar a fer més llarga. La temperatura havia caigut en picat i havia sortit a fer una altra ronda per intentar combatre la fred que li glaçava els peus i la panxa. Bufava aquell maleït vent del nord i el coi de jersei negre no servia per aturar-lo: si hagués tingut un parell de fulls de diari se'ls hauria posat sota el jersei, com feia de petit a Roma quan a l'hivern pedalava de fosc pels carrers de la ciutat. A aquella hora, en Moll ja enfornava, però aquest cop va passar de llarg sense aturar-se; només va afluixar el pas per flairar el pa que es començava a coure i omplir-se els pulmons d'aquella olor tan confortable, tan familiar. Quan va deixar enrere la fleca, se sentia reanimat i va remuntar la riera, resseguint el mur del balneari, amb un pas més decidit. Caminava despreocupat, arran de paret, fins que va sentir unes passes i es va posar alerta: es va recolzar a la tanca del jardí, entre les heures que penjaven, i va veure una figura que baixava sigil·losament pel carrer Major fins a la cantonada amb la riera; a l'encreuament, l'home es va aturar entre unes mates i va encendre una cigarreta. L'Ovilio va decidir quedar-se ocult fins a descobrir les intencions del desconegut. Van passar deu o quinze minuts, el temps suficient perquè l'home encara fumés una cigarreta darrera de l'altra: tres més en va comptar l'Ovilio, que també es moria de ganes de fumar. Quan la campana de l'església acabava de tocar les sis, va sentir un soroll metàl·lic que baixava de la banda de les Roques i va veure que l'home apagava precipitadament la cigarreta. Uns instants després, va aparèixer en escena una bicicleta que va trencar pel carrer dels Polls i es va aturar davant d'una de les primeres cases; el ciclista va picar discretament a la porta, va deixar un paquet petit a terra i va seguir pedalant camí de la plaça Petita.

L'Ovilio va esperar camuflat entre les heures fins que l'home de les cigarretes va sortir del seu amagatall, va refer el camí, carrer Major amunt, en direcció a la carretera de Girona, i va desaparèixer. Llavors l'Ovilio es va acostar al catau del desconegut i hi va descobrir un piló de burilles. Quan les va escampar amb el peu, n'hi va comptar més d'una trentena i es va sorprendre, perquè aquella nit l'home només n'havia fumat quatre.

L'endemà, l'Ovilio va donar voltes tot el dia a l'escena de la qual havia estat testimoni i va decidir tornar a investigar sobre el terreny. A les cinc de la matinada es va vestir i va sortir a donar conversa a en Salvatore Taccia, que aquella nit estava de guàrdia. Va trobar-lo congelat a la porta del jardí, la que donava al carrer Major. Les temperatures havien tornat a baixar tres o quatre graus i ja devien estar sota zero, com els primers dies després de l'arribada a Caldes.

—Quina merda de temps! —va queixar-se en Salvatore quan l'Ovilio s'acostava.

—Vés a escalfar-te una estona a la fleca; a aquesta hora en Moll deu estar traient el pa del forn —li va proposar l'Ovilio, com la cosa més natural del món—. Jo et cobreixo la ronda.

Quan en Taccia va marxar, l'Ovilio es va dirigir directament a la riera i va esperar recolzat a la paret del balneari, immòbil entre les heures, com havia fet la nit anterior. L'home de les cigarretes va aparèixer puntualment i es va tornar a amagar al racó que li permetia controlar simultàniament el carrer Major i el carrer dels Polls. Aquest cop la bicicleta va arribar abans, quan el desconegut només havia fumat dues cigarretes. El biciclista va tornar a picar a la casa del carrer dels Polls i aquest cop va entregar el paquet en mà, perquè algú ja l'esperava amb la porta entreoberta; les dues figures van encaixar les mans, es van picar a l'esquena i just quan el campanar de l'església tocava les hores la bicicleta va reprendre la marxa cap a la plaça Petita.

Hores després, l'Ovilio encara donava voltes a les maniobres nocturnes que havia descobert; era a classe de tecnologia de la ràdio, però no podia concentrar-se. Tenia l'home de les cigarretes al cap: era evident que estava espiant el de la bicicleta; a ell també l'havien espiat quan feia activitats clandestines a Roma i els feixistes l'hi havien fet pagar car. Ara no sabia de què anava, però no ho pensava tolerar. Havent dinat es va plantar a la cruïlla del carrer Major amb la riera i va esperar; al cap d'un parell d'hores de guàrdia va veure arribar un home grassonet, de bigoti gruixut i cabellera arrissada que obria la porta de la casa del carrer dels Polls. El va reconèixer de seguida, l'havia vist feinejant per les cuines del balneari. S'hi va acostar i li va oferir la mà. L'altre va mirar-lo amb desconfiança, va fer una passa enrere i va interrogar-lo amb la mirada. Semblava espantat. L'Ovilio va decidir anar al gra.

—No sé a què us dediqueu tu i el teu amic de la bicicleta, però haureu de deixar-ho una temporada —li va dir. Després, sense més explicacions, el va convidar a seguir-lo—. Mira! —va continuar, remenant les burilles amb el peu—. No sé quant fa que us vigilen, però si comptes les cigarretes te'n faràs una idea.

Al vespre, quan es va trobar amb en Ciro, que tornava del safareig, l'Ovilio li va explicar els seus descobriments nocturns. Quan va veure que havia despertat la seva curiositat es va animar i el va acabar de posar al corrent de la investigació:

L'home de la bicicleta es deia Josep Solà. Cada dia, a l'alba, sortia discretament del poble i anava per les masies del voltant a matar porcs d'amagat, perquè quan la matança era oficial les autoritats es quedaven una part del porc com a impost. Quan el campanar de l'església tocava les sis, l'home de la bicicleta procurava estar de tornada, per esmorzar a casa i sortir a les set camí de l'embotelladora de l'aigua Imperial, com si hagués passat tota la nit al llit. Quan podia arreplegar un bon tall de carn de regal, passava per casa de l'Antonio, el cuiner del balneari, i li deixava un paquet per a les famílies republicanes més necessitades, les que tenien els homes tancats a Salt o a Miranda de Ebro. El cuiner també havia estat a la presó i tots li feien confiança.

L'endemà al matí, l'Ovilio es va presentar al comandant Cigala, es va oferir voluntari per treballar a la cuina del Prats i va ser admès com a ajudant de l'Antonio. L'horari era bo, de sis del matí a dues del migdia. Això volia dir que tindria totes les tardes lliures per passejar al seu aire.

—Se t'ha acabat anar per lliure, ara tindré tant de temps com tu i et podré vigilar —li va dir a en Ciro entre rialles.

Dos dies després, a la mateixa hora que l'Ovilio entrava a treballar a la cuina, en Josep Solà arribava a l'estació de Caldes amb el carregament matinal de calaixos de l'embotelladora de l'aigua Imperial que havien de pujar al tren, amb destinació a Barcelona. Va baixar del carro, que menava el germà del flequer Moll, i es va dirigir a la zona dels vagons de càrrega que tenia reservats la seva empresa. Un home amb camisa blava de falangista i una pistola a la cintura hi dirigia l'operació de càrrega d'una altra casa, la de l'aigua Malavella. L'home era un feixista que havia passat la guerra civil espanyola emboscat a la muntanya, però quan els franquistes havien entrat a Caldes havia baixat, s'havia vestit de falangista i s'havia dedicat a imposar de mala manera la seva voluntat. Els encarregats de les aigües Imperial i San Narciso estaven farts que el falangista s'apropiés dels vagons que no li tocaven, obligant-los a esperar que arribessin noves unitats per iniciar les operacions de càrrega.

Tothom esperava que un dia o altre algú li parés els peus. Quan en Josep Solà s'hi va acostar, l'encarregat de San Narciso recriminava un cop més a l'home de la camisa blava la seva conducta abusiva. Però ho feia tímidament, convençut que contra un home del règim no hi tenia res a fer.

—Aquest vagó estava reservat per a nosaltres.

—Estàs confós, aquest vagó és de la Malavella —li va contestar el fatxenda, ensenyant-li ostensiblement la pistola, que duia encaixada a la cintura.

En Josep Solà no s'hi va pensar dues vegades. Amb un moviment ràpid, es va treure de la cintura el ganivet de degollar els porcs, el va apuntar al pit del falangista i li va cridar:

—A partir d'ara respectaràs els vagons de cada casa!

L'home, agafat de sorpresa, va fer ulls de mussol, va recular dues passes i es va posar conciliador.

—No ens enfadem, no n'hi ha per tant. Només és un malentès.

En Solà va veure l'oportunitat: se li va acostar encara més i li va posar el ganivet al coll.

—Fill de puta! Ara m'espies? Si passes l'informe al sergent de la Guàrdia Civil, ets home mort! —li va dir en veu baixa, a cau d'orella.

Tot primer, l'home va fer cara de sorpresa i poc després li va agafar el pànic, perquè, sense treure el ganivet del coll, en Josep Solà va cridar ben fort, perquè el sentís tota l'estació:

—No em fas por! Estic acostumat a matar porcs, no em vindrà d'un!

22

La visita sorpresa als balnearis de Caldes del totpoderós capità general de Catalunya va greixar mecanismes de relació i va desencallar problemes a favor de totes les parts. Impressionat per la marcialitat, l'estat de forma i la disciplina dels mariners italians, el general Moscardó els va autoritzar a sortir cada tarda fins a un radi de tres quilòmetres del centre de Caldes. Va ordenar que se'ls relaxés la vigilància i que tots, civils i militars, procuressin fer-los més amable l'estada.

Pel que fa als balnearis, van veure complertes les seves aspiracions i només vuit dies després, el 22 de febrer, signaven en una notaria de Barcelona un contracte definitiu que recollia totes les seves demandes. Els balnearis es garantien les divuit pessetes diàries per intern, a cobrar cada dissabte; aconseguien també que els italians haguessin d'aportar els homes necessaris per al servei de neteja de les habitacions i altres dependències hoteleres (excepte els lavabos), com feien des del primer dia per a treballs auxiliars de cuina i serveis de menjador. El consolat els havia de facilitar les flassades i ells s'havien de limitar a fornir la roba blanca. Finalment, els balnearis s'ocuparien de la bugada d'aquesta roba blanca, però els mariners s'havien de seguir espavilant si volien fer neta la seva roba personal.

Els comandants italians també van quedar satisfets. Tenien el compromís que el menú garantiria dues mil sis-centes calories al dia per a cada intern; la temperatura dels menjadors i les sales de joc no podia baixar de setze graus en tot el que quedava d'hivern; els mariners podien accedir lliurement a les instal·lacions annexes dels establiments com ara les pistes de tennis, bàsquet i botxes i la capella; i podien disposar del piano, la gramola, el billar i les masses del croquet. Els mariners passaven a tenir dret a dues dutxes termals cada setmana i els que s'hostatjaven en les pensions sense instal·lacions termals podien passar a dutxar-se als balnearis. Els oficials sortien més ben parats: als àpats tenien dret a vi corrent («a discreció»), tenien accés a la sala de billar i disposaven d'aigua termal a les habitacions. Per acabar, el contracte donava permís als italians per muntar i gestionar una cantina, notícia que va ser rebuda per la tropa amb un entusiasme desbordat.

El governador civil s'havia tret un pes de sobre i va cridar el sergent per fer-li saber la bona impressió que s'havia endut el capità general de Catalunya i expressar-li la seva felicitació personal. Quan va veure entrar en Serrano, li va dedicar un somriure de benvinguda i es va permetre parlar-li en confiança, de mascle a mascle:

—¿Cómo marcha el local de desahogo de los italianos? ¿Ya ha comprobado personalmente la calidad del servicio, sargento?

El sergent Serrano va deixar anar una riallada d'animal satisfet.

L'afluència de mariners a les golfes del Vichy Catalán era constant i els metges italians anaven de corcoll per assegurar el control higiènic. Al carrer no s'hi havia vist més putes i al poble tots havien acabat reconfortats: les autoritats locals salvaven la cara i els militars italians sentien per primera vegada que els deixaven organitzar-se mínimament al seu aire. Però les conseqüències positives de la visita del capità general de la regió militar de Catalunya encara no s'havien acabat.

—El general Moscardó quedó muy gratamente impresionado por la disciplina de los italianos y ha ordenado que de forma discreta relajemos un poco más las normas —va dir el governador quan va fer seure el sergent al despatx—. Vamos a darles algo más de aire y de paso vamos a intentar reconquistarlos para la causa. Desde el hundimiento de su barco están algo aturdidos, se sienten desorientados, pero son más de mil soldados bien instruidos y los alemanes necesitan que se reincorporen a la guerra.

L'endemà va començar l'ofensiva per fer-los tornar al bàndol de Mussolini i els alemanys.

23

En Ciro va arribar bufant al safareig. Havent dinat, el comandant Imperiali l'havia enviat a l'ajuntament a revisar les darreres comunicacions de la Creu Roja. Sis mesos després del bombardeig, l'organització internacional encara intentava tancar la llista definitiva de supervivents del naufragi del *Roma*. Semblava mentida, però en aquell punt cada dia encara hi havia famílies que descobrien que els seus fills s'havien salvat i es trobaven sans i estalvis, refugiats als balnearis d'un poblet català proper a la frontera francesa. La divisió d'Itàlia en dues meitats no havia ajudat a la fluïdesa de les comunicacions, que s'havien de fer via Ginebra i Madrid; en el cas dels refugiats a Espanya, les dificultats que havia trobat la Itàlia lleial al rei per controlar l'ambaixada de Madrid i els consolats a Barcelona i Maó encara havien complicat més l'elaboració de llistes fiables.

Un parell de cops per setmana el comandant enviava en Ciro a recollir les cartes de les famílies italianes que la Creu Roja Espanyola s'encarregava de fer arribar a l'ajuntament de Caldes; al cap d'un parell de dies, ell mateix portava les respostes al despatx de l'alcalde, que s'encarregava personalment de tramitar-les a Madrid. En Ciro se sorprenia de la quantitat de companys que encara no s'havien posat en contacte amb les seves famílies per tranquil·litzar-les: Itàlia quedava molt lluny i a Caldes els mariners vivien al dia i no es preocupaven de res més.

La Joana sabia que l'italià s'acostava quan el sentia xiular pujant pel carrer dels Polls o baixant de la plaça Petita. S'estava acostumant a aquelles visites i sense voler s'inquietava si el mariner no s'hi presentava o si arribava tard. Aquella tarda en Ciro venia corrents des de l'ajuntament i no tenia forces per xiular; a l'entrada dels safarejos es va aturar per no trencar l'encanteri i observar de lluny una escena que el captivava: la Joana llançava a l'aigua la roba ensabonada i poc després la recuperava amb gestos repetitius i molt elegants. S'hauria estat hores allà, palplantat, encantat, deixant-se hipnotitzar per la bellesa dels moviments de la noia. Quan va notar que algú l'observava, ella es va girar i es va fer l'enfadada.

—Ara m'espies?

En Ciro es va posar vermell i se'n va anar al seu racó, al costat de la font del Raig d'en Mel, des d'on podia mirar-la a distància.

Es va posar a cantar una cançó napolitana:

—«Rrose, che belli rrose! Torna maggio! / Sentite 'addore 'e chisti sciure belle! / Sentite comme cantano l'aucielle! / E vuje durmite ancora? Ih, che curaggio!».*

Sense mirar-lo ni aixecar el cap del safareig, la Joana va tornar a queixar-se.

—Sembla trist, això que cantes. No en saps cap de més alegre?

El noi va callar una estona, com si rumiés què li podia cantar que li semblés bé, i va començar a xiular una melodia més alegre. La «Canzone bella», es deia, però no se'n sabia tota la lletra i només podia imitar la melodia amb els llavis.

No es van dir res més en tota la tarda. Quan va acabar d'esbandir la roba, la Joana la va posar al cossi i se'l va recolzar al costat per pujar fins a l'estenedor. En Ciro s'hi va acostar i l'hi va agafar. Ella es va fer l'ofesa per tercera vegada en una sola tarda.

—Et penses que no puc tota sola? No et necessito per a res —li va deixar anar.

* «Les roses, que boniques que són! Torna el maig. / Sentiu l'olor d'aquestes belles flors! / Sentiu com canten els ocells! / I tu, encara dorms? Oh, quina gosadia!».

Però ell ja s'havia posat en marxa i quan la Joana va començar a caminar al seu darrere tenia un somriure murri a la cara.

Amb moviments rapidíssims va estendre les camises i els pantalons blaus dels mariners i aviat va enllestir la feina. Encabat va recollir la roba seca que havia penjat el dia anterior i la va anar plegant amb cura dins del sac de tela que havia portat en Ciro amb la roba bruta. Quan ho va tenir tot enllestit, es va asseure al marge, va tirar el cap enrere i quan va tornar a mirar endavant va sospirar. En Ciro se la mirava de cara i ella va posar la mà damunt de l'herba del marge, al seu costat, i li va ordenar:

—Seu aquí! No deus voler que parlem a crits?

S'hi va acostar obedient. El sol s'amagava darrere del Montseny i el mariner també va sospirar.

—Quina tarda! És suau com els capvespres de casa. Només m'hi falta el mar.

—D'on ets? —el va interrogar ella.

—De Nàpols.

—És bonic?

—El golf és extraordinari, *bellissimo*. El volcà Vesuvi, sempre vigilant, a la banda de terra; les illes de Capri i Ischia a la banda de mar, guardant les espatlles de la ciutat. La costa de Sorrento, al fons. No hi ha un lloc igual en tot el món.

—No exageris, tu, ara! Segur que no n'hi ha per tant —va riure la Joana.

Però en Ciro havia començat una altra cançó en napolità i no l'escoltava.

—«Dduje viecchie prufessure 'e concertino / 'Nu juorno, nun avevano che fà. / Pigliajeno 'a chitarra e 'o mandulino / E'm Paraviso jettero a sunà. / Ttuppe-ttú!... "San Piè, arapite! / Ve vulimmo diverti". / "Site 'e Napule? Trasite / e facitece senti!"».*

—Què diu la cançó que cantes? —va voler saber quan va veure l'emoció que hi posava.

—Parla de dos músics que pugen al paradís amb la guitarra i la mandolina; quan sant Pere sap que són de Nàpols, els fa passar i tots els sants s'acosten a escoltar les seves cançons napolitanes. El repertori s'allarga fins que els vells músics senten nostàlgia de Nàpols i comencen a acomiadar-se per tornar a baixar a la badia. Llavors sant Pere els interpel·la: «Esteu bojos? Què dieu? No us voleu quedar aquí al paradís?». «Som d'un país bell i estimat, que ho té tot i no es pot oblidar. Posilipo! Sorrento! Marechiaro! El nostre paradís és aquell d'allà baix!». «Dos paradisos», es diu la cançó.

* «Dos vells professors d'orquestra / un dia no tenien res a fer. / Van agafar la guitarra i el mandolí / i al Paradís van anar a tocar. / "Toc toc, Sant Pere, obriu! / Us volem divertir". / "Sou de Nàpols? Entreu / feu-nos escoltar!"».

—Mira quins fums, aquests napolitans —va recriminar-li ella entre grans rialles.

Un calfred agradable va recórrer l'espinada d'en Ciro. Volia dir-li que la plana de Caldes, amb el Pirineu nevat al fons, també era magnífica, sobretot si ella era als estenedors feinejant i reia d'aquella manera contagiosa, que el tornava boig. Però la Joana ja s'havia aixecat. S'espolsava del vestit les palles i les herbes que se li havien enganxat asseguda al marge. Va recollir el cossi buit de terra i va baixar camí de la Mina, sense acomiadar-se.

24

—Vés a buscar un sac de patates a la sala de quarantena —li va ordenar el cuiner a l'Ovilio, sense deixar de fer anotacions a la llibreta negra.

L'Ovilio encara s'estava adaptant al ritme que imposava a la cuina l'Antonio, el republicà vell i bonàs, de cara rodona i bigoti enorme, que repartia clandestinament paquets de carn de porc entre les famílies que tenien els homes a la presó. L'Antonio no ho era pas, de cuiner: abans de la guerra havia treballat deu anys de *maître* al Vichy Catalán; amb la caiguda de la República l'havien detingut perquè tenia carnet de la UGT, el sindicat socialista, i l'havien tancat tres anys a la presó de Girona. Per no morir de gana, s'havia fet passar per cuiner i havia complert la condemna aprenent l'ofici a costa dels pobres presoners. De tornada a Caldes, deu mesos enrere, la seva experiència a la presó l'havia portat d'ajudant a la cuina del Balneari Prats, que estava lluny dels moments d'esplendor d'abans de la guerra. Fora de temporada, des de l'arribada dels mariners italians, s'encarregava tot sol de la cuina.

—La sala de quarantena? —va preguntar l'Ovilio, que no sabia de què li parlava.

—Sí, home, el magatzem de darrere, el que dóna al jardí. Abans de la vostra arribada hi tancaven els jueus acabats d'arribar i els hi tenien en quarantena fins que es comprovava que ja no estaven carregats de polls.

—De quins jueus parles? —va tornar a preguntar amb cara de sorpresa.

—Dels que detenien a la frontera del Pirineu quan intentaven entrar a Espanya fugint dels nazis. Als homes en edat militar els empresonaven uns dies a Salt i després els enviaven al camp de presoners de guerra de Miranda de Ebro; a la resta, vells, dones i mainada, els tenien un temps a la presó de dones i a l'hospici, després els enviaven a Caldes. El novembre encara n'hi havia més de dos mil entre els tres balnearis, la majoria desnodrits i plens de paràsits, alguns afectats de malalties incurables. Dormien amuntegats, sis o set en cada habitació de dues places. No havia vist mai una gent tan pobra, no tenien ni roba per canviar-se. Els ho havien pres tot.

—I com és que no n'hem vist cap?

—Els van fer fora a finals de novembre, d'un dia per l'altre. Quan la Guàrdia Civil els va treure de mala manera i va cremar les poques pertinences que els quedaven, van començar els rumors que anunciaven l'arribada de nous refugiats. Només sabíem que les ordres venien de molt amunt i que calia tenir els balnearis preparats, a disposició de les autoritats de Madrid. Primer vam pensar que hi volien tornar a posar un hospital, com a la guerra; després algú va dir que seríem un nou camp de presoners; més tard es va parlar d'acollir refugiats alemanys, perquè corria la brama que la guerra se'ls començava a tòrcer. Ja ho veus, vam pensar en tothom menys en l'opció encertada: els italians. Als jueus els van fer fora per fer-vos lloc a vosaltres.

L'Ovilio se sentia culpable. Havien robat el llit a vells, criatures i gent malalta? Fins a aquell dia no s'ho havia plantejat mai, que el pa que menjaven el podien estar prenent a boques més necessitades.

—I on són ara els jueus que vam fer fora? Què se n'ha fet?

—No ho sap ningú. Hi havia un capellà de Girona, mossèn Forns, que els ajudava. Treia de la presó els homes abans que els enviessin a Miranda de Ebro i els reunia a Caldes amb les dones i les criatures; mentrestant, els buscava contactes amb les ambaixades aliades a Madrid, sobretot la de Bèlgica, que havia organitzat un canal d'evasió per fer-los arribar a l'altra banda de l'Atlàntic. Diuen que va poder rescatar una vintena de famílies. La resta, vés a saber. Alguns deuen ser a les presons. D'altres, a Barcelona, perduts, buscant algú que els doni un cop de mà i els ajudi a amagar-se. En qualsevol cas, se'ls han tret de sobre. Molts eren metges, artistes, professors, però els havien degradat a la condició de pàries, i com que no els havien deixat res, ningú no estava disposat a ajudar-los: a molts, els franquistes els devien tornar a la frontera i ara deuen estar en mans dels seus perseguidors alemanys.

—Fills de la gran puta! Pensar que Itàlia els va ajudar a guanyar la guerra contra la República —es va acusar en veu alta l'Ovilio.

L'Antonio s'havia tornat a inclinar damunt de la llibreta i ja no li feia cas. Havia de fer miracles per arribar al mínim de dues mil sis-centes calories per persona i dia, pactades en el contracte entre el consolat italià i els administradors dels balnearis.

El cuiner va consignar a la llibreta el nombre de serveis previstos aquell dia al Balneari Prats: vuit oficials, disset sotsoficials i cent seixanta-nou mariners, en total cent noranta-quatre persones, de les quals havia de descomptar un malalt i els cinc mariners de servei a la cuina, que menjaven i comptaven a part.

Va anotar el menú del dia —fideus, escalopa amb patates i poma, per dinar; polenta amb carn picada, peix amb patates i galetes, per sopar. Tot seguit va començar a sumar calories: fideus, cent deu grams per persona, tres-centes vuitanta-cinc calories; carn sense os, cent grams, cent quaranta calories; patates bullides, dos-cents grams per persona, cent vuitanta calories; farina de blat de moro, cent trenta grams per persona, quatre-centes setze calories...

—A la nit canviarem les galetes per una barreta de torró de cent trenta-cinc calories —va anunciar l'Antonio en veu alta—. Si hi sumem els cent grams per cap de les patates que m'acabes de portar, que suposen noranta calories més, arribem a un total de dues mil sis-centes quaranta-quatre. Ja podem passar-ho en net.

Va picar a màquina el menú amb la llista dels ingredients, els grams i les calories, desglossant en una columna els parcials i en una altra les quantitats totals. Quan va veure que tot quadrava, va treure el full i va enviar el mariner al despatx de l'administrador, a buscar la seva signatura.

Quan va tornar amb el menú aprovat a la mà, l'Ovilio encara estava capficat.

—No em puc creure que fessin fora aquells pobres desgraciats per fer-nos lloc a nosaltres. Si eren gent gran i mainada, devien necessitar l'aixopluc més que nosaltres, podíem haver compartit l'allotjament.

—Abans que ells n'hi havia hagut d'altres i també van haver de marxar. No t'equivoquis, el món no para de girar, la gent va i ve, segons les circumstàncies i els capricis dels que manen: aviat, quan arribi la temporada d'estiu, vosaltres potser també haureu de marxar per fer lloc als estiuejants. És així des dels anys de la guerra, quan els balnearis van començar a acollir refugiats: a primers de setembre del 1936, poc després d'esclatar la insurrecció militar, ja ens van enviar mig centenar de nens d'un poble aragonès que buscaven refugi; poc després, a mitjans de mes van començar a arribar famílies basques, sobretot d'Irun, que fugien de l'ofensiva franquista al nord d'Espanya. Els establiments es van col·lapsar: el 23 d'octubre ja hi havia mil tres-cents refugiats, en un poblet que aleshores tenia dos mil cinc-cents habitants. A finals d'aquell any, el govern català va convertir els balnearis en hospitals, en un intent desesperat de rebaixar el col·lapse dels centres de Barcelona; fins a l'entrada dels franquistes a Caldes, el febrer del 1939, van morir més de cinquanta persones entre els ferits ingressats als balnearis.

L'Ovilio se l'escoltava pensatiu. Potser sí que les misèries se succeïen sense remei i ni ell ni ningú no podien fer res per aturar aquella espiral cruel i depravada. Era un miracle que els balnearis haguessin sobreviscut a totes aquelles misèries.

—Veig que més que a un gran hotel hem vingut a parar a una gran institució benèfica —va concedir finalment.

—No sempre va ser així —va reaccionar l'Antonio amb una gran rialla—. Al contrari, abans de la guerra, als balnearis hi havia festa cada dia, del 15 de maig al 31 d'octubre. El Vichy Catalán tenia una orquestrina pròpia, que a l'hora de sopar tocava peces suaus a la terrassa i havent sopat escollia ritmes més atrevits per amenitzar el ball, que se celebrava cada vespre al gran saló. Al ball, les dones estaven guapíssimes; els joves eren atrevits; els pares, vigilants però permissius. En aquella època, abans de la guerra, als balnearis tothom s'ho passava bé i ningú no volia que s'acabés la festa.

25

Els italians se les empescaven per caure simpàtics i sovint s'entretenien fent jugar les criatures, sobretot quan les dones voltaven a prop. Els jocs eren la millor excusa per cridar l'atenció de mares i germanes. D'aquesta manera inesperada, els més petits de cada casa s'havien convertit, d'un dia per l'altre, en els reis del poble. N'estaven encantats.

La Lola de can Fabrellas tenia onze anys i no sabia a quin univers pertanyia: encara jugava amb els petits, però ja li tocava treballar com els adults. Quan trastejava per la fonda, els mariners se la miraven i li deien ximpleries: alguns trobaven que es començava a fer mirar com una dona; la majoria la festejaven per cridar l'atenció de les noies grans.

La Lola s'encarregava d'en Martí, el germà petit, de dos anys. Un vespre de març, a l'hora de posar-lo a dormir, el petit havia desaparegut. Després de regirar tota la fonda, la pobra Lola ja no sabia on buscar-lo i va sortir ben espantada a rastrejar els voltants de l'edifici. A la porta es va trobar la Joana de la Mina, que buscava desesperadament el seu fill Feliu, que també s'havia perdut. Van decidir sumar forces i van començar a buscar plegades, però l'aliança no els va servir de res i al cap de mitja hora encara no havien trobat ni rastre dels dos petits. Quan el pànic es va apoderar de les noies, van decidir a la desesperada ampliar el radi de recerca: van baixar pel carrer Major, van arribar a la plaça de l'església i van trencar per la rambla de Recolons. Els carrers d'aquella banda eren plens d'italians que anaven amunt i avall fent molt de xivarri. Van topar amb un mariner que comentava entre rialles:

—Són salats, aquests petits! Tenen gràcia, ballant.

El cor els va fer un salt. Se sentien rialles i aplaudiments que venien del casino i van apressar el pas. La Joana va irrompre al local feta una fúria. Només de posar els peus a la sala va veure en Ciro al mig d'una rotllana, amb en Feliu assegut a la falda. Al seu costat, un mariner molt jove, gairebé un nen, tenia en Martí agafat amb les dues mans a la cintura i el feia volar enlaire fins a tocar el llum amb el cap. La Lola de can Fabrellas el va reconèixer, era el més jove dels hostes de la fonda, un dels que sempre li feien galanteries. Els mariners encerclaven els nens i els animaven a crits, com els dies que hi havia programats combats de boxa i el públic incitava els púgils a estossinar-se fins a perdre el coneixement.

Quan van veure la mare i la germana, els petits van riure com beneits i les dones van plorar fins que van deixar anar tota l'angoixa acumulada. Quan va asserenar-se, la Joana es va acostar al centre de la sala, va ventar dues bufetades a en Ciro, va agafar els dos nens de les mans i va sortir al carrer seguida de la noia de can Fabrellas i de la riota dels mariners que omplien la sala.

Aquells dies la fal·lera dels italians per semblar mainaders havia provocat una autèntica passa de nens enfilats als arbres més alts del poble. La Montserrat Boades, que tenia sis anys, es passava les tardes penjada als plàtans del camí de l'estació; quan els mariners que passejaven amunt i avall de l'avinguda l'ajudaven a pujar-hi, la nena se sentia a la glòria. A l'Arcadi Freixa l'enfilava als arbres un mariner que ajudava la seva mare a treballar els camps i de passada la rondava: l'italià mirava de fer-se-li simpàtic ensenyant-lo a pujar a una pomera enorme que donava ombra a una raconada de l'era, a tocar de la pallissa.

Un vespre que hi havia ball, la Maria, una cosidora, va passar a buscar la mare de l'Arcadi, per arribar-se plegades al poble. El nano va sentir que la mare havia quedat al ball amb el mariner que l'ajudava a enfilar-se i va decidir amagar-se dalt de la pomera. Quan va ser l'hora del ball, les dones no el trobaven i van començar a buscar-lo. Des de dalt de la pomera, l'Arcadi no tenia cap obstacle en molts metres a la rodona: controlava l'era, el camí i una bona part de la plana que s'obria immensa, fins al Montseny i les Guilleries. Va deixar passar el temps, satisfet de veure que les dones ajornaven la partida cap al poble per seguir buscant-lo per tota la casa. Però dalt de la pomera tampoc tenia cap protecció i a mesura que s'anava fent de nit la fred es va anar instal·lant al brancatge de l'arbre. La nit era serena i els ossos se li congelaven. Va veure que encenien uns llums de festa al poble i poc després va veure que la mare n'encenia un de carbur i es deixava caure desconsolada damunt de la taula de la cuina. Al seu costat, la Maria també plorava. Feia estona que havien deixat de cridar-lo i semblava que s'havien desdit d'anar a la festa.

L'Arcadi va sentir remordiments. Va fer una última mirada al cel, que era molt estrellat; va veure un estel fugaç que esquinçava la nit amb la seva cua de foc i va recordar el que havien vist plegats amb el pare un vespre que tornaven tard a casa, pel camí que venia de Caldes, el juliol que havia esclatat la guerra. Aleshores va baixar de l'arbre i va entrar a la casa. Va veure que la mare i la Maria tenien els ulls negats de llàgrimes i li va saber greu, però no va saber llegir en la cara de les dues dones la desesperança per l'oportunitat malaguanyada: la postguerra no oferia gaires oportunitats de conèixer homes forts i cabals, disposats a una relació seriosa que les ajudés a refer la vida trencada per la mort dels homes a la guerra.

Al matí, a l'entrada de l'escola, l'Arcadi Freixa li volia preguntar a la Carme de can Rabassa si la seva mare havia anat al ball i si també la rondaven els mariners, però no sabia com fer-ho. Finalment es va decidir:

—Veuries bé que la teva mare s'emboliqués amb algú, ara que no té el teu pare?

—Tu ets boig! —va contestar ella molt sorpresa—. La mare té l'oncle d'Alella!

26

Els dos homes havien dormit de dia a la Fonda Perich de Girona i després de sopar s'havien posat en marxa seguint les vies del tren en direcció a Barcelona. Durant els dos dies següents, a les quatre de la tarda, els esperava un contacte al Bar Canaletas de la Rambla; no els convenia entretenir-se i perdre's la cita. Quan deixaven enrere l'estació de Fornells de la Selva, un diluvi sobtat els va obligar a alentir la marxa. Cap a les dues, quan s'acostaven a Sils, van veure un cotxe amagat arran de bosc, en un revolt del camí, que els feia senyals amb els llums. Del cotxe, un esportiu vermell, en va baixar un home corpulent, que els va abraçar com si fes molt de temps que esperava aquella trobada. Quan van reprendre el camí, ja no veien ni on posaven els peus i van decidir refer-se a la caseta del pas a nivell de la carretera nacional. Per als tres homes, armats amb tres metralletes i onze cartutxeres de nou mil·límetres, reduir el guardabarreres i el seu fill va resultar molt fàcil; els van sorprendre endormiscats a la vora del foc, esperant el pas del mercaderies d'un quart de quatre de la matinada, que venia de Castelló carregat de taronges en direcció a la frontera de Portbou. Quan van veure entrar els guerrillers armats, es van despertar de cop però no hi van oposar resistència.

Els homes del maquis van deixar les armes a terra, al costat de la porta, per si havien de reprendre la marxa de manera inesperada. Van posar les gorres de cuiro, les capes i els jerseis a assecar, arran del foc; van acceptar un tros de pa i cansalada que els va oferir el guardabarreres i van reclamar un porró de vi per fer entrar el fetge en calor.

Tot semblava tan senzill que no van deixar ningú vigilant fora de la barraca i es van oblidar de la Guàrdia Civil. La pluja havia afluixat i una parella d'agents havia sortit de l'estació de Sils per fer la ronda fins a Caldes: l'Antonio Cortés i en Miguel Melús seguien la via a peu arrossegant les bicicletes, però també aprofitaven alguns corriols per pedalar i de seguida van arribar al pas a nivell del quilòmetre 704. Devien veure alguna cosa estranya, o potser van sentir veus i rialles dels guerrillers, que explicaven les seves facècies al noi del guardabarreres, perquè els dos agents s'hi van apropar sigil·losament i quan van obrir la porta van entrar apuntant amb els fusells. Els tres homes del maquis no van ser a temps de reaccionar i van aixecar les mans enlaire. Els guàrdies els van obligar a estirar-se a terra, de bocaterrosa, i allò els va salvar la vida, perquè si els guerrillers haguessin vist com estaven morts de por, haurien recuperat fàcilment el control.

Emparat per la nit fosca, un home seguia l'escena des del bosc més proper. Tot ell tremolava, i quan va entendre què passava, va arrencar a córrer bosc endins, en direcció contrària, cap a Caldes. A pocs metres, uns altres ulls havien observat la mateixa escena des de l'interior d'un cotxe: quan els guàrdies van ser dins de la caseta, el conductor va arrencar, va mantenir els fars apagats mentre travessava la carretera nacional i no els va encendre fins que va agafar el camí de la costa.

Aliens als moviments sigil·losos que es produïen a poca distància de la caseta, els guàrdies van començar a discutir a crits qui dels dos s'havia de quedar vigilant els presoners i qui havia d'anar a Caldes a buscar reforços. Cada cop tenien més por i no feien res per dissimular-ho. Al final, el guardabarreres va intervenir:

—Si em deixeu la bicicleta i una de les metralletes, hi vaig jo —els va dir, sense mostrar cap mena de vacil·lació.

Durant la guerra, en Leocadio Pujades, en Caio li deien, havia combatut al front de l'Ebre i explicaven que ell sol s'havia carregat quatre carros de combat franquistes. No sabia què era la por, però de la guerra n'havia quedat fins al capdamunt, de manera que després de passar dos anys tancat al camp de concentració de Las Arenas, a prop de Sevilla, havia tornat al poble i mirava de passar desapercebut sense ficar-se en embolics.

Als guàrdies els va semblar bona idea i el van deixar marxar, però es van quedar el fill perquè els ajudés a controlar els tres homes. En Caio va pedalar de pressa, perquè havia vist molt nerviosos els agents i no marxava gens tranquil. Al cap de vint minuts ja s'havia plantat a la caserna de la rambla de Recolons: va recolzar la bicicleta en un arbre i va picar a la porta. Quan el guàrdia que tenia el torn de nit va obrir i va veure l'home amb una metralleta penjada al coll, es va espantar i va tornar a tancar la porta. En Caio va insistir i va picar cada cop més fort, primer amb el puny tancat, després amb la culata de la metralleta, però no li van obrir. Es va esgargamellar a crits intentant convèncer els homes de la Benemèrita. Els va suplicar que l'obrissin, els va intentar fer entendre que els agents que vigilaven la via del tren demanaven reforços, que havien fet tres presoners i que es tractava d'homes perillosos del maquis. No hi va haver res a fer. Sentia veus que discutien nerviosament a l'altra banda de la porta, però no es decidien. Quan portava més de mitja hora picant i donant explicacions, es va retirar de la façana i es va asseure amb l'esquena recolzada contra un dels arbres de la rambla. A aquella hora, tots els veïns espiaven l'escena des de darrere de les finestres i li va semblar que al primer pis de la caserna també hi havia persianes entreobertes i ulls ansiosos que miraven des de darrere.

Els veïns havien reconegut el pobre Leocadio i no entenien què passava. Què coi fotia armat amb una metralleta a la porta de la caserna de la Guàrdia Civil? Què cridava amb tanta desesperació? Coneixien en Caio de tota la vida i sabien que havia quedat tan tip de la guerra que era incapaç d'embolicar-se amb els guerrillers. Hi havia d'haver alguna explicació.

Quan clarejava, van arribar reforços de les casernes de Cassà i de Llagostera i van rodejar de lluny el guardabarreres, que va començar a alarmar-se per si a aquella colla de sonats se'ls acudia disparar-li. Va tornar a reclamar a crits la presència del sergent Serrano.

—Obri d'una vegada, sergent! Sóc en Caio, el guardabarreres! M'envien en Cortés i en Melús, que han reduït tres guerrillers i els tenen a la caseta. Espavili, collons, que necessiten reforços i quan hi arribin poden haver pres mal.

Només aleshores el sergent es va adonar que li faltaven dos homes: el corneta Cortés i el segon Melús, la parella que havia sortit a fer el recorregut de la via, encara no havien tornat.

—¡Coño! Tiene razón —va cridar ben fort als agents que rodejaven en Caio, mentre els feia senyals amb les dues mans des d'una finestra del primer pis perquè s'allunyessin. Va baixar a obrir la porta de la caserna i es va acostar al pobre home cridant:

—¡Me cago en la puta! ¿Qué coño ha pasado, Leocadio? ¡Habla de una vez!

—Fa tres hores que els ho intento dir als seus homes. En Cortés i en Melús han desarmat tres guerrillers del maquis que s'havien introduït per la força a la nostra caseta. M'envien a mi a buscar reforços, perquè cap d'ells dos es volia quedar sol per vigilar tres homes que semblen veterans ben entrenats.

—¿Y esto? —li va preguntar, assenyalant la metralleta que duia penjada al coll—. ¿Qué coño haces con esta?

—Me l'han deixat els agents per si em trobava homes emboscats al camí.

Mitja hora després, més de vint homes armats, entre els quals tots els agents de Caldes i els que havien arribat de Cassà i Llagostera, rodejaven la caseta del guardabarreres. El sergent es va acostar a la porta, es va posar d'esquena contra la paret i va cridar:

—Cortés, Melús, ¿están ahí? ¿Todo en orden?

Des de dins, el corneta també va cridar:

—¡Ya era hora, sargento! ¡Estamos dentro!

Quan van entrar, els dos agents ploraven. Havien passat prop de quatre hores cagats de por i ja no podien més.

Quan havia vist el poble ocupat per la Guàrdia Civil, l'Antonio s'havia passat el matí amunt i avall de la cuina renegant i maleint la seva mala sort. No estava per a res i la gasòfia que preparava per al dinar no s'assemblava gens al que anunciava el menú comunicat el dia abans a la direcció de l'establiment i al consolat italià. De tant en tant el cuiner desapareixia darrere de la porta de la sala de quarantena, com si anés a buscar alguna cosa, i quan al cap d'un moment en tornava sense res a les mans encara semblava més preocupat. L'Ovilio va ser el primer d'adonar-se'n.

—Què passa? —el va interrogar directament.

El cuiner no va contestar, però al cap d'una estona es va dirigir a la porta de la sala de quarantena i el va convidar a seguir-lo. Quan van entrar, va sentir que cridava:

—Pots sortir, Peret. És de confiança.

Un home corpulent, amb cara de nen desconfiat, va sortir de darrere dels sacs de patates i els va saludar amb un cop de cap. Tenia la cara blanca com un cadàver i els ulls li saltaven nerviosos d'un costat a l'altre de la sala com si temés l'arribada d'alguna desgràcia. L'Antonio els va presentar.

—És en Pere Romeu, el pare de la Carme de can Rabassa. Va entrar ahir al vespre d'amagat, per veure la seva filla, i aquest matí, quan anava a sortir del poble, se l'ha trobat ocupat pels guàrdies civils. L'he de treure d'aquí i no sé com ferho. Avui al carrer tots som sospitosos, per això tothom s'ha tancat a casa.

La idea va ser d'en Ciro. Quan L'Ovilio i l'Antonio li havien explicat les seves tribulacions, els havia mirat fixament, com si donés voltes a una idea atrevida, i finalment havia obert molt els ulls i havia sentenciat orgullós de la seva astúcia:

—Només els italians ens podem moure sense perill entre aquest exèrcit de policies.

Al cap d'una estona, en Ciro i l'Ovilio sortien de Caldes pel camí de can Riera, acompanyats d'en Pere de can Rabassa, que havien vestit amb l'uniforme de la marina que els havia deixat en Salvatore Taccia. Caminaven a pas lleuger, però anaven xerrant i gesticulant exageradament, com tres italians completament despreocupats pel que pogués haver succeït a la caseta del pas a nivell. En Ciro sentia curiositat i va fer una afirmació que volia ser una pregunta destinada a conèixer tota la història de l'home al qual ajudaven a fugir.

—S'ha d'estimar molt una filla per arriscar-se a la boca del llop només per fer-li una abraçada.

—Només per veure-la de lluny una última vegada, perquè si m'acostava a casa per abraçar-la podia posar en perill la seva mare. Però sí, me l'estimo amb bogeria i havia d'acomiadar-me'n. He aconseguit papers falsos i he trobat una feina de camioner a València. Me'n vaig per molt de temps i la meva dona no s'hi veu, iniciant plegats una nova vida mig clandestina fora de Caldes.

En aquell moment van veure de lluny el sergent, que venia cap a ells acompanyat de quatre agents i un home elegant, vestit de paisà. Venien de la caseta del guardabarreres. Sempre que es creuava aquell home, en Ciro el desafiava amb la mirada i entre dents el maleïa en italià. Aquell cop no s'hi veia amb cor i va clavar la mirada a terra. Va sentir l'Ovilio que preguntava:

—Què fem?

L'amic de l'Antonio se li va avançar:

—Camineu exactament com ho faríeu si jo no hi fos i no deixeu de parlar italià.

En Ciro va veure a temps que, si amagava la cara, se li notava massa la por i va decidir aixecar el cap per aguantar-li la mirada al sergent. Quan eren a tocar, els dos homes es van mirar tan fixament que, si era veritat que hi havia mirades que mataven, haurien d'haver caigut tots dos fulminats.

Llavors, en Serrano va preguntar:

—¿Dónde van?

En Ciro s'havia preparat per a aquell escenari i va ser el primer de reaccionar.

—Can Riera —va dir secament.

—Una viuda. Los rojos mataron a su marido —va aclarir el sergent a l'home vestit de paisà. Després es va tornar a dirigir als mariners—: Como vuelvan tarde y no estén a la hora del recuento, los mando a los tres a Miranda de Ebro.

En Ciro va estar a punt de trair-se i preguntar-li a quins tres es referia, que si no sabia comptar, però es va refrenar just a temps quan es va adonar amb satisfacció que el guàrdia havia confós l'home de la Pepita Vinyals de can Rabassa amb un mariner més. Per un moment ell també havia oblidat que ajudaven a escapar del poble un fugitiu.

Quan van reprendre el camí, van sentir el sergent que es feia el milhomes davant del policia de la capital i que deia en veu ben alta, perquè ells també el sentissin:

—¡Cobardes de mierda! ¡Traidores! Ojalá los alemanes les bombardeen otra vez.

Ara sí que en Ciro anava a regirar-se per buscar brega, però el fugitiu el va agafar pel braç i amb un cop de cap li va indicar el camí que tenien franc cap a la sortida del poble.

L'Ovilio es va eixugar el front i es va queixar:

—No estic fet per a aquestes coses; a Roma ja em cagava de por a cada acció que organitzàvem.

En Ciro els va deixar quan arribaven a les Quatre Carreteres i va agafar el camí de tornada al poble, per anar al safareig a buscar la Joana, que feia dies que no li parlava; encara no li perdonava que s'hagués endut en Feliu al casino sense dir-li res. L'Ovilio, en canvi, va acompanyar el fugitiu un tros més, fins al cementiri de Vidreres, que li havia de servir d'amagatall fins a la nit. Quan s'acomiadava, va sentir una música que li era desconeguda, de compassos vius i molt alegres, que venia del poble.

Va seguir el rastre de la música i al cap de poc s'acostava a la plaça de l'església de Vidreres, pel carrer del casino, que era ple de gom a gom, com si s'estigués preparant una gran festa. Un grup de noies havien tret les cadires al carrer i cosien a l'aire lliure. La més jove de totes, una noieta de pell morena, d'ulls molt negres i de cabellera negríssima, se'l mirava descaradament. Era molt guapa i ell també se la va quedar mirant.

—Mireu quin soldat més ben plantat que se'ns ha enamorat de la Quimeta —va riure una de les noies més grans, que pel to ja es veia que devia estar casada.

A la Quimeta el comentari no li va importar. Lluny d'acovardir-se, va riure sorollosament i va interrogar directament el noi italià:

—Com et dius?

—Ovilio.

Totes van esclafir a riure. El mariner no havia pensat mai que el seu nom pogués fer tanta gràcia i se les mirava estranyat. La Quimeta va saltar decidida a rescatar-lo: va treure un cabdell de llana del cistell, el va aixecar enlaire i li va aclarir.

—En castellà això és un *ovillo*.

L'Ovilio també va riure, però ja no sabia com allargar la conversa i es va tombar per reprendre el camí de l'església. Quan havia fet quatre passes, va girar la cara el temps just per tornar a mirar-la i va balbucejar un adéu que gairebé no es va sentir. La Quimeta encara li somreia.

Va tornar a posar-se en marxa, buscant desesperadament una excusa per tornar enrere. I de cop, va sentir la noia que li deia:

—Vols quedar-te a ballar sardanes?

27

Havien sortit a la part posterior del jardí i s'havien assegut a fumar una cigarreta. Després de deixar el sopar pràcticament enllestit i de netejar la cuina, l'Ovilio acabava el seu torn i solia estirar-se a l'habitació o sortia a passejar pel poble. Quan va tirar la burilla a terra i la va apagar amb la bota, disposat a aixecar-se, l'Antonio el va aturar:

—Et ve de gust una copa de conyac francès?

Des que havien ajudat a escapar en Pere de can Rabassa, l'Ovilio i l'Antonio no se separaven, se sentien definitivament al mateix bàndol. El cuiner, a més, revivia amb nostàlgia els anys esplendorosos dels balnearis, quan ell encara treballava de maître al Vichy Catalán, i se'l veia encantat d'haver trobat un oient entusiasta com l'Ovilio, que el va seguir obedient cap a la cuina, sense dir res. L'Antonio va entrar en un petit rebost, al costat de la sala de quarantena i al cap d'una estona en va reaparèixer amb una ampolla, que aguantava amb les dues mans, com un tresor: petites peces de vidre resseguien el contorn de l'ampolla, com petites llàgrimes o gotes de rosada, delicadíssimes. L'Ovilio no tenia ni idea de la qualitat d'aquell conyac, però l'ampolla va impressionar-lo.

—És un regal d'una antiga clienta del Vichy Catalán. Fa uns dies va venir de visita per primer cop des de l'esclat de la guerra espanyola —va aclarir l'Antonio, després de deixar amb cura l'ampolla de Rémy Martin Louis XIII damunt de la taula.

El sol que entrava de costat per la finestra arrencava reflexos daurats al conyac, que es projectaven damunt de la taula i es confonien amb la fusta. L'Ovilio va seure a l'altra punta, disposat a escoltar.

Li deien «la Francesa». Arribava cada any puntual, la vigília de la Mare de Déu d'Agost, i s'estava deu dies al balneari, el temps just per recuperar l'energia malbaratada durant l'estiu, que passava escandalitzant d'escapada en escapada pels grans centres turístics de la Costa Blava i la Riviera italiana.

Venia per la carretera sinuosa de Llagostera, amb la capota del descapotable col·locada, perquè li agradava córrer i al trajecte hi havia molts trams sense asfaltar, molt polsosos. Quan entrava al poble, afluixava. Descapotava el cotxe i deixava que la notícia s'escampés de punta a punta, sobretot entre la mainada, que corria a esperar-la a la porta del Vichy. Quan traspassava la portalada, els més petits obrien els ulls com mussols i rodejaven el Lancia, captivats pel vermell escandalós de la carrosseria i perquè sabien que, només de baixar, ella els repartiria aquelles xocolatines petites, embolicades de paper vermell, que amagaven un cromo amb muntanyes nevades i paisatges exòtics entre l'embolcall i el paper de plata. Alguns s'emocionaven tant que deixaven passar les hores amb la pastilla de xocolata a la butxaca, com un tresor, i quan, finalment, decidien desembolicar-la, els pobres se la trobaven desfeta per la calor acumulada tota la tarda i la llepaven fins que el paper de plata quedava net i brillant.

La Francesa era d'una bellesa excepcional. Tenia els ulls verds, ametllats, potser una mica orientals, i una mirada que hipnotitzava. El nas era petit, arremangat, i la boca seductora, de llavis fins i dents molt rialleres. Es recollia amb elegància una mata de cabell negre, pentinada amb dues grans ondulacions, que li queien damunt de l'orella esquerra i acabaven suspeses suaument, com un núvol, damunt del clatell, que deixava sempre a la vista. També solia mostrar generosament el coll i les espatlles, que eren amples i delicades, de pell suau. La cintura era cenyida i tenia unes cames llarguíssimes. El primer dia, quan entrava al *hall* i caminava amb picardia, feia girar el cap a tots els homes i posava en alerta les dones, que la rebien amb un somriure de cortesia, però plenes de neguits. Sabien que durant deu dies ella seria la reina indiscutible de la festa.

La Francesa es vestia amb colors atrevits, fumava, conduïa, parlava de política internacional —sovint referida a països exòtics i llunyans, que ella havia visitat—, discutia d'economia i donava consells sobre les millors empreses per invertir. Bevia sempre els millors vins i xampanys i de totes les taules li demanaven consell, perquè era la propietària d'una petita casa productora de conyac a la mateixa ciutat de Cognac, a la regió francesa de Poitou-Charentes, i era una autèntica *connaisseuse*.

Es movia amb la delicadesa d'un àngel o amb l'atreviment d'una papallona juganera, segons el moment i les circumstàncies, i encara que aquells dies procurava reservar-se, resultava tremendament seductora i no podia evitar-ho. Tenia una piga amagada a la clavícula dreta, una mica per damunt del pit: quan la deixava al descobert, els homes perdien els papers i s'haurien venut l'ànima al diable per petonejar-la.

—A mi, la piga també m'obsessionava —es va sentir obligat a aclarir l'Antonio—, fins al punt que a l'hora de prendre nota de les comandes, m'havia de col·locar al cantó oposat, a l'esquerra, per no posar-me nerviós, amb el risc conseqüent de provocar una catàstrofe.

La piga anunciava els pits, rodons, tibats cap amunt, com dos tresors prohibits, que molt sovint la Francesa dissimulava sota un collaret de maragdes, d'un verd brillant com els seus ulls de pantera. L'atracció que exercia sobre els clients de l'hotel era extraordinària, segurament excitada per l'aire misteriós que va rodejar la seva arribada a Caldes. Una nit, al menjador, algú va revelar el seu secret i quan la història va córrer de taula en taula, la llegenda ja no va deixar de créixer.

El boca-orella deia que ella s'havia enamorat d'un poeta italià que la festejava, però el seu pare, fabricant de xocolates i bombons a Angulema, ja havia compromès el seu matrimoni amb l'hereu d'una de les cases productores de conyac més prestigioses de França. Era el seu somni: casar la indústria de la xocolata amb un gran productor de conyac. I va exigir a la noia el compliment del pacte. La Francesa va suplicar la llibertat per seguir el dictat del cor, però el pare va ser inflexible i ella va acabar acatant la decisió; en les grans famílies el negoci familiar està sempre per damunt dels capricis de l'amor. El matrimoni va ser un fracàs: l'hereu de l'imperi del conyac era un Don Joan i no va renunciar a les amants; al contrari, les lluïa descaradament en els cercles socials que la seva dona també freqüentava. Ella el va plantar i va tornar a casa dels pares, però llavors el poeta italià va morir tràgicament en l'accident de la llanxa que pilotava al llac Major, al nord d'Itàlia, i la noia va quedar destrossada. El pare va haver de reconèixer el seu error. A partir d'aquell dia només vivia per compensar la noia: la consentia, li feia regals caríssims i li va comprar una petita casa productora de conyac a la riba del riu Charente, a la mateixa ciutat de Cognac, amb la qual va fer la competència al cretí del seu exmarit i va treballar activament per arruïnar-lo.

Finalment, el pare va acceptar un pacte per tornar-li a la filla una part de la llibertat robada: des d'aquell moment, la Francesa desapareixia cada estiu tota sola i es perdia pels destins més animats de la costa. Començava a la Costa Blava, seguia per la Riviera, baixava a Sorrento i a Capri, s'embarcava en creuers que navegaven pel nord d'Àfrica o en grans transatlàntics que la portaven a Nova York. Al cap d'un parell de mesos tornava i descansava durant deu dies al balneari, a prop dels pares, que estiuejaven a la Costa Brava, però sense entrar-hi en contacte. Passava les hores llegint llibres en una gandula instal·lada sota la pèrgola del balneari, i encara que de vegades acceptava de jugar una partida de bridge o de croquet, de seguida tornava a la lectura. Al vespre s'arreglava com si hagués d'anar de festa, però havent sopat només acceptava dos balls, sempre amb homes diferents, per no donar-los falses esperances, i després pujava a l'habitació. Des de la terrassa del bar, els altres hostes veien el seu llum encès i la imaginaven amb el llibre entre les mans.

La tarda abans de la partida, rebia el seu pare a la portalada del Vichy amb una abraçada emocionada i aquell vespre sopaven sols al menjador, fent-se confidències sobre les vacances. Així, a poc a poc, ella oblidava els excessos de l'estiu que s'acabava i es preparava per recuperar el paper de filla de casa bona i empresària d'èxit, que potser un dia acceptaria tornar a casar-se i li donaria un nét que acompliria el somni familiar d'heretar i fusionar l'empresa productora de conyac i la fàbrica de xocolata. La mateixa tarda de l'arribada al balneari, el xofer del pare s'enduia els equipatges més voluminosos cap a Angulema i l'endemà pare i filla iniciaven junts el viatge de tornada en el descapotable. Sense presses, amb temps per reconèixer-se i acceptar-se. Aquest era el pacte i aquesta era la penitència, que el pare acceptava de bon grat, perquè en definitiva eren dos mesos de patiment a canvi de deu mesos d'harmonia familiar.

Ell era un negociant sagaç i per damunt de tot sabia reconèixer un bon tracte.

—L'agost del 1935, l'endemà del sopar de comiat, devia ser el 25 d'agost, el propietari del balneari va cridar-me al seu despatx —va explicar amb veu solemne l'Antonio, que jugava amb l'ampolla de conyac francès a les mans—. L'home estava molt esverat i em va rebre al pas de la porta acompanyat del majordom de l'hotel. Quan vaig entrar al despatx, vaig descobrir que també hi havia la Francesa i el seu pare, que gesticulava exageradament i cridava:

»—L'han de trobar, és insubstituïble! És un regal que li vaig encarregar especialment per fer-li oblidar la desgràcia quan el seu enamorat es va matar d'accident. És més costós el collaret que el Lancia descapotable.

»El propietari del balneari no va contestar. Quan es va girar cap a mi, vaig veure que estava desencaixat i mort de por:

»—A *mademoiselle* li ha desaparegut el collaret de maragdes que duia ahir al vespre. Diu que el devia deixar al tocador quan va anar a dormir i aquest matí en llevar-se ja no hi era.

»Vaig moure el cap, negant ostensiblement aquella possibilitat. El meu gest va causar un efecte immediat en els presents, que em miraven expectants. Esperaven una explicació.

»—*Mademoiselle* no duia posat el collaret de maragdes, a l'hora de sopar. Em pot creure... —vaig respondre sense vacil·lar.

»Després em vaig dirigir directament al xocolater i li vaig dir en francès:

»—Pot estar segur que, si la seva filla hagués dut el collaret de maragdes sobre l'escot, jo me n'hauria adonat. Si m'ho permet, estava esplèndida.

»Vaig parlar amb un to sever, sense deixar entreveure cap emoció, i després d'un silenci prudent vaig afegir:

»—Espero que el senyor em comprendrà i em sabrà perdonar la franquesa.

»Dit això, li vaig dirigir un cop de cap respectuós i vaig fer intenció de retirar-me cap a la porta. L'amo va quedar glaçat, aterrit, i em va fulminar amb la mirada. Però llavors el vell fabricant va deixar anar una gran rialla i es va dirigir a la seva filla:

»—Pensant-hi millor, jo també diria que ahir no les duies, les maragdes. El collaret deu ser a l'equipatge que es va endur el xofer cap a Angulema.

»Tot seguit em va donar la mà i em va expressar la seva gratitud.

»—Vostè m'ha salvat d'un ridícul espantós i ha estalviat als honorables clients de l'hotel una investigació policial que ja estava encarregada i hauria resultat molt molesta —va dir, abans de sortir a telefonar al seu amic, l'ambaixador francès a Madrid, que a aquella hora ja havia demanat al governador civil de Girona que mobilitzés els seus millors policies per localitzar el collaret.

»Dos dies després, l'amo va rebre un telegrama enviat des d'Angulema:

»Estimat senyor,

»El collaret de maragdes que la meva filla havia extraviat es trobava entre les pertinences facturades a la Charente amb el meu xofer. Tot està bé. El vostre maître tenia raó. Trameteu-li el meu agraïment més calorós i vulgueu acceptar vós mateix les meves disculpes més sinceres. La meva filla també us expressa el seu reconeixement i aprofita per recordar-vos que podeu reservar-li la magnífica suite de l'hotel a partir del 14 d'agost de l'any vinent. Sempre vostre.

»Al cap d'un mes vaig rebre una ampolla de conyac amb una targeta del fabricant de xocolates i una de la seva filla, però l'estiu següent va esclatar la nostra guerra i la Francesa ja no va tornar. Fins a aquest any, que s'ha instal·lat a la Costa Brava, fugint de la guerra europea. Una tarda de la setmana passada va venir de visita al poble i quan va saber que ara treballo a la cuina del Balneari Prats em va venir a portar una altra ampolla de conyac en record de l'estiu del 1935.

L'Antonio va agafar dues grans copes, amagades darrere de la cristalleria de diari, i va omplir-les amb cara de satisfacció. Va aixecar la seva copa i va brindar:

—Llarga vida als balnearis!

Després, va beure un glop llarg, el va assaborir una estona, es va allisar el bigoti amb la mà i va concloure:

—Així era la vida als balnearis abans de la guerra: de dia, jocs, banys, àpats, sobretaules, passejades, excursions, partides de tennis i moltes rialles; a la nit, més àpats, copes, música, balls i moltes picades d'ullet, mirades voluptuoses i intents de seducció, que s'allargaven fins a la mitjanit. Hi havia ball cada dia al Vichy, quan hi treballava. I aquí, al Prats, també es ballava cada nit. Uns dies tocaven peces lleugeres, mambos, boleros i txa-txa-txa, que es ballaven al saló de vímet, el que ara fem servir de menjador. Altres vegades la festa es desplaçava al saló lila, per tocar els valsos, que es ballaven amb un mocador a la mà. Així eren les coses, fins que va arribar l'aixecament feixista. Aleshores, els nostres es van encabronar i van venir a endur-se els amos dels balnearis. A l'amo del Prats el van afusellar als Tapiots, al trencant amb la carretera nacional de Girona a Barcelona. I la festa es va acabar.

L'Ovilio va pujar els esglaons de tres en tres i va entrar a l'habitació d'en Ciro fet una fúria:

—Sabies que a la guerra civil espanyola els antifeixistes de Caldes van matar set persones, entre elles el capellà del poble, l'amo de la pastisseria i l'amo del Balneari Prats? Sense judici, sense acusacions, només pel fet de ser rics o missaires! L'amo del Soler es va salvar de miracle, perquè quan els incendiaris es van presentar a buscar-lo, es van trobar que havia penjat una gran bandera francesa a l'entrada, reivindicant la seva ascendència forana: la seva mare era francesa i es veu que ell mantenia la doble nacionalitat, espanyola i francesa. Els incontrolats republicans van reprimir les ganes d'afusellar-lo per por de causar un conflicte diplomàtic i desfermar les ires del govern revolucionari, però li van cremar l'únic retrat que tenia de la seva dona, morta d'una malaltia dolorosa uns anys abans.

En Ciro s'havia incorporat i se'l mirava amb perplexitat. Feia temps que no el veia tan enfadat, segurament des del mes de juliol, quan havien sabut pels diaris que els feixistes havien disparat contra els estudiants de Bari, amb la complicitat i la col·laboració de l'exèrcit.

—Collons, quina gent més salvatge! —va sentir que deia, cada cop més sulfurat.

L'Ovilio parlava atropellat, com si no es pogués creure tanta maldat.

—El nom ho diu ben clar: «antifeixistes»! Vol dir que lluitem sense desmai contra els feixistes, no que ens comportem com ells. Et pots creure que un dels assassinats, en Pere Comas, el marit de la mestressa del nostre balneari, era d'un sindicat d'esquerres i dos anys abans havia ajudat econòmicament els líders catalans empresonats a Barcelona? Què cony tenien al cap, aquests republicans?

28

Quan s'acostava a casa caminant per la riera, la Joana va sentir les gallines que cridaven esvalotades. Li va semblar que corrien d'un cantó a l'altre i batien les ales de manera compulsiva, com si les estigués perseguint una guilla. Aleshores va recordar que no els havia donat res de menjar en tot el dia. Va entrar directament a la cuina, va agafar la galleda de les escombraries i, quan la va buidar pel galliner, les gallines van començar a barallar-se per picotejar les peles de patata i les fulles de col escampades damunt de la porqueria. Feia dies que la pudor de la gallinassa es feia insuportable, repulsiva, i la fortor de la riera també era més desagradable que de costum.

La Joana venia acalorada de la caminada. Va deixar la galleda a la porta del galliner i va tornar a la cuina, decidida a refrescar-se. Tenia sempre un cossi ple d'aigua, que omplia a cop de galledes que anava a buscar al safareig, i va posar el cap sencer dins de l'aigua. La frescor la va espavilar. Es va treure el vestit i es va passar aigua per les aixelles. Després es va tornar a refrescar el coll. Va eixugar-se amb una tovallola neta i va acostar-la al nas per respirar l'olor de sabó, que l'aïllava de la porqueria i la feia sentir bé. Vestida només amb el viso, amb la tovallola al coll, a punt per eixugar-se el cabell, va omplir un pot d'aigua i va sortir a l'escala de la riera a regar les mates de clavell de poeta que creixien ufanoses dins de cinc o sis enormes llaunes d'olives arraconades al replà. Just llavors, un raig de sol de tarda va caure damunt de la riera i va il·luminar les plantes, que en tres o quatre setmanes més esclatarien amb tots els tons possibles de vermells, liles, morats, carmins, magentes, malves, roses, robins, escarlates, fúcsies, granes, lavandes, coralls i violats, la majoria clapejats de blanc, que ajudava a formar estranyes composicions geomètriques. La Joana va somiar les flors, que resplendien com mai, es va passar la tovallola pel cap i va obrir la boca en un somriure enorme, que feia dies que maldava per sortir-li del fons de les entranyes.

Quan el sol va amagar-se darrere de les cases veïnes, va tornar a deixar la riera apagada, sense aquella llum càlida de tarda que un instant abans havia il·luminat com un focus potent les plantes de les llaunes d'olives. La riera tornava a ser un desguàs d'aigua bruta que corria entre pilons d'escombraries, però la Joana ja havia entrat a la cuina i cantava una estrofa que li havia agradat de joveneta i havia oblidat durant molt de temps: «Besar tus labios quisiera, / malagueña salerosa, / y decirte niña hermosa / que eres linda y hechicera, / eres linda y hechicera / como el candor de una rosa...». La veu alegre de la Joana cantant «Malagueña» era una novetat a la Mina. Com el somriure d'abans, que li havia pujat d'un racó recòndit de l'ànima que tots aquells anys havia mantingut tancat a pany i clau.

29

Aquella nit la Joana no va dormir tranquil·la.

—Anem a ballar a Vidreres —li havia proposat en Ciro la tarda abans, quan havia passat per l'estenedor.

L'hi havia plantejat com si fos la cosa més normal del món i no havia sabut dir-li que no. Ara se'n penedia. Donava voltes al llit i no s'explicava com havia acceptat: ni era prudent ni tenia res per posar-se; d'on trauria un vestit de mudar per entrar al casino de Vidreres?

Es va aixecar de fosc i va anar directament al safareig, per deixar enllestida la bugada que no podria fer a la tarda. A les vuit en punt va entrar com cada dia a can Bardala i va començar a feinejar sense dir res, ni el «bon dia que Déu nos do» que acostumava a deixar anar cada matí com a salutació. Quan va pujar a escombrar el pis, una arruga al front delatava el seu capteniment. La Saurina va intuir que alguna cosa no marxava.

—I ara què et passa? —va preguntar-li.

La Joana va seguir a la seva, com si no hagués sentit la mestressa. A mig matí, quan ja havia baixat a ordenar la rebotiga, la Saurina va tornar-hi:

—Em diràs què et passa, d'una vegada?

La Joana se la va mirar amb desconfiança. La Saurina era la mestressa, però de vegades també era una amiga i sovint li feia de mare. Finalment va capitular.

—Necessito un vestit per anar al ball a Vidreres.

La Saurina va fer mala cara. Feia temps que la sermonejava, però els últims dies ja ho feia sense convenciment, només per quedar tranquil·la amb ella mateixa.

—Des de quan vas a ballar sense el teu home? Amb qui hi vas? —va preguntar-li, en un intent poc afortunat de fer-la entrar en raó.

—Amb ningú en especial —va dir la Joana, desviant la mirada cap a la porta—. He quedat amb la Joaquima, una cosidora de Vidreres.

No en van tornar a parlar en tot el matí. La Joana va sortir a fregar el tros de carrer Major que corresponia a la carnisseria. A aquella hora, la Maria Agustí sortia de casa, al pis de dalt de la lampisteria, que tenia la porta just a l'altra banda del carrer. Mai no havien sigut de colla, però cada matí es trobaven a xerrar a la porta de can Bardala i s'havien agafat confiança. La Maria va trobar divertit l'atreviment de la Joana i li va oferir un vestit.

—Pugem a casa —va proposar tota enriolada, com si es tractés d'un joc.

La Maria va obrir l'armari i li va fer emprovar un vestit blau, clapejat de pics blancs. La Joana se'l va fer passar pel cap i el va deixar lliscar suaument damunt del viso, fins als genolls; li anava perfecte, com si l'hi haguessin fet a mida. La Joana es va emmirallar i es va sentir com una reina: el vestit no era ni massa atrevit ni massa refinat, però li estava bé, la feia sentir guapa. Se'l va tornar a treure, el va plegar amb cura i el va embolicar amb paper fi, com un regal.

—Em canviaré a Vidreres —va prometre a la Maria—. No és vestit per fer la caminada.

Havent dinat va sortir de Caldes pel camí de can Riera i quan havia fet més d'un terç del camí, el sol es va imposar als núvols i va deixar una tarda magnífica. La Joana caminava entre camps de blat que encara verdejaven. A Llevant, entre boscos de suros, va distingir les ermites de Sant Maurici i Santa Ceclina; abans de casar-se hi havia ballat sardanes els dies d'aplec, però feia anys que el seu home ja no l'hi portava. A ponent, per damunt dels camps negats de Sils, destacava la mola majestuosa del Montseny i els cingles de les Guilleries. Pertot arreu hi havia papallones de colors i abelles i borinots que volaven de flor en flor, entre clapes de roselles i camamilles. On s'havien amagat aquells darrers anys tots aquells camps i aquelles arbredes, que només recordava de joveneta? O potser sempre havien estat allà i era ella la que s'havia reclòs entre les parets de can Bardala i la Mina?

Quan les abelles van volar en parelles cap a uns camps de fenc florit, li va semblar un bon senyal i va oblidar els nervis que la perseguien des de la nit. Ho va aprofitar per canviar-se i va amagar el seu vestit al bosc, darrere d'uns brucs. Quan va sortir a camp obert, va veure les figures minúscules d'en Ciro i l'Ovilio, que ja l'esperaven a les Quatre Carreteres.

La tarda abans, en Ciro s'havia ofert per passar a recollir-la a la Mina, però ella s'hi havia negat de mala manera.

—No vull que t'acostis a casa! Entesos?

Des que es coneixien, sempre havia trobat la manera d'allunyar-lo de la Mina. En Ciro ho atribuïa a la por que els veiessin junts i malpensessin, però la Joana tenia raons més peremptòries: simplement, no volia que el mariner veiés la misèria que l'envoltava. No estava disposada que s'acostés a la façana atrotinada de la casa, la més vella del poble, que el seu home no trobava mai el moment de repassar, i encara li hauria fet més vergonya que pogués treure el nas per la porta i veure el galliner, que feia de comuna de tota la família, perquè a la casa no hi havia ni lavabo ni aigua corrent. La planta baixa feia sempre pudor de tancat, una fortor que venia de la gallinassa i de la merda del galliner, barrejada amb la humitat que pujava de la riera Lleixiu i dels desguassos dels safarejos. Només a les dues habitacions de dalt, molt de tant en tant, hi passava una mica d'aire fresc.

Definitivament no volia que s'acostés a la Mina, però un dia potser li ensenyaria els clavells de poeta: trauria al carrer els testos fets de llaunes rebuscades a les escombraries dels balnearis i els col·locaria molt junts, com els tenia sempre al replà de la porta que donava a la riera. I també els posaria damunt de totxanes a diferents nivells per tal que les flors tapessin les llaunes i en Ciro només pogués veure aquell esclat de flors, de colors vivíssims, que cada tarda la feien somiar que viatjava molt lluny, més enllà de les muntanyes. Fins al món exterior.

—Estàs radiant, *principessa* —va dir en Ciro quan la va veure arribar a les Quatre Carreteres amb el vestit blau de pics blancs de la Maria Agustí.

Ella es va posar nerviosa. Estava acostumada a les galanteries del noi, però no sabia quina fila feia amb aquell vestit; potser era massa per a una pobra bugadera com ella. Abans de respondre, es va allisar el vestit, fregant els palmells de les mans, des dels malucs fins als genolls. Es va sentir més segura i va dir:

—Anem, que no tenim tot el dia.

Es va posar en marxa sense esperar, en direcció al cementiri de Vidreres. Els dos nois la seguien de prop i la repassaven de dalt a baix, sorpresos per l'elegància que li acabaven de descobrir.

La Quimeta els esperava a l'entrada de Vidreres. Quan la va veure tan jove, la Joana es va sentir culpable.

—Quants anys tens? —li va preguntar, abans de fer les presentacions.

—Setze.

—Mare de Déu! Vés amb compte, ets molt jove.

La noia era més madura del que aparentava. De seguida es van entendre i es van posar a xerrar, deixant els homes unes passes enrere. Quan s'acostaven a la porta del casino, la Quimeta va dir:

—Anem, entrarem primer nosaltres.

Després, dirigint-se als dos homes, va ordenar:

—Espereu deu minuts; ens trobarem a dintre.

La Joana estava admirada per aquella determinació; potser ella portava massa anys tancada a la

Mina i havia perdut el costum de decidir res per ella mateixa. Acabava de conèixer la noia, però ja la mirava amb simpatia: la veia jove, decidida, lliure; no com ella mateixa, que havia de passar comptes amb un home cada dia més primitiu i que carregava amb dues criatures que s'estimava amb bogeria, però que la tenien estacada a casa. Es va mirar la Quimeta amb enveja, però va decidir fer-ne una germana petita i la va abraçar amb força.

—Tens raó —va concedir de bona gana—, serà millor que entrem primer nosaltres dues.

A dins de la sala, una orquestra d'onze músics tocava ranxeres i pasdobles, per entretenir l'ambient mentre entrava el jovent. A l'esquerra, les noies seien en una bancada contínua, que donava la volta a la pista, just a sota de l'amfiteatre. Els nois s'esperaven a l'altra banda, en grups de tres o quatre. La Joana va veure que hi havia quatre mariners uniformats, la resta eren nois del poble, que ella no coneixia i es va acabar de tranquil·litzar. El dolor que la punxava al pit havia desaparegut feia estona.

La Quimeta s'havia posat a l'orella una rosa vermella que l'Ovilio li havia portat des del balneari. La Joana la va tornar a repassar, admirada: estava guapíssima, morena, amb uns ulls negres vivíssims i una cabellera fosca molt llarga. Després es va mirar ella mateixa, es va ajustar el vestit i es va agradar. Feia tant de temps que no es preguntava com la veien els altres que no va poder resistir la temptació:

—Com estic?

—Ja m'agradaria tenir aquesta figura —va riure la Quimeta, mentre es passava les mans pels costats i les anava pujant fins a la pitrera.

Era conscient que els seus pits encara havien de créixer; els de la Joana eren perfectes, tibats, duríssims.

—Tranquil·la —va tornar a dir la Quimeta. Va fer una mirada circular a tota la sala i va deixar anar—: Què més voldrien totes aquestes que tenir el teu tipet.

La Joana també es notava el cos rejovenit sota el vestit de pics; se'l sentia viu, com de joveneta, abans de casar-se. I la feia sentir bé. Però a la banda dels nois va veure un dels mossos de Folgueroles, un que de vegades passava per can Bardala a recollir els encàrrecs dels amos, i va tornar a notar una punxada al pit.

Quan els nois van entrar, en Ciro li va proposar:

—Ballem?

Però ella estava capficada amb el mosso de Fulgaroles. No comptava trobar coneguts a Vidreres i va contestar molt seca:

—Ni pensar-hi.

Quan l'Orquestra va tocar «Dos gardenias», en Ciro va insistir.

—Ballem?

Aquest cop, ella no va dir res. Va clavar els ulls a terra, però va seguir-lo fins a la pista. Li semblava que tots la miraven; va estar a punt de girar rodó i tornar enrere. Però llavors ell la va agafar pels costats amb les dues mans, les va passar suaument per la cintura i les va deixar lliscar cap a l'esquena, fins a la columna. Ella va tancar els ulls. Va sentir que se li posava pell de gallina i va estremir-se. En Ciro, que no se n'havia adonat, va acabar de tancar els braços i la va estirar cap a ell. La Joana va sentir que les cames no l'aguantaven. Li faltava l'aire, tota ella estava emmalaltint, però era agradable i gairebé sense adonar-se'n li va tirar els braços al coll. A continuació, li va acostar la galta i, amb els ulls sempre tancats, va deixar-se portar lentament al ritme de la música i va viatjar molt lluny.

El mossèn va anar a trobar-la al safareig. La Joana era una feligresa complidora, de missa cada diumenge, però no era una devota de les que sempre rondaven l'ecònom del poble. Per això, la visita la va agafar de sorpresa i es va sobresaltar.

Mossèn Massaguer ho va aprofitar per interrogar-la.

—Què hi feies ahir, al camí de can Riera? Què se t'hi ha perdut, a Vidreres?

La Joana va reaccionar amb rapidesa.

—Havia quedat amb una cosidora, volia que repassés unes peces de roba que rento als soldats italians.

—N'hi ha massa, de soldats rondant pertot arreu.

Al mossèn li feia pudor la boca. La Joana es va tirar enrere, però ell li va tornar a acostar la cara i li va tirar una bafarada agra, molt desagradable:

—Aquests mariners són una plaga, tot el poble n'és ple. També el camí de Vidreres.

Portava una sotana plena de llànties, amb un rest de botons des del coll fins als peus, que portava descordat fins a mitja pitrera. Dues taques de sal a les aixelles i una altra a l'esquena delataven que suava com una euga després de llaurar tot un camp de cinc vessanes. Tot ell feia pudor de ranci, semblava que mai no hagués passat ni una mica d'aire al voltant d'aquell home, que la mirava amb cara d'emprenyat.

—Si has de tornar a sortir de casa, serà millor que t'acompanyi alguna dona del poble.

30

En Ciro encara dormia quan un sergent i un caporal primer el van despertar i el van arrossegar al despatx del comandant Cigala. Quan arribaven es van encreuar amb el mossèn que en sortia; semblava irritat, perquè no va contestar al seu «bon dia». El capità no el va deixar ni seure. Li va comunicar que quedava en arrest incomunicat i no li va ni dir per què.

Només tres dies després, quan el va anar a treure de la cel·la, al soterrani del celler del Balneari Soler, li va fer saber:

—No vull més problemes amb el mossèn, ja tinc prou maldecaps en aquest cony de racó de món. Si et tornes a acostar a cap noia casada del poble, et faré enviar directament al camp franquista de Miranda de Ebro, amb els presoners i els condemnats a mort de la República.

Va sortir de la cel·la decidit a buscar l'Ovilio i

va tenir sort, perquè el va trobar a la cambra, escrivint una carta als seus pares. En Ciro estava tip de la soledat d'aquells tres dies incomunicat i també necessitava fer una mica d'exercici: li va proposar de caminar fins a l'hora de sopar.

—Però d'on treu la mala llet aquest cony de mossèn? —va començar a dir quan sortien del jardí del balneari per la porta del darrere—. Aquests capellans espanyols encara són més retorçats que els nostres.

—No deu ser fàcil saber que al teu predecessor els revolucionaris el van rebentar a trets durant la guerra espanyola. Es veu que va enxampar un home que renegava a les *Mateues*, els horts del poble, i el va fer despatxar de l'embotelladora del Vichy que el tenia llogat per carregar calaixos; els republicans no l'hi van perdonar i per això quan va arribar la guerra el van pelar. Ara que han guanyat els seus, els capellans es revengen i ho fan pagar a tots els que els semblen sospitosos de simpatitzar amb la República. Deu flairar que fas olor d'antifeixista.

—Doncs a tu ja t'hauria d'haver fet tancar a perpetuïtat! —va dir en Ciro enriolat. Després, més seriós, va afegir—: No sé per què li ha agafat la dèria que rondo la Joana de la Mina.

Marxaven carrer amunt, cap a les escoles, i tornaven a riure amb ganes. L'Ovilio el va agafar pel braç i el va aturar.

—Que et penses que no veig com te la mires amb ulls goluts?

—Home, no em diràs que no es fa mirar. És la morena més guapa de tot el poble.

—Però, aleshores, te l'has fet o no?

—Que ets boig? De cap manera! El seu home em mataria! Diuen que té el ganivet de bosc sempre a punt. I ella no pot ser més esquerpa...

—I com és que us van veure estassats a la banda dels horts?

—Res, ni cas. La molt refotuda no es va deixar tocar. Vèiem passar els núvols i somiàvem, però encabat em va plantar i em va deixar tan calent que els ous encara em fan mal.

L'Ovilio semblava més divertit que abans. Se'l va mirar i li va deixar anar:

—Si un dia te l'acabes fent i no m'ho dius, no et tornaré a parlar! Fa tres dies que conec la Quimeta i ja t'ho he explicat tot d'ella.

31

El regne de la Joana es reduïa al tros de poble delimitat al nord pels estenedors i al sud per can Bardala. Només els diumenges anava més enllà de les seves fronteres naturals per baixar fins a l'església, però difícilment s'acostava mai als balnearis. Per això, quan va saber que en Ciro estava arrestat i va decidir passar pel Balneari Prats a entregar la roba neta, la va sorprendre l'exuberància dels jardins que s'anava trobant a les cases més bones del poble, amb tanques vegetals fetes de glicines i gessamins que penjaven per sobre dels murs i queien fins al carrer. A la plaça va descobrir-hi amb enveja els testos enormes que el jardiner dels Pla i Deniel havia col·locat a diferents altures, l'un al costat de l'altre, de manera que les azalees fúcsies i malves es confonguessin i s'enfilessin les unes sobre les altres, com si es tractés d'una sola planta. També es va aturar a contemplar l'escampall delicat de muguet, de paniculata blanca i de lliris d'aigua que havien plantat al peu de la tanca i es va quedar definitivament sense aire quan va entrar al jardí del Balneari Prats, a l'altra banda de la carretera, i va descobrir les roses grogues que penjaven com una cascada a la pèrgola.

Totes aquelles flors li encantaven, però a la Joana la tornaven boja els seus clavells de poeta, els que plantava al replà de la porta que baixava a la riera, en aquelles cinc o sis llaunes gegants d'olives que havia arreplegat de les escombraries dels balnearis. En guardava la grana com un tresor en una capsa de galetes Trias, que amagava tot l'hivern a la cuina, al fons del prestatge que havia improvisat a sota de la pica, i cada any plantava un test nou per substituir les plantes que perdien força. Quan arribava la primavera, rescatava la capsa i replantava algunes llavors en les llaunes, amb tanta delicadesa com si plantés el jardí d'un palau.

Els clavells de poeta eren flors de vellut, elegants com les plantes més nobles i a la vegada tenien els colors de les flors més humils: de les violetes, elegants i perfumades; dels pixallits, els groguets i les margarides silvestres, que s'escampaven com catifes del Corpus; de la ginesta, que regnava durant setmanes als marges de tots els camps de la comarca. Per ella, els clavells de poeta tenien tots els atributs alhora i per això cada any en feia un escampall en aquelles llaunes, que al cap de poc temps quedaven dissimulades sota les flors més ufanoses del poble. El seu secret era l'adob. De la gallinassa i de la merda, la Joana en feia un paradís de colors vius, que li arrencava un somriure de comiat, cada matí quan marxava a treballar, i un altre de benvinguda cada tarda, quan tornava a casa rebentada amb un nen a cada mà.

De vegades s'estava una estona llarga mirant els testos, hipnotitzada per les flors, que formaven estranyes composicions geomètriques que podien variar com un calidoscopi segons d'on s'observaven. La Joana es deixava portar per aquelles taques de colors vermellosos i volava lluny, a l'altra banda de les muntanyes, mar enllà, al món exterior que només els aventurers s'havien atrevit a visitar. Fins que la Mercè i en Feliu entraven a la casa, cansats de jugar a la plaça dels Polls, i reclamaven què hi havia de sopar. Llavors ella, resignada, entrava i posava els plats a la cuina i els repartia un perol de cigrons poc cuits, que si queien a terra rebotaven com una pilota i per això a la Mina els nens sempre n'havien dit «cigrons rebotits».

32

Quan hi havia baralles, la veu corria de casa en casa, tan ràpid com volaven d'una banda a l'altra del poble les fulles dels arbres arrossegades per la tramuntana.

—A dalt dels estenedors hi ha gresca: en Torrent de la Mina s'està estossinant amb un mosso de Fugaroles —feien córrer. I en qüestió de poca estona, una gentada havia envoltat els dos contrincants, que es temptejaven a distància, amb el ganivet a la mà.

A tots dos els rajava sang pel nas, per culpa de l'intercanvi de cops de puny que havien protagonitzat només d'enganxar-se. La baralla havia arribat al seu punt culminant, però en aquell punt ningú, ni els contendents, no hauria sabut explicar exactament com havia començat.

Segons algunes enraonies, el mosso de Fugaroles havia dit que, des de l'arribada dels italians, la

Joana estava radiant. No semblava cap gran ofensa, només una broma provocadora que havia resultat desafortunada perquè just en aquell moment en Ciro baixava xiulant cap al safareig. En Vador Torrent es va sentir escarnit. «Mira: ja baixa l'italià que xiula i du a rentar la roba a la Joana de la Mina», havia dit algú poc després. Quan sentia aquells comentaris, l'home s'encenia.

Era l'hora del passeig reglamentari i els italians desvagats també s'havien acostat a animar els que es barallaven: necessitaven cremar l'energia que havien acumulat per a la guerra i en aquell poble insignificant no hi trobaven gaires oportunitats. Els dos homes es desafiaven amb els ulls vermells de sang i des de la rotllana els mariners els animaven a esbudellar-se. L'Ovilio els havia decantat a favor del mosso de Fugaroles: en Torrent li feia por, qualsevol dia podia descarregar la seva ràbia sobre en Ciro. Per això era el que més cridava.

Els contendents eren com forces de la natura descontrolades: tenien les cares cremades pel sol, els braços semblaven martells i tenien les cames de marbre; els cabells greixosos els queien desordenats i se'ls enganxaven a la cara. Alguns veïns van intentar separar-los, però van anar per terra; en Salvador Torrent pensava que, si ell i el de Fugaroles volien matar-se, els altres no n'havien de fer res. Alguns italians ansiosos de gresca també van sumar-se a la baralla i van intentar agafar-lo pels braços. Es va tornar un animal salvatge: amb el ganivet a la mà va plantar cara a més de cinc homes, que no van aconseguir acostar-s'hi. Però llavors, per sorpresa de tots, se'n va cansar, va arrencar a córrer i va baixar cap a la riera. Al cap d'una estona el van veure sortir del poble i perdre's en direcció a les muntanyes.

Només d'obrir la porta, la Joana va adonar-se que alguna cosa no anava bé. Venia del safareig, capficada per la notícia de la baralla, que a aquella hora s'havia escampat per tot el poble, i quan va posar els peus a la casa, va veure dues flors per terra, trepitjades, just davant del galliner. Va tenir un atac de pànic. Amb passes lentes va acostar-s'hi, va entreobrir la porta i va descobrir una de les seves llaunes de cap per avall, amb la terra escampada i més flors rebregades per damunt de la porqueria. Va sentir que les forces l'abandonaven i va recolzar una mà a la paret. Va esperar una estona. Respirava cada vegada més de pressa. Quan els ulls es van acostumar a la foscor del galliner, va acabar d'empènyer la porta i va confirmar tots els temors: els testos de llauna estaven escampats per terra i les gallines picotejaven les restes destrossades dels clavells de poeta, que havien perdut els colors tan vius, que tot just despuntaven barrejats amb la gallinassa i la merda de la seva pròpia família. Va sentir una punxada fortíssima, com si el seu home li hagués clavat un cop de puny al ventre, i va caure a terra.

Quan va obrir els ulls, la Mercè i en Feliu se la miraven espantats. Va recolzar una mà a terra, per mirar d'aixecar-se, però va aixafar una de les flors i va tornar a marejar-se. Quan finalment va aconseguir incorporar-se de mig cos, va descansar l'esquena contra la paret, va asseure's els petits a la falda i va plorar desconsoladament.

Havent sopat, quan va posar la Mercè i en Feliu al llit, encara plorava. Es va estar més d'una hora amb el cap enterrat entre els braços, damunt de la taula de la cuina, i després ella també se'n va anar al llit: es va adormir somiant prats entapissats de margarides, boscos clapejats de violetes, murs revestits de roses grogues i jardins encatifats de clavells de poeta de tots colors. Poc després de la mitjanit, un exèrcit de gallines cridaneres li va envair els somnis i es va menjar totes les flors dels seus jardins. Es va despertar amarada de suor i ja no va tornar a dormir en tota la nit.

Es va aixecar de fosc, amb una determinació imprevista: es va dirigir a la cuina, va retirar la cortina de sota de la pica i va palpar darrere de les olles i les paelles ennegrides pel sutge fins que va trobar la capsa de llauna de Galetes Trias; la va agafar delicadament amb les dues mans i la va dipositar damunt de la taula. Quan la va obrir, era buida; va picar la capsa contra la taula i sis o set granes minúscules, de color negre, van caure damunt de la fusta. Els ulls de la Joana es van encendre. Les granes devien haver quedat amagades, agafades entre les juntes. Les va anar posant al palmell de la mà, una a una, i encabat les va deixar damunt de la taula, embolicades en un drap de cuina. Sense despertar les criatures, va agafar una llauna d'olives del terra del galliner i va sortir. Al cap de vint minuts tornava a ser a casa, amb la llauna plena de terra bona d'un castanyer que hi havia més enllà dels estenedors. La va barrejar amb un parell de grapats de gallinassa i hi va plantar una a una les llavors de clavell de poeta que havia guardat en el drap de cuina. Després va remullar la terra i va deixar la llauna a l'ampit de la finestra.

33

A les cases bones, les infidelitats eren igualment doloroses, però sempre eren més discretes i es discutien civilitzadament, sovint entre les quatre parets d'un despatx. Els marits burlats sentien la mateixa ràbia i les mateixes ganes de revenja que en Torrent de la Mina, però per damunt de tot volien passar el dol sense cridar l'atenció. De manera que al sergent de la Guàrdia Civil les banyes burgeses no el preocupaven.

L'endemà de la baralla, un botiguer del poble es va presentar a la caserna de can Recolons, a la Rambla, i va demanar pel comandant del lloc. El sergent, que intuïa què li volia, el va rebre sense fer-lo esperar. L'home estava nerviós, li costava parlar, quequejava, però en Serrano no va fer res per ajudar-lo; els rumors ja feia dies que havien arribat al seu despatx. Finalment el botiguer es va empassar l'orgull:

—Un oficial italià ronda la meva dona...

El sergent, que esperava el moment, va riure per dins, però va decidir no posar-l'hi fàcil. Va seguir mirant-lo directament als ulls, impertèrrit, com si no sabés de què li parlava.

—Vull dir que se la vol fer...

—¿Y ella qué dice al respecto? —va preguntar el sergent amb cara d'estar analitzant amb molt de rigor la situació, com si redactés l'atestat d'un incident administratiu.

El botiguer va voler contestar amb naturalitat, però va haver d'escurar-se el coll. Les paraules no li sortien. Després va concedir a contracor:

—Sembla que ella el deixa fer.

El sergent es va repenjar a la cadira. Va canviar de posició i de to:

—Entonces, ¡ya sabe usted lo que debe hacer!

El botiguer se'l va mirar desconcertat, no sabia si l'havia entès bé. El sergent no estava disposat a marejar la perdiu i va ser transparent:

—Cuando los pille en plena acción, le rompe la cara al italiano. ¡Sin contemplaciones!

Va reaccionar fent-se l'ofès. Si havia anat a demanar ajuda a la Guàrdia Civil era perquè no aprovava la violència.

—Sóc home de pau, jo, sergent. No ho puc fer, això.

—Pues qué le vamos a hacer. Amigo mío, ¡los cuernos adornan!

El sergent va donar per acabada l'audiència. Es va aixecar, el va agafar per darrere l'espatlla, com si fos un subordinat, i el va acompanyar amablement fins a la porta.

34

Hi havia dies que semblaven maleïts i tot anava del revés. El divendres 7 d'abril va arrencar malament de bon matí, i a la nit, quan va comprovar que acabava de la pitjor manera, en Ciro va atribuir-ho a l'aparició d'un abominable corb negre al cel de Caldes de Malavella. Feia dies que el veia volar baix per la banda de la carretera nacional, en direcció a Riudellots de la Selva.

Quan els mariners del Vichy acabaven de baixar al menjador, el sergent Serrano es va presentar amb els seus sis homes i va interrompre l'esmorzar. Una denúncia anònima l'havia posat en la pista d'un mariner que netejava una pistola i venia decidit a ordenar un registre rigorós als balnearis i les pensions. El comandant Imperiali, alarmat per les conseqüències del registre, va prendre la paraula i va proposar:

—Si algú manté amagada alguna pistola és en

contra de les nostres directrius; aquest és un afer de disciplina interna que hem de resoldre nosaltres. Doni'ns unes hores de temps i li garanteixo que trobarem totes les armes que puguin estar en poder dels nostres homes.

El sergent només tenia sis homes per registrar cinc establiments i corria el risc de no descobrir res. Va sospesar la proposta. No se n'acabava de refiar, però va acceptar: sempre era millor fer un mal tracte que fer el ridícul.

—Tienen dos horas —els va comunicar.

Els dos comandants van posar en moviment els seus oficials i van fer aparèixer per art de màgia quatre pistoles Beretta reglamentàries de la Regia Marina Italiana i unes quantes caixes de munició. Les dues hores següents les van dedicar a anar d'un cantó a l'altre dels establiments, obrint i tancant portes amb gran estridència i fent veure que registraven amb el màxim rigor les cambres de tots els pisos. Al cap de dues hores, Cigala i Imperiali es van presentar a la caserna amb el botí requisat. El sergent va poder comunicar al Govern Civil de Girona l'èxit fulgurant del seu registre i els italians van evitar que l'incident es descontrolés.

Aquella mateixa tarda, aliens als maldecaps dels seus superiors, en Domenico Foresta i en Roberto Pani tornaven d'una escapada discreta a Franciac. Caminaven per la carretera nacional de Madrid a França i no van veure arribar el camió de fruita que circulava a tota velocitat, perquè havia portat un carregament de taronges a la frontera del Voló i tornava sense càrrega. El camioner tampoc no els havia vist i els va envestir de mala manera. D'on sortien aquells dos mariners? Eren a més de vint quilòmetres del mar i tampoc li constava que en aquella part de la costa hi hagués cap base naval.

—Caldes de Malavella, els balnearis... —va aconseguir dir en Pani abans de perdre el sentit.

En Roberto perdia molta sang a causa de dues ferides obertes al coll i a la cama dreta i va fer tot el recorregut inconscient, però un cop al balneari li van tallar a temps les hemorràgies, van aconseguir fer-li una transfusió i van salvar-lo. En Foresta, en canvi, viatjava a la caixa del camió amb els ulls ben oberts, però estava blanc com la cera, feia cara d'espantat i quan van arribar a Caldes havia mort d'una hemorràgia interna.

El sergent Serrano, insensible davant de la tragèdia, volia que els comandants arrestessin el ferit, sota l'acusació d'haver trencat el cercle de tres quilòmetres, comptat des del centre de Caldes, que els interns no podien sobrepassar en les seves sortides diàries. Estupefactes per la intransigència del guàrdia civil, els comandants van plantejar una queixa indignada al cònsol italià a Barcelona. Davant del risc que la protesta li compliqués la vida, el sergent va cedir i l'endemà les despulles del pobre mariner mort, cobertes amb la bandera italiana, van ser traslladades al cementiri a espatlles dels seus companys.

Domenico Foresta va rebre sepultura en un nínxol comprat pel consolat. Caldes es va bolcar en l'enterrament. Una gentada afligida va desbordar el recinte del cementiri i va demostrar de manera espontània que els mariners havien tocat els cors de la gent, estovats per les desgràcies que perseguien el poble des de la guerra. Quan sortien del cementiri, en Ciro va sentir un tret i va aixecar el cap just a temps de veure un corb negre que es desplomava a pes damunt del camí. Un pagès que llogava el seu estol de coloms per fer-los volar a la plaça de l'església, a la sortida dels casaments més rics i que aquell dia els havia portat de franc al cementiri com a homenatge al mariner mort, havia abatut el corb per evitar que ataqués els seus animals indefensos. L'home el va recollir amb ràbia i el va clavar per les potes a un pal de telèfons. Al cap d'una hora, quan va arribar al mas, els coloms ja eren al colomar, i a partir d'aquell dia els supervivents del *Roma* ja no van haver d'enterrar ningú més en terra estrangera.

35

De la baralla de la Mina se'n va parlar molts dies, perquè va semblar una crida al mal temps: aquella mateixa nit, la natura es va enrabiar i la tempesta es va ensenyorir del poble. Va ploure deu dies i deu nits, sense parar. La riera es va desbordar. Les basses van omplir-se. Les fonts no paraven de brollar. Les vores de les carreteres vessaven l'aigua que no podien canalitzar. Les gorgues rebien tant de cabal que no tenien temps de desaiguar riu avall i inundaven els camps més propers. El diluvi semblava no tenir final.

I llavors, un matí de dilluns, va parar. El cel es va trencar. Va sortir el sol. L'aire es va fer transparent i suau. De la serra de les Gavarres a les Guilleries, del massís de Cadiretes al Montseny, els boscos i les arbredes van esclatar. D'un dia per l'altre, gairebé sense avisar, aquell coi d'hivern llarguíssim quedava enrere i arribava el bon temps que els pagesos havien encomanat a tots els sants del santoral.

A les muntanyes llunyanes del Pirineu, darrere de la Mare de Déu del Mont, encara hi brillava la neu blanca, com una promesa d'aigua inesgotable que els havia de permetre regar els camps fins ben entrat l'estiu. Però a la plana les temperatures havien començat a pujar. Al migdia suaven de valent i els camps de la rodalia s'havien entapissat de vermells, de grocs i de blancs de les roselles, les margarides i la camamilla.

Els dies eren cada cop més llargs i els italians ho agraïen perquè les hores de passeig eren molt més agradables; els mariners aprofitaven fins a l'últim minut del permís diari. En Ciro seguia deixant-se caure pel safareig i moltes tardes també passava a veure la Joana a la carnisseria de can Bardala, amb l'excusa d'interessar-se per si la roba ja era seca. A la Saurina, la mestressa, en Ciro li queia bé, li semblava un noi polit i ben educat, però era prou llarga per veure venir de lluny els grops de tempesta i feia dies que estava alerta per la insistència de l'italià.

—Vigila, Joana, que aquest et busca —l'advertia cada tarda quan el veia arribar.

Quan ja feia més de deu dies de la baralla amb el mosso de Fugaroles i l'home de la Joana encara no havia tornat al poble, la presència diària d'en Ciro a la porta de la carnisseria la va acabar d'alarmar:

—Joana, vigila, que prendràs mal. Ja fa dies que totes les dones et passen pel safareig.

La Joana va fer mala cara. Sabia què volia dir que les dones del poble la convertissin en tema de conversa i la «passessin pel safareig» quan es trobaven a rentar la roba totes juntes. Eren una llopada afamada: aviat el poble malparlaria d'ella. Però va fer el cor fort, va obrir la porta i va cridar en Ciro:

—Va, que si vols endur-te la roba hauràs de venir a l'estenedor; m'ajudaràs a recollir-la.

Van travessar la riera pel safareig i van pujar als estenedors. La Joana recollia la roba amb cura i la deixava ben plegada al sac de tela de l'italià. En Ciro es limitava a recollir-la i posar-la de qualsevol manera; només tenia ulls per a la noia, que duia la bata de la feina suada i se li arrapava a l'esquena i als costats i li feia els pits tibats. S'imaginava el cos de la noia sota la tela, modelat per aquell continu trafegar amunt i avall. Ell s'havia tret el jersei negre d'hivern i tenia la camisa oberta ensenyant la mata de pèl de la pitrera. Ella també se'l va mirar de dalt a baix.

Quan acabaven de recollir, van sentir veus de dones que pujaven del safareig. El sol encara era alt i l'aire era molt tebi; feia temps que no tenien una tarda tan agradable. En Ciro es va animar.

—Caminem? —li va preguntar.

Van pujar més amunt de les Roques, fins a la bassa de can Rufí, que en èpoques de sequera regava els horts del Balneari Soler. Quan van començar a baixar entre camps de blat i d'ordi, per anar a buscar el mur de la torre d'en Sala, van sentir les campanes de l'església que tocaven les sis. Al jardí de la torre hi havia tres cedres altíssims, que sobresortien deu o dotze metres més amunt de la tanca: una glicina s'entortolligava a un dels cedres i els raïms de flors morades s'enfilaven fins al capdamunt del tronc, com si tot l'arbre estigués florit. El perfum de la glicina els va seguir fins que van arribar als horts d'en Surroca, més amunt del col·legi de les monges franceses de Cluny.

A aquella hora, alguns jornalers que havien acabat el torn als balnearis cavaven les tomateres i les cebes tendres acabades de plantar. En Ciro i la Joana van passar de llarg dels primers horts i van seguir com si anessin en direcció del pou de glaç; seguint el rec, van acostar-se al bosc i van buscar un racó a recer de les mirades dels pagesos. Van estirar-se a terra, de panxa enlaire, amb les mans al clatell com a coixí, mentre el sol començava a decaure més enllà del bosc dels Enamorats. En Ciro mastegava un brot de fonoll i en va posar un altre a la boca de la Joana, que va tancar els ulls per assaborir-ne el gust anisat.

La Joana mirava els núvols que passaven camí

de la costa. Al seu costat, en Ciro s'esforçava a parlar-li en un castellà d'estar per casa; tenia una veu suau, que es feia més dolça quan pronunciava aquelles paraules màgiques: *magari*, *farfalle*, *ochi*, *azzurro*, *bellissimo*.

—Com és fora d'aquí? —va dir ella, de cop.

—Què vols dir?

—Què hi ha més enllà de les muntanyes i del mar? Com és la gent? Com són les noies?

Es va fregar l'orella amb l'índex i el polze de la mà dreta. No sabia per on començar. Navegant amb l'*Amerigo Vespucci* havia vist mig món: havia admirat paisatges magnífics i ciutats increïbles; però també s'havia fet una idea de les passions humanes i no podia ser benèvol en el diagnòstic. No sabia com explicar-li que el món de fora no era tan diferent de Caldes de Malavella.

—Ara mateix, a fora, els homes es maten en una guerra espantosa, que fa cinc anys que dura —va sentenciar finalment amb desgana.

Li va saber greu haver-ho dit, perquè la Joana va fer una ganyota de decepció, com si de cop hagués perdut un gran tresor. La noia va deixar vagar la mirada més enllà de les muntanyes. Al cap d'una estona, va preguntar:

—I com és el mar?

—No has vist mai el mar? —va replicar en Ciro, amb incredulitat.

Ella va arronsar les espatlles.

—El mar és infinit, no s'acaba mai. Quan poses la proa a l'horitzó, com més t'hi acostes, més lluny se'n va. Mai no l'atrapes. No sabria com dir-ho, però el mar et fa sentir gran i petit alhora, segur i intranquil, reconfortat i enyoradís.

Ella s'havia incorporat de mig cos, recolzada en un braç, i amb la mà s'aguantava la cara per mirar-lo amb atenció. Semblava realment concentrada i en Ciro va sentir-se incòmode, perquè no sabia ser més precís. Va fer un esforç per explicar-se:

—Quan arribes a un port, et sents feliç, però al cap de poc ja vols marxar a un altre, perquè és quan navegues que et sents viu de debò! Els ports i les ciutats estan bé, però per damunt de tot és el viatge mateix el que val la pena!

—Així serà tota la teva vida? Sempre voldràs marxar?

No s'ho havia plantejat mai. Potser sí, potser volia ser capità per voltar sempre d'un port a l'altre, però potser no sempre seria igual. De vegades també li agradava plantar-se en un lloc i quedar-s'hi. De fet ara mateix se sentia bé i s'hi podria quedar per sempre, estassat en aquell marge dels horts d'aquell poblet que els acollia, veient passar la nuvolada camí de la costa. Ella l'escoltava atentament i va decidir seguir parlant del mar, per no trencar l'encanteri. Li va parlar d'una nit de lluna plena a les illes Eòlies, camí de l'estret de Messina, a bord del vaixell escola de la marina italiana.

—L'*Amerigo Vespucci* era un tres pals magnífic. La lluna deixava una estela platejada damunt del mar, mentre deixàvem enrere, a estribord, l'illa de Panarea i posàvem proa a la punta de Sicília. Navegàvem a sotavent de l'illa de Stromboli, per un mar profund, d'aigües fosques, a l'ombra del volcà sempre actiu que domina l'illa. De cop, l'Stromboli va deixar anar una alenada de foc i pedres, com uns focs d'artifici magnífics, que van il·luminar la nit i van deixar el cim del volcà encès, d'un vermell intensíssim; poc després, el volcà es va apagar i els mariners, situats a la coberta d'estribord, de cara a l'illa, vam aplaudir-lo. Al cap de deu minuts vam presenciar una segona erupció, encara més extraordinària, i els mariners no ens vam poder estar de cridar «Bravo! Bravo! Bravissimo!», entusiasmats per aquell espectacle increïble. Quan ja havien passat deu minuts més, vam veure que l'Stromboli tornava a encendre's, però ja érem massa lluny i l'explosió del volcà ja no ens va semblar tan extraordinària. Ens en vam seguir allunyant, camí de Messina, i només sentíem el ritme cadenciós de les onades contra la proa del vaixell. La resta era silenci. El mar, la lluna, el silenci i, a la llunyania, un volcà que s'encenia i s'apagava: aquella sí, aquella va ser una nit *bellissima*.

—M'agradaria el mar! —va dir ella, molt segura, abans de sorprendre en Ciro amb una pregunta que la rondava feia dies—. I Caldes, és *bellissimo*?

S'ho va haver de rumiar. El poble no era gran cosa, però els paisatges de la rodalia eren magnífics, sobretot aquelles últimes setmanes que els camps de blat estaven ufanosos, amb tots els verds possibles, i estaven esquitxats de roselles. Li agradava, no ho podia negar, però no al mateix nivell que el mar platejat en una nit tranquil·la de lluna plena, navegant per les illes Eòlies.

—Tu ets *bellissima*! —va dir després de pensar una estona. I se la va menjar amb la mirada.

36

El capità Lupi havia ordenat a en Ciro que portés a l'ajuntament la carta que acabava d'escriure i que l'entregués en mà a l'alcalde. Feia estona que s'esperava davant de la porta de l'alcaldia i no va resistir la temptació de llegir l'escrit dirigit a la secretaria general de l'Assemblea Suprema de la Creu Roja Espanyola:

> *Declaro formalmente no conocer ni tener noticia alguna del guardia marina Paolo Milani, embarcado en el acorazado* Roma. *Entre tanto, ruego al Comité Internacional de la Cruz Roja que transmita a mis familiares —con la siguiente dirección: Andrea Lupi, Via Mazzini, 24, Castellammare di Stabia (Napoli)— la comunicación que me he salvado del naufragio y actualmente me hallo con buena salud en España. Caldas de Malavella, 20 de abril de 1944. Capitán Gaetano Lupi.*

No s'ho podia creure! El capità Lupi tampoc no havia informat la família que estava sa i estalvi? Però si ja gairebé havien passat vuit mesos des de l'enfonsament del *Roma*! Llavors es va obrir la porta i va sortir l'alcalde Quintana en persona, que es va esforçar a ser amable; el capità era un assidu de les partides de bridge de la seva pastisseria i es tenien una simpatia mútua:

—Digui al capità que no passi ànsia, avui mateix enviaré a Madrid la seva comunicació.

A continuació li va entregar l'últim escrit rebut de Madrid demanant informació sobre mariners desapareguts. Mentre es dirigia a entregar-lo al despatx del comandant Imperiali, va llegir:

Excelentísimo señor alcalde de Caldas de Malavella (Gerona),

Muy señor mío:

Nuevamente recurro a su amabilidad con el ruego de que tenga a bien informarme si se encuentran internados en Caldas de Malavella los súbditos italianos: Antonio Scarpa, Marco Marcoleone i Paolo Antozzi, tripulantes del acorazado Roma, según ficha adjunta. En caso afirmativo, les agradeceré que cada uno de ellos conteste al dorso de este formulario a fin de poder dar una respuesta al Comité Internacional de Cruz Roja que la interesa.

Dios que salvó a España guarde a usted muchos años.

Madrid, 16 de abril de 1944

El jefe del Gabinete de Información de la Cruz Roja Española.

Firmado: el conde de la Granja

De tornada cap al Balneari Prats, va pensar que ell també havia d'escriure als de casa. Quan se li feien presents, com ara, quan se'ls imaginava, quan recordava les seves cares i les seves rialles s'adonava com els trobava a faltar. Enyorava els vespres d'estiu al Vico San Sepolcro de Nàpols: els crits dels germans quan jugaven a cuit i amagar als portals de les cases; la mare que els cridava des de la finestra que pugessin a sopar; els balcons de l'altra banda del carrer, que podien tocar des de la seva finestra per poc que allarguessin el braç; la roba estesa de banda a banda com estendards de colors, amb corrioles per recuperar-la quan era seca; les veus que després de sopar tornaven a baixar al carrer i no s'apagaven del tot fins que els homes recordaven que al cap de poques hores havien de tornar a l'Arsenale i iniciaven la retirada.

Si un dia els oblidava, oblidaria també tots aquells anys?, es preguntava. La hipòtesi l'espantava, perquè sabia que un instant després, quan entrés al menjador i s'assegués a taula, entraria en un món on no hi havia lloc per als de casa; potser hi tindrien cabuda esporàdica, com a estímul per a la nostàlgia, però del dia a dia no en formarien part. Ho veia, ho sentia, però no sabia explicar-ho. Com podia ser? Com podia compaginar aquell enyorament i aquell oblit simultanis?

Va anar directament a la cuina, per compartir les seves ànsies amb l'Ovilio, que rentava les cassoles de l'Antonio abans d'acabar el torn de feina. En Ciro era conscient que quan tornés al món d'ara mateix la seva família serien l'Ovilio, la Joana i aquella gent de Caldes amb qui compartia totes les hores. Les penes de la gent del poble eren les mateixes penes que el turmentaven. La gana que passaven era la gana que ell havia sentit tantes vegades. La fred que s'apoderava de tots els racons de les seves cases era la fred que ell passava quan estava de guàrdia. La pluja que els atrapava als horts era la mateixa que el deixava xop quan sortia a passejar amb la Joana fins a les Roques. I la por que veia en les seves cares era la que el posava en guàrdia quan tenia al davant el sergent de la Guàrdia Civil. Fins i tot l'odi que sentien pels franquistes quan abusaven de les seves famílies era la mateixa rancúnia que se li despertava a ell cada cop que veia la foto del Caudillo vestit de mariner darrere de la porta del Vichy Catalán. Per contra no tenia ni idea de quin temps feia ara mateix a Nàpols.

Potser en aquell moment una llevantada assotava els carrers propers a l'Arsenale i la pluja esquitxava la cara del seu pare, castigat amb el desterrament perquè s'havia negat a renegar d'unes idees de les quals mai no li parlava; les havia hagut de descobrir pel seu compte, a base de constatar com els feixistes s'aliaven amb els poderosos i abusaven dels pobres desgraciats que lluitaven endebades per sobreviure.

L'Ovilio escoltava i no deia res. Intentava entendre on volia anar a parar el seu amic amb totes aquelles històries, però ell tenia altres preguntes al cap. Feia dies que estava intranquil, no volia sentir-se inútil per la causa de la llibertat: volia tornar a Itàlia i ajudar a fer caure els feixistes abans que s'acabés la guerra. Després esperaria un parell d'anys i tornaria a buscar la Quimeta per endur-se-la a Itàlia. Aquella noia li tenia el cor robat, però només tenia setze anys i, de moment, els pares no la deixarien marxar.

En Ciro mirava l'Ovilio de cara; semblava que li buscava als ulls una resposta a les preguntes que es tornava a fer en veu alta. Quina era la seva família vertadera? La que els precedia? La dels progenitors? La que els feia companyia cada dia a Caldes? O la que potser un dia seguiria els seus passos i asseguraria la continuïtat de la sang? Quan navegava per tot el món amb l'*Amerigo Vespucci* tenia dos amics, en Fulvio i l'Andrea, que eren inseparables. Eren més que germans: ho feien tot junts, mai no se separaven; haurien matat i s'haurien deixat matar els uns pels altres. Semblava que no hi havia una vida possible si no estaven tots tres junts. Haurien jurat per Déu que la seva amistat era eterna, que ja no se separarien més. Però la instrucció a bord del vaixell escola s'havia acabat i un segon després en Ciro ja els havia oblidat i no els havia tornat a veure ni hi havia tingut mai més cap contacte per carta.

Poc després havia conegut en Santo, en Gavino, l'Ovilio i el Poeta i també n'havia fet els seus germans. També ells cinc s'havien jurat fidelitat eterna: havia conegut el cel de Biassa de la mà del Poeta i l'havia acabat enterrant amb un sonet de Dante Alighieri al cementiri de Maó; havia vist el mar empassar-se els somnis humils d'en Gavino i havia vist el foc que arrencava d'arrel els somnis de grandesa d'en Santo; tots dos havien anat a parar al fons de l'infern de l'Asinara. Quina família havia compartit mai tantes envestides del destí a la vegada?

Es preguntava si també oblidaria la família de Caldes quan tornessin a Itàlia. Serien només un record amable, com un aixopluc en plena tempesta? Oblidaria l'Ovilio? Desapareixeria del seu cor la Joana? Ara li semblava impossible, però sabia que aquest era un final inevitable. Quan arribés aquest moment, la família de sang tornaria a ser la seva pàtria? Intuïa la resposta, però en tot cas el que hagués d'arribar arribaria més endavant; ara tenia unes ganes irrefrenables de passejar amb la Joana i d'arribar-se als horts d'en Surroca. Va dedicar-se un somriure burleta, es va acostar a l'Ovilio, el va sorprendre amb una abraçada plena d'una camaraderia insubornable i va sortir per la porta, camí del safareig.

Quan van arribar als horts, una papallona enorme va acostar-se fent ziga-zaga de planta en planta i va donar dues voltes a la Joana abans d'anar a posar-se damunt d'una flor de fonoll. Era una papallona magnífica, ratllada de bandes grogues i negres, molt elegants. En Ciro va allargar la mà amb intenció d'atrapar-la, però la Joana el va agafar pel canell i va frenar-lo.

—Deixa-la en pau. És una reina! —va fer-li saber—. És poderosa i delicada a la vegada, li agrada anar d'una banda a l'altra tota l'estona, com a tu. Només s'atura molt de tant en tant, quan es troba bé en un lloc i no se sent amenaçada; com ara.

Van deixar passar el temps sense moure's, l'un al costat de l'altre, amb els ulls tancats, de panxa enlaire. Se sentien a tocar però no es deien res;

només la pell de gallina els delatava. Llavors, un gos va bordar als horts, van sentir remenament al rec que tenien just a sota i s'hi van girar de cara, per veure què passava.

Quatre marrecs caminaven ajupits per dintre del rec mirant d'acostar-se als horts sense alertar els homes que cavaven. Dos nois es van enfilar al marge i van reptar entre les fileres de maduixeres fins al pou i el safareig des d'on els pagesos regaven les terres. Van treure el tap del safareig i l'aigua va començar a lliscar entre les maduixeres, seguint el desnivell. Estirats a terra, amagats entre les plantes, van anar deixant les maduixes més vermelles dins del corrent, que se les enduia en direcció del marge, on els altres dos, amagats al fons del rec, les recollien i n'omplien un mocador que els feia de farcell.

—Què fan? —va preguntar en Ciro, que no acabava d'entendre les maniobres dels vailets.

—Roben maduixes —va riure la Joana—. Els cobrarem una penyora pel nostre silenci!

Es va incorporar i, resseguint les mates com una serp, va agafar de sorpresa els que recollien les fruites al rec. Des del seu amagatall, en Ciro va veure que la Joana deia alguna cosa als nois i després la va veure que tornava per la rasa amb un grapat de maduixes a la mà, madures, vermelles com la sang. Quan les va deixar a terra, damunt d'una clapa de molsa, la mà li suquejava i es va llepar els dits; va acostar una maduixa als llavis d'en Ciro, que es va posar vermell, i ella en va mossegar una altra. Després van perdre la noció del temps, van pujar al paradís i no van tornar a la terra fins que a l'església van tocar les vuit i van adonar-se que havien de córrer per arribar al sopar abans del recompte. Quan en Ciro va deixar la Joana a can Bardala, la Saurina els esperava a la porta i no es va poder reprimir:

—Vigila, Joana, que la pega prop del foc es desfà!

La Joana va fer un somriure nerviós, després es va posar a plorar. Aquesta vegada, la Saurina es va espantar.

37

Quan van aparèixer les autoritats a la tribuna de la plaça, va sonar l'himne espanyol i tot el públic es va posar dret.

—En aquest cony de país, qualsevol excusa és bona per tocar himnes i marxes militars —va dir en Ciro a l'orella de l'Ovilio, quan s'incorporaven per tenir una millor panoràmica de l'ambient de festa que es respirava a la plaça de toros de Girona.

Hi havien anat en bicicleta amb un grup nombrós de mariners: l'Italo de San Remo, en Primo de Vicenza, en Nino d'Imperia, en Luigi de Savona, en Salvatore de Mazzara del Vallo i tres o quatre més que no coneixia. Alguns havien convidat les noies: l'Italo havia vingut amb la Francesca, la guardabarreres del pas a nivell de Riudellots, i un parell d'amigues; l'Ovilio tenia al costat la Quimeta. En Ciro havia convençut la Joana, que trobava que una excursió col·lectiva com aquella no li podia fer cap mal. En definitiva, l'anada als toros era una iniciativa del comandant Imperiali, que havia negociat personalment el permís i les entrades amb el governador civil de Girona, que l'havia convidat a seguir l'espectacle al seu costat, a la tribuna.

A les cinc en punt de la tarda, l'entrada dels toreros a l'arena va desfermar el deliri de la graderia; el públic dempeus cridava i picava de mans. Els italians i les noies es van sumar amb entusiasme al clamor general. Només la Joana s'havia quedat callada, observant amb incredulitat la desfilada dels grans protagonistes de la corrida: una noia joveníssima, elegant, amb la cabellera recollida en un monyo, caminava vestida de llums entre els altres dos toreros. Els altaveus de la plaça van anunciar els noms de les figures que s'havien d'enfrontar als braus de la ramaderia de Maximiliano Sánchez, de Salamanca: Manuel Arasa, Miguel Martín i Beatriz Santullano.

Què hi feia una noia, allà, al mig de l'arena? La Joana estava perplexa, se sentia incapaç de reaccionar. Des de quan hi havia noies torero? Quan la banda de música va anunciar l'inici de la corrida i tota la plaça es va asseure, la Joana es va quedar dreta, incrèdula, amb els ulls esbatanats i la boca oberta, fins que en Ciro la va estirar del braç.

Ella se'l va mirar amb tot d'interrogants a la mirada: se n'havia adonat, que hi havia una dona entre els toreros? Estava sorprès com ella? Però llavors es va obrir una porta i va saltar a la plaça un cavall negre, que va fer un parell de voltes a l'anella, amb un posat molt elegant, lleuger, admirable. La noia torero cavalcava el cavall amb una mà a les regnes, mentre amb l'altra saludava la gentada. Quan va tornar a sonar la banda es va obrir la porta del corral i en va sortir rabiüt un toro negre, gros, carregat a la part davantera, amb taques blanques als genitals. L'animal va fer un quart de volta a la plaça i es va aturar. Es va fer un silenci total. Beatriz Santullano va fer un crit curt, agut, i el toro va aixecar el cap. Es van mirar uns instants i llavors, just quan la noia va picar el cavall amb els talons i va començar a córrer cap al brau, l'animal es va sentir amenaçat i va començar a córrer cap a ella decidit a plantar cara. A l'últim instant, el cavall va variar lleugerament la trajectòria i va passar fregant el brau, per donar l'oportunitat a la *rejoneadora* de clavar-li un ferro al llom. En aquell punt de la corrida, la Joana ja havia oblidat la crueltat de l'espectacle i s'havia aixecat aplaudint com una boja. Només tenia ulls per a la noia; només era una dona, però tota la plaça l'aplaudia! Quan va enfrontar-se al seu segon toro, el quart de la corrida, la Joana ja no va seure fins que la seva heroïna el va matar i els aplaudiments van obligar la presidència a concedir-li una orella, que va passejar amb orgull per tota l'anella de la plaça. La Joana n'estava orgullosa, com si ella mateixa fos la protagonista de la proesa, però quan va tornar a sortir a torejar a peu Manuel Arasa, va perdre interès i poc després, amb la sortida del sisè toro, va proposar a en Ciro:

—Això ja està vist. Per mi podem marxar a fer un volt.

L'Ovilio i la Quimeta també en tenien prou i van marxar tots quatre a voltar per Girona. Van caminar tot el passeig de la Devesa, fins al riu. Comentaven els sentiments contradictoris que els havia despertat la seva primera corrida: es necessitava valor per baixar a l'arena, això era innegable, i quan voleiaven els capots i les muletes era magnífic; però tantes banderilles, tants *rejones*, tanta sang, a estones era desagradable. Amb tot, a en Ciro li havia encantat; a l'Ovilio li havia agradat, però era més tebi en el seu entusiasme. La Quimeta, acostumada a la violència de la vida a pagès, ho trobava un gran espectacle. La Joana no deia res, encara pensava en la Beatriz: quina dona més valenta!

Van travessar el riu pel pont de Sant Agustí, van deixar enrere els Quatre Cantons i van anar a parar a la plaça de l'Oli. L'estudi d'un fotògraf els va cridar l'atenció: Fotografia Lux. A l'aparador hi havia tot de fotos de nenes vestides de núvia i nens vestits de mariner, amb un catecisme i un rosari a les mans, a punt per fer la comunió. I també hi havia retrats de pagesos de cara arrugada, torrada pel sol, fotos de parelles enamorades, estampes de famílies mudades per a l'ocasió i imatges de mig cos o de cos sencer de joves vestits de soldat. Al vidre de la porta, un cartell anunciava: «Abierto de 8 de la mañana a 8 de la noche».

La casa era oberta, perquè era dia de comunions i el fotògraf tenia dispensa per treballar. L'Ovilio va voler entrar a fer-se una foto de tots quatre. A l'estudi hi havia un llibre de decorats per escollir: jardins romàntics, sofàs coberts de sedes per a les fotos amb picardia, paisatges exòtics, muntanyes nevades, columnes gregues amb tot de plantes enfiladisses. De cop, en Ciro va fer un crit:

—Aquest! Aquest fa per nosaltres —va dir amb un somriure d'orella a orella, mostrant als altres la foto d'una coberta de vaixell, tota de fusta, amb una gandula estiuenca en primer terme i el mar de fons, amb dos o tres vaixells de guerra que navegaven en segon pla amb la proa contra les onades.

El fotògraf va aplaudir la decisió i els va demanar una hora de temps per acabar de retratar un nen que feia la comunió el dia del Corpus i per preparar l'estudi amb el seu decorat mariner. Van menjar una truita de patates i van beure un got de vi en un bar del carrer dels Mercaders, just al darrere de la Rambla, i van acabar ballant flamenc damunt d'una taula. Van perdre la noció del temps i van haver de córrer fins a l'estudi.

Quan van arribar, una dependenta acabava de preparar la càmera fotogràfica; la Joana va tornar a fer cara de sorpresa i la va mirar amb ulls d'admiració. Després li va dedicar un somriure i li va allargar la mà: aquelles dones de ciutat no paraven de sorprendre-la.

Quan tot va ser a punt, la Quimeta es va asseure en la gandula de fusta, amb l'Ovilio de genolls al seu costat: li agafava la mà i ella feia veure que el rebutjava, amb cara de picardia. S'havia posat un clavell vermell a l'orella i s'havia recollit la cabellera negra en una cua, cap endarrere; i també tenia un ram de clavells a la falda. La Joana i en Ciro, més discrets, es van posar drets en un costat; no es tocaven, però es miraven fixament als ulls. Se'ls va posar la pell de gallina, com aquell dia que van menjar maduixes als horts d'en Surroca, i en aquell instant la Joana es va sentir a dalt del cavall, al mig de la plaça, a punt d'anar a encarar-se amb el toro, mentre la gentada l'aplaudia. I quan el fotògraf va disparar va captar el somriure serè, una mica trist, de tots dos.

38

L'excursió a Girona va estimular al cap de l'Ovilio una idea que li donava voltes des de feia dies: volia escapar d'Espanya i tornar a Itàlia per sumar-se als partisans que, amagats a les muntanyes, combatien els feixistes i els alemanys. El primer que n'hi havia parlat era un capellà que els havien enviat dues setmanes enrere des de l'ambaixada anglesa de Madrid i que els havia animat a ser lleials a la Itàlia del rei i dels aliats: es deia Guido Visendaz i era un antic capellà militar de la divisió italiana Brennero, que havia combatut a Albània fins que l'endemà de l'armistici els alemanys havien desarmat i empresonat tots els seus membres. Després de recórrer mig Europa i ser internat en un camp de presoners de Bèlgica, el mossèn s'havia escapat, havia travessat la França ocupada i havia entrat a Espanya, on s'havia posat a disposició de les ambaixades aliades, que li havien encomanat l'adoctrinament dels mariners internats a Menorca i a Caldes. Va arribar a la vila dels balnearis emparat per un salconduit excepcional, que li havia facilitat a Madrid l'almirall Moreu, el secretari general del ministeri espanyol de la Marina, que tenia fama d'aliadòfil.

Quan va presentar-se als comandants Cigala i Imperiali, mossèn Visendaz els va demanar:

—Per comprendre millor la situació dels nois, animar-los i rebre el màxim d'informació directa, voldria llibertat absoluta de moviments pels balnearis. M'agradaria fer els àpats amb ells als diferents menjadors i visitar lliurement els seus allotjaments.

Així va ser com a finals de maig s'havia reunit a l'habitació de l'Ovilio amb un grup de mariners i els havia posat al corrent de l'evolució dels fronts de guerra. En Ciro va rebre amb esperança les notícies sobre les derrotes alemanyes, cada cop més freqüents. L'Ovilio se l'escoltava capficat i s'acusava de no ser a casa per ajudar en l'alliberament.

—Els alemanys han enganyat els soldats italians a tot arreu —els va arengar aquella nit el sacerdot fins a altes hores de la matinada—. Els nazis i Mussolini només us volen per fer-vos servir de treballadors esclaus en la construcció de noves fortificacions.

Visendaz també els va descobrir l'aparició de

focus de resistència partisana a les muntanyes del centre i del nord d'Itàlia a les zones encara controlades pels soldats alemanys i pels feixistes. A partir d'aquella revelació, l'Ovilio ja no es va poder treure del cap les ganes d'incorporar-se a aquell moviment. Què hi feia un antifeixista com ell perdent el temps en un país com Espanya?

Una setmana després, va robar una bicicleta a la porta de l'església i va fugir de Caldes. En vint-i-quatre hores va plantar-se al consolat italià de Barcelona. Quan el nou cònsol, Hierschel de Minerbi, un monàrquic acabat de nomenar, va escoltar la seva història, es va posar les mans al cap i el va convèncer que tornés enrere.

—Ara no et juguis la tornada a casa, estan a punt de repatriar-vos! —li va anunciar. I el va tornar ell mateix a Caldes en el cotxe del consolat.

Quan va presentar-se als comandants italians, el sergent Serrano ja l'esperava i el va fer conduir directament a la presó de Salt. No en va sortir fins que tres dies després el cònsol va convèncer el governador civil de Girona que en vigílies de l'expatriació, l'empresonament no tenia sentit. Bon conversador, hàbil en la dialèctica política, al cap de mitja hora de seure al seu despatx havia aconseguit que alliberés l'Ovilio.

—Com un gest humanitari amb motiu de la celebració del Corpus —li havia suggerit.

39

El dia de Corpus, el sol va tardar a sortir, el cel estava una mica entelat, però els carrers de Caldes de Malavella es van despertar radiants, engalanats per a la festa. Aquell dijous 8 de juny del 1944 hi havia banderes a totes les finestres i balcons del poble; les cases riques, incloent-hi els balnearis, havien penjat grans domassos a les façanes, que revestien de solemnitat la celebració. Els carrers principals també estaven decorats amb catifes de flors, en espera de la processó en honor del cos i la sang de Jesucrist, que havia de sortir a les sis de la tarda de l'església de Sant Esteve. A l'entorn del temple parroquial s'hi registrava una activitat excepcional des de primeríssima hora del matí. Mossèn Josep Massaguer havia dit una primera missa a les vuit. Després havia devorat un parell de panets de Viena, amb mantega i pernil dolç, que li havien pujat directament a la rectoria des de l'obrador de can Quintana. A les deu en punt, tornava a sortir de la sagristia vestit amb la casulla blanca, a punt per a la celebració de l'ofici solemne. Assegudes a primera fila l'esperaven les autoritats locals i els oficials italians, que havien volgut compartir la jornada.

Abans de la guerra, aquell era el dia que s'estrenaven els vestits d'estiu, que els més atrevits ja havien lluït una mica abans d'hora el Diumenge de Rams; però la misèria s'havia apoderat del poble i feia anys que les famílies no s'ho podien permetre. Les noies per merèixer, que havien treballat durant setmanes en els *arreglos* dels vestits d'anys anteriors, havien pres posicions a l'església des d'una hora abans de l'ofici. Els mariners, que havien rebut un permís especial per sortir dels balnearis tota la diada, s'havien clenxinat a la italiana i també hi havien acudit en massa, disposats a fer-se notar. El resultat era una nau plena com un ou: quan va arrencar la cerimònia, ja feia estona que la temperatura s'havia disparat i a l'interior del temple els feligresos havien començat a suar com condemnats.

Les dones van treure els ventalls com aquell qui desenfunda una pistola; quan va arribar la lectura de l'evangeli, els feien anar d'una manera tan compulsiva que ningú no va poder sentir les paraules del capellà. Les noies no van tardar a descobrir que podien aprofitar els ventalls per tapar-se la cara i girar-se, buscant amb la mirada els nois que els agradaven, que estaven perduts entre els centenars de mariners que col·lapsaven els últims bancs, al fons de la nau.

La primera de girar-se va ser la Rosa Corominas, que va intercanviar un somriure i una salutació descarada amb l'Adriano Montesi, que ja feia estona que aixecava la mà per saludar-la; la Rosa havia vingut expressament de Llagostera amb els seus pares, tapers d'ofici, perquè poguessin comprovar que el seu futur promès era un noi devot i formal. Gairebé al mateix moment, la Maria Vendrell va localitzar en Renato Iori i li va fer un senyal; des de l'últim banc, el noi no se n'havia adonat i tots els companys van començar a alertarlo, fent gestos escandalosos i cridant el seu nom: «Renato! Renato!». Mossèn Massaguer va sentir la remor procedent dels últims bancs i va estirar el coll per veure què passava. Llavors, des d'un lateral, l'Enzo Parisi va començar a fer petar els llavis per reclamar l'atenció de la Conxita Jovanet, que seia a segona fila, flanquejada pels seus pares, que l'havien acompanyat des de Vidreres. Tot de noies de les primeres files es van donar per al·ludides i van girar el cap per saludar els mariners que les festejaven. Al cap d'un moment ja no en quedava cap per girar-se i, quan mossèn Massaguer va aturar un moment el sermó per tornar a veure què passava, va descobrir amb absoluta perplexitat que la mitja nau davantera de l'església, ocupada per les joves del poble, estava girada d'esquena i mantenia un diàleg descarat amb la meitat posterior, on s'havien acumulat els mariners italians. La resta de feligresos assistien desconcertats a l'espectacle, que estava convertint l'església en un mercat.

El mossèn, desesperat, va donar per acabat un sermó que ja ningú no s'escoltava i va liquidar la missa solemne més curta que havia oficiat en tota la seva vida de capellà. A les onze, quan es va retirar a la sagristia, suava tant que va deixar la sotana xopa només de canviar-se. A fora, la jovenalla que li havia espatllat el sermó ballava sardanes a la plaça, fent temps per dinar; només es tocaven dues peces, perquè l'orquestra contractada, l'Iris de Salt, havia acceptat l'encàrrec només per quedar bé amb els balnearis, que els llogaven tot l'estiu per amenitzar els balls, però a la tarda estava compromesa per tocar a la processó de la capital.

Aquell dia els mariners de tots els establiments van dinar junts als menjadors del Vichy Catalán per fer més solemne la celebració de la diada. Eren prop de mil i el mossèn presidia l'àpat assegut entre els dos comandants italians. El pobre home, que s'havia descordat la sotana i ensenyava la pelussera del pit sense pudor, va haver de menjar les postres d'una volada i es va empassar d'un glop la copa d'estomacal, sense temps d'assaborir-la, com a ell li agradava.

A dos quarts de cinc l'esperaven els escolans per preparar una nova funció eucarística, aquesta per consagrar el cos de Crist que havia de presidir la processó. Abans d'aixecar-se, mossèn Josep va tornar a sermonejar els oficials que seien al seu costat:

—Mantinguin allunyats els seus homes de les dones del poble, de les solteres i de les casades! La carn és pecaminosa, però si es tracta de dona casada, és doble pecat mortal. De vostès depèn que tornin a casa amb l'ànima intacta.

Una hora més tard, quan el mossèn va baixar de l'altar i va sortir a la porta de l'església alçant la custòdia amb les dues mans, una orquestra improvisada amb músics aficionats de Caldes va tocar l'himne nacional espanyol i la gentada que s'aglomerava a la plaça es va agenollar en actitud reverent. A en Ciro no li quedava clar si se sotmetien per respecte al cos de Crist o per por de l'himne i l'actitud desafiant del sergent Serrano, que estava situat dues passes per darrere del capellà i escrutava amb mirada inquisitorial tots els moviments dels feligresos.

Quan van sentir les notes de l'himne, els alumnes de les escoles nacionals, que portaven rams de flors a les mans, es van col·locar darrere del penó parroquial i la processó es va posar en marxa: la comitiva va enfilar el carrer de Santa Maria, camí del carrer Major i la plaça del Caudillo, seu de la casa consistorial. Els seguien els membres de les congregacions religioses, els botiguers i la gent de bé de Caldes: els homes vestits de mudar; les dones amb mantellines fetes de filigranes; a continuació desfilava el poble ras. A la cua de la processó, deixant un espai entre els que el precedien i els que li anaven al darrere, mossèn Josep caminava tot sol, alçant solemnement la custòdia amb les dues mans; estirava els braços tan amunt i tan endavant com podia, per solemnitzar encara més aquell instant. Era el seu moment, era el seu dia. Totes les altres autoritats, les civils i les militars, anaven darrere seu: l'alcalde i cap local del Movimiento, els regidors, la delegada de la Sección Femenina, el sergent Serrano i el jutge de pau. No era ni rector de la parròquia, però era la primera autoritat eclesiàstica i per una vegada totes les altres autoritats quedaven relegades. Quan hi pensava caminava de puntetes per semblar més alt i s'estirava tant que semblava que levitava: allò el compensava de les rialles que havia sentit a l'església quan la cerimònia se li havia escapat de les mans.

Van portar l'Ovilio custodiat per dos guàrdies armats des de l'estació i el van alliberar a la porta del Balneari Prats just en el moment que els mariners tornaven de la plaça de l'església on s'acabava de dissoldre la processó. Quan en Ciro el va veure es va espantar: l'Ovilio era un noi prim, però ara semblava malalt.

—Fills de puta! Què t'han fet?

—A mi no m'han tocat, però no he pogut menjar res en tres dies. No m'entrava, no m'he pogut acostumar a aquell menjar podrit, que feia vomitar els que s'hi atrevien.

—Fills de puta! —va tornar a cridar en Ciro.

L'Ovilio el va fer callar.

—Això meu no és res, hauries d'haver vist com apallissen els presos de la República i com se'n riuen dels que vénen a buscar cada nit per afusellar-los. He conegut un noi de Caldes, un comunista, que es diu Lluís Domènech, i escriu un diari amb els noms de tots els que han afusellat des que ell és a la presó; també porta la comptabilitat dels dies que el turmenten fent veure que li ha arribat l'hora i que vénen a buscar-lo.

—Què vols dir?

—Abans-d'ahir em van despertar uns crits i eren els guàrdies que picaven de nit a la porta de la seva cel·la i el feien sortir. «Domènech, et toca», li van dir. El van tenir dret al passadís fins que van completar la llista; després van cridar entre rialles: «Tu no, ens hem equivocat! Ja pots tornar a dormir».

—Hem de marxar com sigui d'aquest cony de país —va cridar en Ciro.

Havent sopat, els mariners van encaminar-se al Balneari Vichy Catalán per celebrar el final de la diada del Corpus Christi amb la projecció d'una pel·lícula americana, *Ella, él y Asta*, amb William Powell i Myrna Loy; «Una divertida comèdia policíaca», havia promès el sotstinent quan els havia anunciat la sessió cinematogràfica. L'Ovilio no estava per comèdies i va decidir no sortir del Prats. En Ciro encara estava preocupat per l'aspecte denerit del seu amic i també va preferir quedar-se a fer-li companyia. Abans de retirar-se a dormir, l'Ovilio va voler saludar l'Antonio, que era a la cuina, passant en net el menú de l'endemà.

—Déu del cel! —va exclamar quan el va veure tan prim.

Es van abraçar com si fossin amics d'infància o companys de trinxera. Quan es van separar, l'Ovilio va treure forces d'algun lloc amagat i va riure com un condemnat:

—No vas deixar gaire bona escola a la presó de Salt. No havia vist mai res tan immenjable com les porqueries que hi serveixen. A aquest pas, en Franco ja no haurà d'afusellar ningú més; aviat els presos republicans hauran mort tots de fàstic i de gana.

Llavors va posar mala cara i va desviar la mirada, com si tornés a veure tots els que havia deixat tancats a la presó de Salt.

40

A Europa la guerra continuava i, a mesura que augmentava el nombre de morts, els exèrcits mobilitzaven soldats cada cop més joves. Lleves senceres de nens espantats, que sortien per primer cop de casa, sense haver fet prèviament cap instrucció, eren utilitzades com a carn de canó. Els dos bàndols necessitaven alimentar el front i havien de fixar-se per força en aquell miler de mariners que es morien d'avorriment a Caldes de Malavella, esperant que algú es decidís a facilitar-los el retorn a Itàlia. Els mariners tenien fama de rebre una formació molt qualificada; els nois de Caldes no n'eren una excepció, de manera que des del primer moment tots els contendents van cobejar-los. Feixistes i aliats —sobretot els britànics— competien entre ells, enviant emissaris que conspiraven pels passadissos dels balnearis, intentant de totes les maneres reclutar els joves mariners per a la seva causa.

Les visites es van fer cada cop més freqüents i els discursos van derivar en autèntiques arengues, perquè en aquell moment semblava que Itàlia es dessagnava en una guerra civil. Els oficials s'esforçaven per mantenir la unitat, però la tensió entre els oradors es contagiava fàcilment als mariners, que van començar a donar mostres de nerviosisme i a barallar-se. El campament de Caldes era un camp de batalla ideològic que incomodava cada cop més les autoritats provincials, temorenques que en qualsevol moment es produïssin desordres seriosos.

La notícia de les picabaralles de Caldes no va tardar a arribar als màxims jerarques de Madrid. Els franquistes no pensaven tolerar que feixistes i monàrquics italians dirimissin en públic les seves divergències; estaven orgullosos d'haver eliminat a sang i foc de la vida espanyola la llibertat i la política. Quan va veure que els mariners italians s'estaven convertint en un perill per a la pau del règim, el Generalísimo Franco va decidir, per segona vegada en pocs mesos, intervenir-hi personalment. Va ordenar una connexió telefònica amb Barcelona i va tornar a posar-se en mans del seu amic Moscardó:

—Esto no puede seguir así, general. Debes organizar sin demora un referéndum entre los italianos y averiguar con qué ejército quieren reincorporarse a la guerra. En cuanto sepamos dónde mandarlos, podremos evacuarlos y quitárnoslos de encima. Cuento contigo, Pepe.

—¿Un referéndum? —va preguntar en Moscardó, que no estava segur d'haver entès bé les ordres.

—Sí, coño, ¡una votación!

El general Moscardó va citar el governador civil de Girona a la capitania general de Barcelona i li va explicar el pla ideat per Franco.

—¿Un referéndum? —va balbucejar el governador, repenjat a la cadira. Tenia els ulls perduts cap a la finestra: una grua descarregava un vaixell de fusta. No gosava mirar directament el capità general, que semblava impacientar-se.

—¡Sí, coño, una votación! Que decidan por sí mismos adónde quieren ir.

El governador civil va citar el sergent de Caldes al Govern Civil de Girona i li va transmetre les ordres precises del capità general.

—¿Un referéndum?

—¡Sí, coño, una votación! Todos los internos podrán votar y decidir libremente si quieren volver al sur de Italia con las tropas leales al rey o si prefieren ser conducidos al norte para unirse al ejército de Mussolini.

—¡No me joda, excelencia! ¿Como unas elecciones? ¿Con urnas?

—¡Coño! ¡Un referéndum es un referéndum! Bueno, tal vez las urnas no serán necesarias. Bastará con un registro de los internos; que cada individuo anote a continuación de su nombre el destino de preferencia. Y que lo rubrique con su firma.

El sergent es va incorporar. Se sentia incòmode i suava: les ordres de Madrid sempre posaven nervioses les autoritats provincials, però allò era molt més gros. Quan anava a sortir per la porta, el governador el va retenir.

—No me falle, Serrano. Esto viene de arriba del todo...

—¿De la dirección general? —va preguntar el sergent, que començava a estar realment preocupat.

—¡De más arriba!

—¿Del ministerio?

—¡Del Generalísimo en persona! Sus órdenes deberán cumplirse a la perfección.

Quan va sortir del Govern Civil les cames encara li tremolaven. Aquell coi d'italians li acabarien causant problemes de veritat.

41

En Ciro sortia de can Quintana. Tota la tarda que havia buscat el comandant Imperiali per consultar-li si volia la llista definitiva dels votants del referèndum ordenats per vaixells de procedència o per l'allotjament que tenien a Caldes. Finalment l'havia trobat a la pastisseria, menjant galetes i jugant una partida de bridge amb els seus oficials. Van repassar les llistes damunt de la taula de joc, entre cartes de cors i piques: un cens de 978 votants; a les llistes hi faltaven prop de cinquanta homes, els que havien comès alguna indisciplina greu, que estaven presos a Miranda de Ebro i alguns malalts dels pulmons, internats en un sanatori del Montseny.

—Als malalts els recollirem nosaltres a Barcelona; de portar els presoners de Miranda de Ebro al punt des d'on ens vulguin fer sortir cap a Itàlia, que se n'ocupi l'ambaixada —va suggerir Cigala a un tinent que s'entretenia barrejant les cartes amb una habilitat molt refinada—. Confirmi que ho tenen previst.

Just quan havien enllestit les llistes del referèndum i el comandant es disposava a repartir per reiniciar la partida, van sentir la cridòria que venia del Bar Ideal, un local de l'altra banda del carrer. En Ciro va recollir les llistes, va saludar els oficials i quan va posar els peus a fora va veure tres dones que s'esbatussaven. Una duia una escombra a la mà i cridava:

—Vosaltres potser sou les mestresses del poble, però a casa meva encara mano jo! Si torneu a posar els peus a casa, us mato!

En Ciro les va separar. Va reconèixer dues familiars dels gestors dels balnearis. A la dona de l'escombra no la coneixia. Estava sufocada i es lamentava a crits:

—És que no ens deixaran mai en pau? Ja van guanyar la guerra, ja ens ho han pres tot, ja ens han empresonat els homes! Què més volen de nosaltres? Qui es pensen que són per entrar a casa a regirar-ho tot? Què m'expliquen a mi si els han desaparegut unes flassades dels balnearis!

En Ciro explicava l'escena a la Joana. Havia començat el relat enriolat, perquè l'escena de les dones enviades pels balnearis fugint espaordides, perseguides per una noia armada amb una escombra, era realment còmica. Després, quan va veure la cara de tristesa de la Joana, ell també es va posar seriós.

—A fora, a Europa, els homes es maten al camp de batalla; a Espanya les vídues dels homes assassinats a la guerra fan la vida impossible a les vídues dels republicans que van ser els seus botxins.

—No ho és pas, la vídua d'un botxí republicà, la Manela de l'Ideal. Ni ella ni el seu home no han fet mai cap mal a ningú. El seu pecat va ser enamorar-se d'un home casat, que després de la guerra va haver de fugir a França i la va deixar tota sola prenyada d'una nena. El seu crim és ser comunista i tenir una filla sense marit en un país manat pels franquistes i la gent de missa. Cada dos per tres té la Guàrdia Civil a casa amenaçant-la, però no la doblegaran fàcilment, la Manela!

—No m'ho havies dit mai, que eres partidària de la República.

—No sóc de ningú, jo, però m'agrada la Manela perquè se n'ha sabut sortir tota sola. Quan van guanyar la guerra, els franquistes van voler pelar al zero totes les dones republicanes, i abans que l'alcalde Quintana s'oposés a la mesura ella ja els havia plantat cara i els havia fet fora de casa seva. La Manela és l'única dona del poble que no s'espanta per res. És propietària de la seva vida. Hi manarà fins que es mori!

42

El cotxe vermell va aparèixer estimbat en un marge de la carretera, a tocar dels Quatre Camins. El va descobrir un mosso de can Riera, passades les vuit del matí, quan el sol ja era alt, i va córrer a avisar la parella de guàrdies civils que feien la ronda per la carretera de Vidreres. La Francesa estava estirada amb el cap enrere, lleugerament decantat cap a l'esquerra, com si a l'últim moment l'hagués volgut fer descansar sobre les dues ones perfectament pentinades que li convertien la cabellera en un núvol suau, en suspensió. Tenia la boca oberta, com si no es pogués creure que el final fos tan poca cosa: una pressió forta al pit, un ofec inesperat i l'aire que deixava d'arribar-li als pulmons.

Quan la parella de guàrdies civils va arribar amb la notícia a la caserna, el comandant Imperiali i en Ciro estaven reunits amb el sergent Serrano, fent-li entrega de les llistes amb el cens definitiu del referèndum. La conversa que van presenciar es va produir a crits:

—¡Hay una mujer muerta en el cruce de las Cuatro Carreteras! ¡Es la turista francesa del coche rojo! ¡Le han abierto el pecho a balazos!

—¡Movilice a todos los números que se encuentren en la casa cuartel! ¡Vamos para allá!

Quan s'encaminava cap a la porta, el sergent va indicar la sortida als dos italians i els va ordenar:

—Ustedes dejen las listas en la mesa, ¡ya nos ocuparemos del maldito referéndum cuando detenga al autor de este atraco!

En Ciro va córrer al balneari per donar la notícia a l'Antonio. El va trobar a la sala de quarantena, en companyia de l'Ovilio. Hi havia tot de vidres, com llàgrimes de cristall, pel terra de la sala, que feia olor de conyac, però no hi va parar atenció.

—Un assaltant ha matat la teva Francesa a la banda de les Quatre Carreteres! —va cridar mig ofegat per la correguda.

—Malaguanyada Francesa! Tanta elegància, tanta bellesa, per acabar morint amb la pitrera rebentada a trets d'escopeta.

—Com saps que li han disparat al pit?

L'Antonio no va contestar. Va sortir a fumar una cigarreta al jardí i quan l'Ovilio i en Ciro van anar a trobar-lo, el cuiner es va penedir de no haver-se sincerat amb ells.

—Jo hi era, aquest matí, quan li han disparat! —va confessar-los.

Amb l'Ovilio i en Ciro se sentia segur. Des del primer dia sabia que eren al mateix bàndol. Els mariners se'l van mirar desconcertats, però no van dir res.

—La Francesa s'havia fet de la resistència i lluitava contra els nazis al seu país. Va portar de França, fent-lo passar pel seu home, un dels maquis detinguts a la caseta del pas a nivell, un militant comunista que lluitava amb ella als boscos de Bretanya. El dia que em va regalar l'ampolla de conyac, va venir a buscar ajuda; sabia que jo era un republicà perseguit i em va demanar que li trobés algú de confiança per guiar els tres homes fins a Barcelona. Els vaig proposar en Peret de can Rabassa, que coneix com ningú els corriols de muntanya, de Caldes fins a Alella. Sort que aquella nit va acostar-se al poble i es va entretenir espiant la seva filla, perquè quan va arribar a la caseta del pas a nivell va veure la Guàrdia Civil que hi entrava. Gràcies al retard va poder fugir a temps i va venir a trobar-me.

—Què hi feies aquest matí a l'encreuament de les carreteres? —va preguntar en Ciro quan va veure que l'Antonio feia una pausa al relat per agafar aire.

—Després de la detenció, la Francesa es va posar nerviosa i em va fer arribar un missatge per demanar que ens trobéssim aquest matí. Jo m'hi he presentat molt d'hora i esperava amagat al bosc, només amb l'objectiu de dir-li que tornés a França, que aquí ja no hi podia fer res. Cap a les sis han arribat tot d'homes que semblaven policies i devien ser de Girona, perquè no n'he conegut cap. Quan ha aparegut el cotxe, s'han entravessat a la carretera. M'he pensat que la detindrien i m'he vist perdut, perquè he donat per fet que la farien parlar, però quan el cotxe s'ha parat, han començat a disparar-li. Després han marxat tan de pressa com havien arribat. Quan m'hi he acostat he vist que era morta: li han disparat totes les bales al pit, amb voluntat de destrossar-la, com si no poguessin suportar que una dona tan atractiva no estigués en el seu bàndol.

43

El referèndum es va celebrar un mes després, el 22 de juny, a la caserna de la Guàrdia Civil, habilitada com a col·legi electoral amb totes les formalitats necessàries. Des de primera hora del matí, els mariners feien cua a la rambla de Recolons, encarats a la façana del «Todo por la Patria», que estava escrit en lletres vermelles damunt de la porta. Els havien dividit en grups de cent, segons el seu allotjament, i entraven de dos en dos a la caserna. Havien condicionat un despatxet de la planta baixa, vigilat per dos agents armats que s'estaven drets amb el mosquetó a l'esquena, un a cada banda de la taula de votació. Assegut darrere de la taula, un tinent de la Guàrdia Civil vingut expressament de Girona comprovava les llistes, escoltava l'elecció dels mariners, escrivia el destí que li comunicaven i, a continuació, els feia signar al costat dels noms. Els primers d'entrar, a les vuit, van ser els que s'hostatjaven a les fondes. A dos quarts de deu van començar a votar els estadants del Balneari Soler, i al migdia els del Balneari Prats. Havent dinat, a partir de la una, van votar els hostes del Vichy Catalán; eren cap a les cinc de la tarda quan van entrar els oficials, que van ser els últims d'emetre el vot. Llavors, els membres de la comissió electoral, formada per dos oficials de l'exèrcit de terra, dos de la marina i un representant del Ministerio de la Gobernación, van fer el recompte oficial. Amb els resultats a la mà, el governador civil de Girona, que havia supervisat tot el dia les votacions des de la cantina del Balneari Prats, en companyia del coronel de la Guàrdia Civil, va donar per acabada la jornada i va informar immediatament la capitania general. Aquell mateix vespre, abans de validar oficialment els resultats i comunicar-los a l'ambaixada italiana, el general Moscardó va telefonar al Generalísimo per posar-lo al corrent:

—Misión cumplida, Paco. La jornada se ha desarrollado a la perfección. Novecientos cincuenta oficiales y marineros han decidido mantenerse leales al rey de Italia. Solo veinticinco han votado por unirse a nuestro amigo Mussolini.

—¡Italia no es lo que era, Pepe! Esos han visto que Alemania está perdiendo la guerra.

—Quedan tres que han votado quedarse en Caldas: al parecer se han comprometido formalmente con tres muchachas españolas y piden permiso para casarse.

—Esos italianos siempre han sido poco de fiar, flojos de entrepierna.

A última hora, la Maria Vendrell va passar per can Bardala amb les darreres novetats del referèndum.

—Diuen que la majoria han votat tornar amb el rei; només una vintena han votat a favor de Mussolini i els deixaran marxar a la Itàlia del nord... —va explicar fredament, com si llegís el *parte*.

Després els ulls se li van il·luminar i es va dirigir directament a la Joana:

—N'hi ha tres que han votat quedar-se a Caldes!

Les dues amigues es van abraçar. Feia dies que dormien malament, turmentades pels rumors que parlaven d'un retorn imminent dels mariners a Itàlia. El referèndum confirmava les seves sospites, el final s'aproximava; però la Maria tenia raons per estar esperançada.

—Diu que els oficials faran els ulls grossos amb aquells que es comprometin formalment a casar-se; qui vulgui podrà quedar-se, ja trobaran la manera de maquillar les llistes. El meu Renato ha decidit parlar amb els meus pares: té permís dels oficials, el mossèn també ha decidit avalar-lo i li han promès feina a l'embotelladora del Vichy Catalán.

La Joana la va veure sortir i va sentir enveja. Va treure's el davantal, va obrir la porta i es va encaminar cap a l'estenedor, a plegar la roba, per si a última hora en Ciro encara passava a recollir la bugada i comentar les novetats de la votació.

A aquella hora, els mariners ja coneixien el resultat i observaven amb prevenció els vint-i-cinc companys que havien votat a favor de tornar a la Itàlia de Mussolini. Després de passar pels hotels a recollir les coses, s'havien començat a reagrupar en formació davant del casino, per acomiadar-se dels oficials. Esperaven un autobús que els havia de portar aquell mateix vespre a l'Hotel del Centro de Girona, amb la promesa que l'endemà ja serien a la Jonquera, sota custòdia dels oficials alemanys, que controlaven la frontera francesa i s'havien d'encarregar del trasllat al nord d'Itàlia.

Si hagués sigut a la porta del casino, l'Ovilio els hauria insultat amb ganes, però el comandant Imperiali l'havia arrestat i es disposava a passar la nit al celler del Balneari Soler. No havia pogut convèncer el noi de l'habitació veïna dels perills que corria posant-se al servei de Mussolini i la seva República Social. El mariner no simpatitzava amb els feixistes, però volia tornar a casa i era d'un poble del nord, a tocar de San Remo. Per fer-lo entrar en raó, l'Ovilio l'havia insultat:

—Feixista de merda! De veritat lluitaràs a favor dels alemanys que ens van bombardejar? No tens pietat pels companys que van morir a l'Asinara? No recordes el que ens va advertir mossèn Visendaz? T'utilitzaran com a esclau per treballar per als nazis.

El sergent Serrano, que va ser testimoni de la discussió, va deduir de què anava i es va queixar als oficials italians. No podien tolerar aquelles mostres d'indisciplina, sobretot en un dia tan solemne i en presència de les més altes autoritats espanyoles.

—Arresteu en Lombardi al soterrani, demà es despertarà més tranquil —va ordenar el comandant Imperiali.

Quan es va trobar sol, en Ciro va perdre les ganes d'anar de festa. Aquell vespre tampoc no sabia què dir a la Joana i va preferir sortir a caminar pel camí Vell de Vidreres. Una mica més enllà de can Riera, va seure en un marge. Sentia una aprensió que ja havia sentit altres vegades; era un malestar familiar que el perseguia sovint, sobretot quan havia de prendre decisions arriscades. La gent de la seva classe tenia poques oportunitats i no podia equivocar-se. Va fer una mirada circular i allà on poques setmanes abans hi havia camps de blat verds i ufanosos, ara només hi havia rostolls. La terra estava esgotada. Havia donat tot el que tenia i ja no semblava en condicions de fer créixer mai més res. Fins i tot les cigales havien interromput el seu concert monòton i els camps havien quedat en silenci, com morts. En Ciro va tancar els ulls i per uns instants aquell silenci li va semblar agradable, familiar. Li recordava les migdiades a la seva cambra de Nàpols quan, havent dinat, els veïns es tancaven a les cases; quan les veus del carrer callaven, tota la ciutat s'endormiscava.

Quan les cigales van tornar a cantar, va obrir els ulls i els rostolls encara li van semblar més ressecs, més erms. Aquella era definitivament una terra exhausta, que ja no li podia alimentar cap esperança. I va saber que havia arribat l'hora de tornar a casa.

A l'estenedor, l'aire encara era calent, la nit s'intuïa agradable; el sol acabava d'amagar-se darrere del Montseny, però el dia no volia acomiadar-se. La Joana no es decidia a recollir la roba. Respirava a fons i esperava. Ella també sentia aquella maleïda punxada d'angoixa que la mantenia sempre alerta. No sabia d'on li venia. Ningú no li havia explicat que ja havia nascut amb aquella esgarrifança, perquè els desheretats neixen amb la derrota gravada a l'ànima i no poden fer res per deslliurar-se'n.

De baix, del poble, en pujava la música llunyana d'un disc que algú acabava de posar al casino. Els mariners devien celebrar els resultats de la votació, confiats que finalment estaven a punt de tornar a casa. La guitarra del gramòfon va pujar de to i va posar un nus a l'estómac de la noia, que s'havia posat a ballar tota sola, just quan una veu trencada, femenina, començava a cantar: «Qué bonitos ojos tienes / debajo de esas dos cejas, / debajo de esas dos cejas / qué bonitos ojos tienes. / Ellos me quieren mirar, / pero si tú no los dejas, / pero si tú no los dejas / ni siquiera parpadear».

La Joana donava voltes lentament, amb els braços tirats endavant, intentant inútilment abraçar l'aire. Girava i girava entre els llençols estesos, que voleiaven empesos per un vent suau que s'havia aixecat just abans de la posta de sol. Llavors ella també es va posar a cantar: «Si por pobre me desprecias, / yo te concedo razón, / yo te concedo razón, / si por pobre me desprecias. / Yo no te ofrezco riquezas, / te ofrezco mi corazón, / te ofrezco mi corazón / a cambio de mi pobreza». Va tancar els ulls i una llàgrima desesperada li va regalimar galta avall. «Malagueña salerosa, / besar tus labios quisiera», va seguir cantant cada cop amb veu més alta. «Besar tus labios quisiera, / malagueña salerosa, / y decirte niña hermosa». Es va sentir marejada i una arcada li va pujar del fons de les entranyes, que des de feia dies sentia trasbalsades. Va fer el cor fort: no estava disposada a rendir-se sense plantar cara; si no lluitava, no podria engendrar cap esperança. Llavors, les llàgrimes se li van descontrolar i va estrènyer fort els braços contra la panxa, però va seguir ballant, donant voltes tota sola a l'estenedor, entre els llençols i les camises blaves dels mariners, mentre els acords de guitarra de «Malagueña» travessaven el cel de Caldes com un punyal dolç i cruel a la vegada.

44

—M'han dit que tornes a córrer pel safareig públic i per la carnisseria de can Bardala.

—Ja sap que hi porto a rentar la roba d'un grup de mariners i sotsoficials del primer pis del Balneari Prats —va defensar-se en Ciro.

—Et vaig dir que no toleraria més embolics! Ja he tingut prou baralles amb les autoritats per culpa de les putes i dels amos dels hotels. Només em falta que em gireu en contra els homes del poble!

En Ciro es temia una nova estada incomunicada al celler del Balneari Soler i va intentar balbucejar alguna cosa. El comandant el va fer callar. Va acaronar el seu gos Nevoso i va ordenar:

—Per l'amor de Déu, sigues més discret! I si t'estàs plantejant alguna cosa seriosa com aquells tres que es volen quedar a Caldes per casar-se, pensa-t'hi bé: diuen que la teva noia està casada i té criatures, no et convé. I ara corre al camp de la

Granja, que t'esperen per al partit. I deixa ben alt el pavelló de la Regia Marina.

En Ciro va arribar a la Granja esbufegant i es va dirigir directament al centre del camp de futbol; els altres ja l'esperaven. Estaven suats, mig estabornits pel sol, però encara conservaven un posat fatxenda, com si s'esperessin per entrar al ball. Vestien samarretes blau marí, molt tibades, sobre uns pectorals exagerats pels anys d'instrucció a la marina; els pantalons eren foscos i les mitges, tricolors. Els que feien de davanters s'havien ajupit al centre del grup, amb les cames i el tors de perfil, però amb la cara de front, mirant la càmera. La resta es van mantenir drets, fent mitja circumferència al seu voltant, i es van passar els braços per darrere, per agafar-se de la cintura. El que feia de porter va rebre en Ciro amb un somriure maliciós i li va ventar un cop de colze.

—Mira qui ha vingut —li va dir, ensenyant totes les dents.

En Ciro es va girar cap al lateral del camp i va veure la Joana, amb el vestit blau amb coll de puntes blanques, el mateix que duia el primer dia que l'havia anat a trobar a la botiga de can Bardala. El vestit se li arrapava al cos i li marcava les cames llargues i els pits rodons, tibats, que des d'aquell primer dia l'havien tornat boig. La Joana li va fer un gest discret amb la mà i ell li va tornar una mirada golafre. Al costat de la noia, l'Ovilio, que era més de mirar els partits des de la banda que no pas de jugar-los, també va aixecar la mà per saludar-lo. Un parell de jugadors del seu equip miraven descaradament cap a la Joana i quan ell els va enxampar van dissimular dirigint ràpidament la mirada cap a una altra banda.

Valga'm Déu, com els agradava a tots aquella noia! Des del centre del camp, en Ciro se la va tornar a mirar i li va pujar al cap un pensament fugisser: li agradaria endur-se-la amb ell a Itàlia? La Joana li havia fet oblidar la Francesca de Biassa, però n'estava realment enamorat? De fet, ara que hi pensava, ella tampoc no li havia dit mai que n'estigués enamorada.

Tenia clar que no era qüestió de quedar-se a Caldes com planejaven en Iori, en Montesi i en Parisi, que en el referèndum s'havien negat a triar entre el rei i Mussolini i havien acabat votant per quedar-se a Espanya. Tots tres planejaven casar-se amb les noies que havien enamorat a Caldes, a Llagostera i a Vidreres. Fins i tot l'Italo Pizzo havia parlat un dia de quedar-se amb la Francisca, la guardabarreres del pas a nivell de Riudellots, i això que no n'estava pas enamorat; només li estava agraït per la companyia i pensava que a Caldes potser hi tindria un futur millor que el que podia esperar-lo en un país en guerra com Itàlia. En

Ciro havia votat amb la majoria per tornar a la Itàlia del sud, la que controlaven el rei i els aliats. No s'hi veia, a l'Espanya de Franco, ell que era fill d'un home que havien desterrat a Nàpols precisament per la seva oposició als feixistes.

El referèndum era el senyal que no tardarien a repatriar-los. Els vint-i-cinc mariners que havien votat per reunir-se amb l'exèrcit de Mussolini a la República de Salò havien dormit a Girona i havien marxat aquell mateix matí per carretera en direcció a la frontera francesa. Què podia fer ell sinó marxar, quan arribés el tren que se'ls enduria per sempre del refugi plàcid que havien tingut a Caldes de Malavella aquells darrers mesos? Com l'Ovilio, ell també volia sentir-se útil i lluitar per accelerar el final de la guerra.

El crit del fotògraf el va rescatar de les seves cabòries:

—Tutti a posto!

El porter tenia els guants a la mà i li va passar el braç per damunt de l'espatlla. Els davanters es van passar instintivament la mà pels cabells, acabats de clenxinar, i van somriure a la càmera. Llavors, el fotògraf va disparar i va immortalitzar l'explosió d'alegria dels jugadors italians, que comptaven els dies que els faltaven per tornar a casa. I, just al centre de la imatge, va retratar per a la posteritat la mirada tranquil·la d'en Ciro Sannino, que també desafiava la càmera amb un somriure decidit: no, no podia quedar-se a Caldes, ni tampoc li podia proposar a la noia de marxar junts a Nàpols: la Joana tenia dues criatures i no les podien deixar soles a Caldes ni se les podien endur a Itàlia. La seva història havia arribat al final.

45

L'últim vespre, abans de pujar a l'habitació, en Ciro es va acostar a la cuina a acomiadar-se de l'Antonio. El va trobar un cop més assegut amb l'Ovilio a la sala de quarantena; tenien una ampolla de vi dels oficials damunt de la taula i semblaven molt animats. En Ciro portava les últimes notícies confidencials que aconseguia al lloc privilegiat que ocupava al costat del comandant Cigala des que l'havien encarregat de les qüestions organitzatives del referèndum.

—Busquen l'assassí de la Francesa entre els contactes del maquis al poble. Pensen que potser un grup de ressagats s'havia de posar en contacte amb els homes de la caseta i que ara han quedat aïllats per aquests boscos. Potser tu i el teu amic de can Rabassa hauríeu d'amagar-vos uns quants mesos; encara us acabaran encolomant la morta.

L'Antonio va aixecar les espatlles, donant a entendre que en aquell punt no podia canviar de vida. Li va oferir un got de vi. En Ciro va rebutjar-lo amb un gran somriure i va abraçar el cuiner. Després va acomiadar-se de l'Ovilio amb un cop de cap i es va dirigir cap a la porta.

—Ens veiem a dalt —li va dir.

Quan ja estava a punt de sortir de la sala de quarantena, es va aturar i es va girar novament cap a l'Antonio.

—Un ocellet m'ha dit que busquen un collaret de maragdes verdes que ha desaparegut de l'equipatge de la Francesa.

—Un collaret com aquest salvaria de la misèria moltes famílies destrossades pels feixistes —va dir l'Antonio clavant la mirada a terra.

46

En Ciro es va girar una darrera vegada cap a les decoracions morisques de la portalada que l'havien fet somiar en *Les mil i una nits* aquella matinada de gener quan van arribar per primer cop a Caldes de Malavella. La comitiva s'acabava de posar en marxa des de l'esplanada del Vichy Catalán. A banda i banda de la carretera hi havia gent que els aclamava. A dos quarts de dues en punt d'aquell 5 de juliol el sol feia una calor espantosa. Mentre desfilaven va admirar un cop més les dues fileres de plàtans tendres i majestuosos que flanquejaven els cinc-cents metres de l'avinguda de l'estació: algunes fulles ja groguejaven, però l'altura dels arbres començava a ser extraordinària i l'ombra que feien era fresca; a aquella primera hora de la tarda resultava agradable.

La nit de gener que havien arribat, congelats, vestits només amb els uniformes d'estiu que els havia procurat la marina espanyola, els plàtans estaven despullats, però les seves capçades joves ja es veien enormes i havien estat el primer senyal que havien anat a parar en un lloc més elegant que la zona militar del port de Maó. Els darrers sis mesos ho havien confirmat: mentre Europa es dessagnava en una guerra inacabable, aquella vila balneària els havia proporcionat un oasi bonic, segur i prou confortable.

Quan la formació dels mariners italians va arribar a l'estació, el sergent Serrano i un grup d'agents de la Guàrdia Civil desplaçats des dels pobles de la rodalia van tenir feina a obrir-los un passadís i fer-los desfilar entre la gentada descontrolada, que havia ocupat tota l'esplanada. La gent semblava embogida; aplaudien i cridaven visques entusiasmats a Itàlia. Hi havia tot el poble: l'alcalde, els regidors, el jutge de pau, el mossèn, la delegada de la Sección Femenina, el mestre, els administradors dels balnearis, els botiguers enriquits per les mesades dels italians, els pagesos que els havien alimentat a canvi de feina. I també les dones que havien sospirat per aquell estol de joves enamoradissos, víctimes de la nostàlgia que els causava l'allunyament de la família. La mainada corria d'una banda a l'altra amb l'entusiasme d'estar vivint unes hores extraordinàries, fora del control dels grans, que només estaven pendents del comiat.

La Quimeta va aconseguir introduir-se al passadís dels que desfilaven just quan ja es preparaven per entrar a l'andana. Es va penjar del coll de l'Ovilio i li va cridar a l'orella:

—Perquè no m'oblidis! Ahir vaig baixar a Girona a buscar-la.

Li va fer un darrer petó a la galta i li va entregar una còpia de la foto que s'havien fet el dia que havien baixat a Girona a veure la corrida. Se'ls veia riallers i feliços, a la coberta d'un vaixell molt luxós: ella asseguda en una gandula de fusta amb un clavell vermell a l'orella i un ram sencer, també de clavells, a la falda; ell, agenollat al seu costat, li agafava la mà. Al seu darrere, drets, però en segon pla, en Ciro i la Joana es menjaven amb els ulls, però tenien un punt de tristesa a la mirada.

—Espera, que t'hi escric l'adreça. Pobre de tu que no m'enviïs una carta cada setmana! —va dir quan la comitiva començava a entrar a la zona tancada.

L'Ovilio es va guardar la foto a la cartera i va posar una margarida blanca a l'orella de la noia; la portava a la mà des de la portalada del balneari. Li va somriure i es va posar a córrer per atrapar els altres. Per entrar a l'estació va haver d'esperar que el sergent de la Guàrdia Civil li cedís el pas.

—Spero che tu marcisca all'inferno, fascista! —va escopir-li a la cara quan finalment va posar els peus a l'andana.

Un tren llarguíssim, amb vint-i-vuit vagons de

mercaderies destinats als mariners i dos cotxes de passatgers reservats als oficials, s'esperava amb la caldera encesa, a punt per atendre l'ordre de partida. L'andana estava alliberada de les piles de calaixos de les cases embotelladores d'aigua mineral, que la tarda abans els operaris havien retirat amb diligència. Els vagons estaven recoberts de domassos verds i al damunt les autoritats hi havien fet penjar rètols de fons blanc amb inscripcions de lletres vermelles molt ben treballades: «¡Arriba España!», «¡Viva Italia!», «¡Viva la Marina!». De la màquina en penjaven dues grans banderes italianes, una a cada banda.

Quan finalment els mariners van poder pujar al tren, les dones que eren a primera fila de l'esplanada van decidir acostar-s'hi i van fer tornar boig el sergent, que no va trobar la manera de frenar-les. Al cap de poc ja havien envaït l'andana per donar un últim adéu com calia a aquell miler de joves que els havien revolucionat el poble i que a estones els havien ajudat a somiar malgrat la crueltat insuportable de la postguerra. Algunes ploraven indissimuladament; els seus homes, drets al seu costat, les miraven avergonyits.

Al bell mig de la primera fila hi destacava el grup dels tres italians que es quedaven a terra: en Iori, en Montesi i en Parisi havien formalitzat els prometatges amb la Maria Vendrell, la Rosa Corominas i la Conxita Jovanet i eren els únics que havien estat autoritzats a quedar-se. S'estaven drets al bell mig de la gent de Caldes, mirant amb emoció els companys que partien, però també feliços i amb la cara vermella com un pebrot per les moixaines que els feien les xicotes. En Ciro va pensar que feia estrany veure'ls allà baix, a l'altra banda, amb *els altres*; per a aquells tres, la guerra s'havia acabat. Va preguntar-se si no es penediria de no haver-los imitat. La guerra de sentiments que lliurava era desigual: sentia un punt de nostàlgia per la partida, però sobretot tenia pessigolles a l'estómac i al cervell pensant en la tornada a casa.

Un moviment al seu darrere el va distreure de les cabòries. L'Ovilio li tocava el colze i li assenyalava amb els ulls dos dels companys que havien saltat a l'altra banda del tren i s'allunyaven reptant al cantó de les vies, en direcció als camps de blat de moro. Es van posar en alerta quan van descobrir al seu costat el comandant Imperiali, que també havia vist els que fugien, però es van tranquil·litzar en advertir que es mirava l'escena amb un somriure murri als llavis i van entendre que no pensava delatar-los.

En Ciro també va fer un somriure burleta quan va penjar-se de l'estrep i va veure l'Italo Pizzo que es deixava anar dels braços de la guardabarreres de Riudellots, que es desesperava veient que se li escapava la darrera oportunitat de retenir-lo. Quan va ser dalt del vagó, en Pizzo va tornar a allargar una mà cap a la noia i amb els llavis li enviava petons, que bufava entre rialles; però el seu cap ja feia hores que només pensava en la Carla, la seva antiga xicota que l'esperava a San Remo.

L'Ovilio també s'havia penjat a l'estrep i buscava la Quimeta, que havia desaparegut de cop entre les cames dels que cridaven i aplaudien: buscava la margarida blanca que l'Ovilio li havia posat a l'orella; amb tot l'enrenou li havia caigut a terra. Quan va descobrir la flor, trepitjada pels peus dels que s'aglomeraven a l'andana, va renegar i la va tornar a llençar a terra amb ràbia. Es va reincorporar i va veure que l'Ovilio movia desesperadament els braços per cridar la seva atenció. En Ciro, en canvi, tenia una expressió desconcertada, feia estona que repassava una a una les noies de l'andana, estranyat de no veure-hi la dona que esperava. Potser s'havia quedat bloquejada a l'esplanada de fora? La va descobrir a última hora, una mica apartada, cap a la banda de la cantina. La Joana estava recolzada a l'ombra d'un anunci d'aigua mineral, amb la Mercè i en Feliu agafats de la mà. En Ciro li va somriure i va agitar alegrement els dos braços. Per darrere seu, l'Ovilio encara aixecava una mà cap a la Quimeta, però ho feia de manera més tímida, un xic nerviosa, i semblava cada cop més afectat, perquè tenia els ulls plens de llàgrimes; amb l'altra mà, es tocava la cartera, per assegurar-se que la foto que li acabava de regalar la cosidora de Vidreres seguia a lloc: s'enduia un tresor i no podia perdre'l.

Quan la màquina va arrencar, un núvol de mocadors blancs es va aixecar entre el públic i va voleiar amb entusiasme per donar l'últim adéu a una convivència que s'acabava de forma tan inesperada com havia començat. Des de tots els vagons, els mariners s'abocaven cap a fora, per mirar enrere i acomiadar amb agraïment tota aquella gent que els havia acollit com si fossin de la família. Però el tren començava a agafar velocitat i no distingien el mar de llàgrimes que inundava l'esplanada.

En Ciro, que seguia penjat de l'estrep del vagó, va aixecar un darrer cop els braços cap a la banda de la cantina on la Joana havia deixat de les mans la Mercè i en Feliu. A mesura que s'allunyaven, la figura se li va anar fent petita i ja no va poder veure que es tocava la panxa amb delicadesa, amb les dues mans.

47

La Joana va llevar-se de clar. Sense roba per rentar, era la primera vegada en sis mesos que podia aixecar-se tan tard i se sentia estranya. Va entrar a la cuina a rentar-se. La calorada de la tarda anterior a l'estació l'havia deixada morta; últimament perdia les forces amb facilitat. Mentre bevia un got d'aigua va pensar que hauria de buscar un parell de cases per treballar-hi a hores, abans d'entrar cada dia a les vuit a can Bardala. Va enfonsar el cap sencer a la palangana i es va rentar el coll i la cara. Encabat, amb la tovallola lligada al cap, va allargar els braços i va baixar la llauna d'olives que tenia a l'ampit de la finestra: tres plançons encara molt tendres de clavell de poeta obrien les primeres fulles d'un verd vivíssim; va regar-los amb mig got d'aigua i va treure la llauna a fora de la finestra, per aprofitar el sol que entrava tímidament de llevant, de l'altra banda de la riera. Aquell estiu encara no floririen però estava disposada a esperar un any sencer. Amb el sol de cara no va veure arribar la papallona, que era majestuosa, d'ales ratllades de groc i negre, i que va volar un parell de vegades per damunt del test sense arribar a posar-se damunt de les plantes. Semblava decebuda que no hi hagués cap flor per xuclar i va marxar volant riera amunt, fins més enllà del safareig i dels estenedors. La Joana es va quedar mirant com marxava. Va pensar que era enorme, segurament una reina, potser la mateixa que havien vist als marges de l'hort d'en Surroca, aquell dia que s'havien estassat damunt del llistó per veure passar els núvols i menjar maduixes. Es va tocar delicadament la panxa, va tancar els ulls i va somriure.

A aquella hora, el tren avançava lentament enmig d'un desert pedregós, camí de Saragossa. El comboi ja només s'aturava per proveir-se d'aigua i de carbó, però es desplaçaven a un ritme desesperant i els mariners s'inquietaven, perquè encara ningú no els aclaria cap on els portaven ni quan tenien previst arribar-hi.

La tarda abans, només d'arribar a l'estació havien vist amb un punt de sorpresa que la locomotora no estava orientada cap al nord, en direcció a la frontera francesa, sinó cap al sud, i només en aquell moment van entendre que la tornada a casa no seria tan ràpida com desitjaven. Amb tot, quan el maquinista va deixar anar un xiulet sostingut i va arrencar el tren, els mariners van esclatar en un aplaudiment que es va barrejar amb els crits de la gent del poble que els aclamava. Només quan l'estació de Caldes de Malavella va quedar enrere, la tropa va recuperar la calma. Llavors els oficials van recordar-los que la frontera hispanofrancesa encara estava controlada pels alemanys i van donar per fet que el tren es dirigiria cap a un port del sud d'Espanya, des d'on embarcarien cap a Itàlia.

—Per mar, una tornada com Déu mana! —va aplaudir en Ciro en veu alta.

Quatre o cinc hores més tard, quan el sol ja s'amagava, tot just havien arribat a l'estació de França de Barcelona, on van ser rebuts pels nens i nenes de la colònia italiana, que feien voleiar els seus mocadors. També els esperaven els que s'havien tractat de malalties pulmonars en un centre especialitzat del Montseny, que semblaven encara més feliços que els seus camarades, perquè a la muntanya s'havien trobat molt sols i s'havien enyorat com mainada. En Ciro i l'Ovilio s'havien endormiscat poc després que el tren s'hagués tornat a posar en marxa i la sortida del sol els havia despertat enmig d'un paisatge desolat, una mica després de l'estació de Lleida.

Amb el sol de migdia, van deixar enrere Saragossa i, avançada la segona nit, van entrar a Madrid, on l'ambaixada italiana els havia preparat una bossa de provisions una mica escassa, però que va servir als mariners per descobrir una fruita de color groc, llarga i fàcil de pelar, que van trobar boníssima: els plàtans de Canàries. També van recollir un grup de presoners que venien del camp de concentració de Miranda de Ebro, que no semblaven haver passat gaires penalitats: la majoria eren feixistes i els carcellers espanyols els havien tractat amb deferència i els havien acollit a les seves pròpies dependències, com a convidats. Abans de reprendre la marxa cap al sud d'Espanya, va aparèixer a l'estació la dona del cònsol italià, la marquesa Marika Guglielmi, que es va passejar com una vedet repartint somriures i paquets de cigarretes americanes per tots els vagons.

Més avall de Madrid, el paisatge era cada cop més sec. Els italians descobrien una Espanya rural que els semblava més pobra que la que havien compartit tots aquells mesos. De dia, la calor era infernal. Estaven tots bruts, suats i deshidratats i a les parades es barallaven per llançar-se sota els dipòsits que carregaven d'aigua la locomotora, entre les rialles dels operaris espanyols, que es divertien ruixant-los.

La matinada del 7 de juliol van passar per Còrdova: el tren encara anava més lent que els dies anteriors, de manera que els mariners van començar a témer que no arribarien a la seva destinació i que no tornarien mai més a casa. Però aquell mateix dia, a última hora de la tarda, quan el sol començava a amagar-se, van tenir una sorpresa agradable: el mar s'obria immens davant dels seus ulls, com un regal esperat des de feia una eternitat. Quan entraven al port d'Algesires, van respirar l'aire salat per primer cop en set mesos i se'n van omplir els pulmons. Des del tren mateix, en Ciro va ser el primer de reconèixer un dels vaixells amarrat al moll exterior del port, el creuer italià *Duca d'Aosta*. El recordava molt bé perquè l'havia admirat navegant al costat del *Roma* aquell fatídic 9 de setembre, encara no feia un any, quan la flota italiana havia fet mitja volta just a l'entrada de les boques de Bonifacio, després de descobrir que la base de La Maddalena acabava de ser ocupada pels alemanys.

El mar els va posar de bon humor i la nau de guerra italiana els va fer sentir més a prop de la pàtria. L'Ovilio, que a la partida de Caldes s'havia mostrat sorrut, ara semblava el més eufòric. Però encara van haver d'esperar hores per pujar a bord i fins a l'alba no van completar l'embarcament de tots els homes que havien de ser repatriats.

Quan finalment el *Duca d'Aosta* va maniobrar per separar-se del moll, va posar punt final a l'aventura espanyola dels supervivents del *Roma*, que havia d'haver durat vint-i-quatre hores i s'havia acabat perllongant durant més de deu mesos.

48

La vista de la costa sarda va revolucionar els mariners: a la coberta del *Duca d'Aosta* respiraven la mateixa salabror de Maó i d'Algesires, però ara sentien que respiraven aire italià. Tots els homes s'havien reunit a proa, amb la mirada clavada en les muntanyes que s'insinuaven al seu davant; cada minut que passava s'acostaven més a casa i aquesta vegada començaven a creure's que era veritat. En Ciro i l'Ovilio tornaven a parlar de què farien quan acabés la guerra, convençuts que el moment estava a punt d'arribar. L'Ovilio deia que volia aprofitar el seu pas per la ràdio del *Roma* per buscar feina al Ministeri de Defensa. En Ciro no deia res. S'abocava per la borda i mirava els blancalls que aixecava el *Duca d'Aosta*, que navegava a tota velocitat. Va estar encara una estona amb el cap penjat fora la borda, després es va incorporar i es va posar seriós.

—Ja no podria viure sense el mar. Definitivament no pararé fins a ser capità de la marina mercant. Anem a babord —va proposar llavors per sorpresa—. Si poséssim proa al nord, en poques hores seríem al golf d'Asinara.

En Ciro i l'Ovilio es van posar ferms, encarats cap a Sardenya, i van pujar la mà a la templa, en posició de salutació militar; acabaven d'adonar-se que es trobaven en el punt del trajecte més proper a l'escenari de la tragèdia del *Roma*. Alguns mariners, que van comprendre la intenció del seu gest, van acostar-s'hi i van imitar-los. La notícia va córrer per tot el vaixell i al cap d'una estona el capità va tenir un ensurt perquè, de cop, el *Duca d'Aosta* va escorar cap a babord. Va treure el cap fora del pont de comandament i el cor se li va desbocar: el miler de mariners que havia recollit a Algesires s'havien congregat a coberta, de cara a l'Asinara, i saludaven militarment. Quan va entendre el que passava, va disminuir la velocitat i va ordenar al seu segon que fes sonar la sirena en homenatge als mil tres-cents mariners italians arrossegats pel *Roma* al fons del mar aquell fatídic 9 de setembre. Aviat faria un any.

49

Abril del 1964. Vint anys després,
a les costes de Sardenya

Aquell era el seu primer viatge com a capità. El *Nicoletta* havia carregat a Messina maquinària agrícola, tractors i peces de recanvi, i també vaixelles de terrissa, galledes de plàstic i conserves en llauna, que havien descarregat a Bengasi i a Trípoli. De tornada havien transportat bidons de petroli fins a Carloforte, a l'illa sarda de San Pietro, i encara havien de descarregar una partida de fardells de pells sense tractar que estaven destinades al port de Liorna. Va començar a remuntar la costa occidental de Sardenya més nerviós que en cap altre moment del trajecte, i, quan va sobrepassar el port de l'Alguer, va agafar els prismàtics per escrutar proa enllà, cap al nord, i no els va deixar fins que va descobrir el paisatge pelat de la Punta dello Scorno.

Quan van doblar la punta nord de l'illa de Sardenya, van trobar de cara el gregal que es despertava a la badia d'Asinara. Llavors el capità Ciro Sannino va ordenar als tripulants que es posessin en posició, va reduir la velocitat al mínim, gairebé fins a aturar el vaixell, i va fer sonar la sirena. Tot seguit, va sortir a la coberta d'estribord i va saludar militarment, amb la mirada perduda en aquell braç de mar que separava les illes de Còrsega i Sardenya. Dos dels seus homes li van entregar la corona de flors que havien encarregat a San Pietro i ell la va llançar al mar, per damunt de la borda. Després, va dirigir una oració per l'ànima de les víctimes del naufragi.

El gregal va endur-se la corona de flors mar enllà, entre els blancalls de les ones que es trencaven. Es trobaven al punt exacte on les dues bombes llançades pel bombarder alemany havien encertat de ple el *Roma* i havien causat la deflagració del dipòsit de municions de les bateries de proa. Havia reviscut mil vegades aquella escena. Va recordar un cop més les dues meitats del vaixell que s'enfonsaven i es va tornar a sentir sol enmig del mar, intentant allunyar-se per por que es formessin remolins, nedant fins a l'extenuació. Dret a la coberta del *Nicoletta* va sentir que les forces l'abandonaven: no es notava les cames, trobava a faltar l'aire i es va veure mort, com si aquell 9 de setembre del 1943 les barcasses del *Fuciliere* no l'haguessin vingut a rescatar.

Quan la corona es va perdre mar enllà, va treure la foto de la cartera. Des d'un balcó, cinc nois miraven cap a baix, cap a la càmera, i es passaven el braç per damunt de l'espatlla: l'Ovilio, en Santo, en Gavino, el Poeta i ell mateix reien plens de vida al balcó d'A Cabannetta de Cianderlin, aquella tarda que es pensaven que la guerra no els podia fer cap mal. Va recordar especialment en Gavino, que si s'hagués tirat a l'aigua i s'hagués salvat, a aquella hora del matí estaria traient el peix de les xarxes acabades de llevar en aquelles mateixes aigües. També va enyorar en Santo, que havia descobert massa tard que la guerra que tant desitjava s'havia convertit en un infern en aquell mar que ara semblava tan plàcid. I el Poeta, que no havia pogut convertir-se en el primer universitari de Biassa. Va tornar a guardar la foto a la cartera i va pensar que quan arribessin a port havia de trucar a l'Ovilio a Roma i havien de quedar.

I des d'aquell dia, sempre més que va navegar per aigües de l'Asinara, el capità de la marina mercant italiana Ciro Sannino va reduir la velocitat de les naus que comandava, va fer sonar la sirena i va dir una oració per l'ànima dels mil trescents companys caiguts en el naufragi del *Roma*.

Sobretot per en Gavino, en Santo i el Poeta, que havien descobert massa tard que aquella maleïda tarda del 9 de setembre del 1943, al golf de l'Asinara, Déu havia deixat de ser immortal. O potser, simplement, no combatia al seu bàndol.

Quarta part

LA FAMÍLIA ITALIANA

I

Gènova,
27-29 de juliol del 2017

Va sonar el telèfon i va despenjar la Gabriella, que s'havia acostat al pis a regar les plantes, perquè nosaltres estàvem de vacances a l'Emília-Romanya. Telefonaven des de Catalunya, d'un poble anomenat Caldes de Malavella, i demanaven per en Ciro, per alguna cosa relacionada amb els supervivents del *Roma*. La meva néta els va informar que no tornaríem a Gènova fins a finals d'estiu i els va donar el número del mòbil, per si ens volien telefonar a Coriano, a la petita casa de camp de la meva família. Van trucar aquell mateix dia i vaig despenjar jo mateixa, però no vaig entendre gaire res, només que era una tal Adela que buscava en Ciro. Li vaig passar el *telefonino* al meu home, que va fer esforços inútils per entendre aquella dona, que només parlava espanyol. Ell tampoc no s'aclaria, però mirava de ser amable i anava repetint:

—Claro, claro.

Es veu que la dona li estava dient que tenia un fill a Caldes de Malavella i el pobre Ciro es limitava a contestar:

—Claro, claro.

Després d'aquella primera telefonada, la dona trucava cada dia, a totes hores. Devia ser una veïna desvagada, que s'havia agafat la història com una aventura, com un entreteniment. Trucava a les deu del vespre, a mitjanit, a totes hores. Finalment vam entendre que hi havia un matrimoni que volia conèixer en Ciro, per parlar de l'epopeia espanyola dels supervivents del *Roma*, i, és clar, vam acceptar de rebre'ls, de bon grat. La dona, la tal Adela, no donava treva: vinga trucar i vinga insistir que quan vinguessin aquestes dues persones —en Mateu i la Neus— havíem de ser amables i convidar-los a dinar; que volien tractar d'un tema delicat i que havíem d'extremar la cortesia.

—Ma che vuole questa... —deia jo a en Ciro, quan rebíem totes aquelles trucades a hores forassenyades.

Ell tampoc no ho entenia, però tenia clar que, si era per parlar dels supervivents del *Roma* i dels mesos que els mariners italians havien passat en aquell poblet al nord de Barcelona, sempre tindríem les portes de casa obertes. Per a aquell matrimoni de Caldes i per a qualsevol persona.

Finalment, un dia, a finals de setembre del 2004, en Mateu i la Neus van aparèixer a Gènova. Des del primer moment vam veure que eren bona gent, que semblaven realment interessats a reconstruir l'estada dels mariners al seu poble. Quan els vam rebre a casa, a mitja tarda, ens acompanyava la Martina, una altra néta, que en aquella època vivia al pis amb nosaltres.

Vam estar molta estona parlant de la vida a Caldes de Malavella, en aquells anys difícils de la postguerra espanyola. En un moment determinat, l'home, en Mateu, va treure una foto i la va ensenyar a en Ciro.

—Reconeixes aquesta noia? —li va preguntar.

—No —va contestar en Ciro.

—Segur que no?

—No.

—És la meva mare!

Llavors va treure una altra foto. S'hi veia un grup de mariners italians a punt de jugar un partit de futbol. Al centre de la imatge, un noi mirava directament a la càmera i somreia. Tenia una gran retirada a en Ciro de jove, però ell no s'hi va reconèixer. I tampoc no recordava haver jugat mai a l'equip de futbol dels mariners. En Mateu anava fent preguntes, però sempre acabava tornant a la noia de la primera foto.

—No et sona una noia que rentava al safareig del poble?

—No, de res.

En Ciro m'havia explicat que a Caldes portava a rentar la roba a una noia del poble i que ell i altres mariners feien broma i deien coses boniques a les bugaderes que rentaven al safareig. De manera que potser no la recordava, però l'hauria pogut reconèixer perfectament. En aquella època, en Ciro era un noi de vint anys, molt obert, molt de la broma i es feia amb tothom; si duia la roba a rentar a aquella noia, bé que devia fer-li galanteries. De fet, una vegada també m'havia explicat que el dia que els mariners van marxar del poble, moltes noies eren a l'estació del tren i ploraven desconsoladament. Però havia passat molt de temps, més de seixanta anys, i en Ciro només va dir:

—No, no la recordo...

Vaig mirar la primera foto, la de la mare d'en Mateu, i vaig sentir llàstima. Pobra noia! Es veu que estava casada i emmainadada i, quan els supervivents del *Roma* van marxar de Caldes, de seguida va córrer la brama que estava embarassada d'un dels mariners. Més tard, quan va néixer el nen, en Mateu, tothom li deia: «Mireu l'italianet, que trempat! És el fill del mariner...». El noi va créixer amb aquella cantarella a l'orella, però mai no es va atrevir a parlar-ne amb la mare. De manera que, quan ella va morir, es va endur el secret a la tomba. Va ser tot just llavors, l'endemà que la seva mare va ser morta i enterrada, que en Mateu va començar a buscar el pare. Només tenia un indici, la foto de l'equip de futbol dels mariners italians amb el noi rialler que se li assemblava. I seguint aquesta pista, va venir a parar a casa nostra.

Sèiem en una taula llarga, parada amb estovalles casolanes, de quadres blancs, vermells i grocs, a A Cabannetta de Cianderlin, un restaurant penjat damunt de Gènova, a tocar del santuari de la Madonna del Monte. A les portes i les finestres del menjador hi havia cortinetes de ganxet i a les parets tot de quadres amb dibuixos senzills i fotos antigues. El terra era de rajoles, com de trencadís; un aparador de vidre custodiava records d'època. Només de seure, en Giovanni ens havia presentat la família. A la seva mare i la seva germana —la *nonna* Lucia i la Francesca— ja les coneixíem, perquè unes hores abans, només d'aterrar a Gènova, havíem passat a complimentar-les al seu pis del barri de San Fruttuoso. Vam saludar l'Emma, la seva dona i també la Gabriella, una de les filles, i en Tommaso, el fill de la Francesca. Per fer el ple familiar només hi faltava la Martina, l'altra filla d'en Giovanni, que viu a Verona. Em vaig prendre la presència de gran part de la família com una mostra de cortesia i també com un senyal de la predisposició a parlar obertament, sense recels.

Havíem devorat un *antipasto* a base d'albergínies a la brasa banyades en oli; *frixeu*, que són uns carbassons en tempura; *testa in cassetta*, embotit fet de cap, cor i llengua de porc, una mica gelatinós i molt gustós; *coppa*, l'embotit que sempre em fa enyorar el cap de llom, cada cop menys present a les nostres carnisseries, i, finalment, *polpettone* de mongetes i patates. Quan vam haver liquidat tots els entrants, va aparèixer l'amo del restaurant, en Fulvio, un home d'una complexió admirable, que exhibia generosament la musculatura per sota de la samarreta imperi blanca que li servia d'uniforme. Va dipositar damunt de la taula una sopera gegant de *minestrone alla genovese*, una mena de sopa de pasta banyada en pesto líquid que a la Ligúria anomenen *scucuzzun*, en record de la sèmola del cuscús. Ens vam servir abundosament de la sopera i després també vam acabar-nos una safata enorme de *tagliatelle*, que també eren amb pesto.

Davant meu, el sol s'acabava de pondre per una de les finestres del menjador, que eren obertes de bat a bat per facilitar l'efecte refrescant, balsàmic, de la marinada. Enllà dels turons del Marcarolo el dia s'apagava i pintava el cel de colors rogencs, com aquells cels dels pessebres de Nadal que s'acoloreixen amb bombetes dissimulades darrere de les muntanyes de suro. L'arribada del pesto havia arrencat uns minuts de silenci a la taula i els vaig aprofitar per observar amb més deteniment els nostres amfitrions. Sèiem quatre a cada banda: en Tommaso, la Gabriella, la *nonna* i la Francesca, per aquest ordre, en un costat de la taula. L'Emma, en Giovanni i l'Anna, la meva dona, m'acompanyaven a l'altre. Vaig detenir la mirada damunt de la Gabriella, que no parava de fer manyagues a l'àvia, que era la primera que havia agafat la paraula per explicar-nos com havien viscut la història d'en Mateu des de Gènova. Les tenia just al davant i es veia que entre elles dues hi havia una complicitat molt especial. Les mostres de tendresa de la néta eren delicades: li passava la mà per la cara; li acaronava els cabells i, de tant en tant, l'abraçava per l'espatlla i se l'acostava per fer-li petons.

La Gabriella havia recolzat el cap contra la galta de l'àvia; de sobte, es va separar i va dir:

—Va, *nonna*, explica'ls la visita de l'endemà, quan en Mateu i la Neus van tornar al pis a acomiadar-se. Et vas quedar blanca com la cera; sembla que et veig amb els ulls oberts com unes taronges i la boca oberta de bat a bat. Estaves commocionada.

Tota la taula va esclatar a riure. Aquella devia ser una història que s'havien repetit una i mil vegades, com si s'expliquessin una pel·lícula. La *nonna* va apartar el plat i va fer una mirada sorneguera a la néta. Després, la va contradir:

—Tampoc no n'hi ha per tant, Gabriella. Parada sí que hi vaig quedar; trasbalsada, commocionada, de cap manera. Però recordo molt bé aquella segona trobada.

La primera tarda al pis no havia donat més de si. En Mateu i la Neus havien marxat una mica decebuts cap a l'hotel i l'endemà van tornar, només per acomiadar-se. Jo li vaig dir a en Ciro:

—Sigues amable, baixa a rebre'ls a la porta, que no se sentin estranys en una ciutat desconeguda...

Quan van pujar, no s'hi van estar gaire. Els vaig convidar a dinar, però van dir que tenien pressa, que el camí de tornada era llarg. No van ni asseure's, es veia que volien posar-se en marxa de seguida. Vam dir quatre banalitats, per cortesia, i vam dirigir-nos cap a la porta del pis per acomiadar-nos. Llavors, de cop, es va produir una escena que mai més no he pogut oblidar: en

Mateu va abraçar en Ciro, li va tirar els braços al coll, com un nen petit, i es va posar a plorar. L'abraçada devia colpir el meu home, perquè els ulls se li van humitejar. Me'ls estava mirant absorta, admirada per aquelles mostres d'efusió, quan, de sobte, la Neus em va agafar, em va abraçar amb força i també es va posar a plorar. Commoguda per aquella exhibició tan apassionada, a mi també se'm devia escapar alguna llàgrima. Valga'm Déu Senyor! Quin guirigall! Tot eren plors! Tot eren llàgrimes! Vinga abraçades i sospirs! Les nostres nétes també estaven emocionades per l'espectacle i els ulls també se'ls van negar de llàgrimes. No havia vist mai una cosa com aquella! Si no plorava més gent, era perquè aquell matí al nostre pis no hi havia ningú més.

Finalment van marxar i en Ciro va baixar a acompanyar-los fins al carrer. Quan va tornar a pujar, vam seure a taula. Recordo que hi havia pollastre rostit i patates. Encara estava perplexa per l'escena viscuda i quan vaig acabar de servir no vaig poder aguantar-me.

—Mamma mia! Come sono affettuosi questi spagnoli. Abraçades, petons, llàgrimes. Renoi, que en són, de melindrosos! Quanta emoció! —vaig exclamar-me.

Llavors, en Ciro ho va deixar anar:

—En Mateu creu que és fill meu!

Ho va dir així, de cop, i em va agafar desprevinguda. Vaig quedar de pedra, amb la boca ben oberta. Fins aleshores no havia entès de què anava tot allò. Resulta que a baix al portal, abans de marxar, en Mateu l'havia agafat per banda i li havia explicat la sospita que l'havia portat fins a casa nostra.

—Sóc el teu fill! —es veu que li va dir.

—Si tu ho dius... —li va contestar el meu home arronsant les espatlles.

Mare meva. No m'ho podia creure.

—Semblava convençut —va dir encara en Ciro—. L'home ha marxat molt decebut...

Des d'aquell dia, a casa no es parlava d'una altra cosa. En Ciro mantenia que no creia que fos el pare d'en Mateu, però la resta vam començar a donar per fet que teníem un nou membre a la família. Quan el meu marit seia al sofà, a veure la tele, jo li prenia el pèl:

—Mireu-lo, l'angelet: aquí, assegut, amb cara de no haver trencat mai un plat i resulta que va deixant nens escampats pel món...

Ara tot això ja no importa, perquè pocs mesos després d'aquella visita en Ciro va morir. Això sí, abans encara va tenir temps de fer-se una prova; va dir que en Mateu mereixia una resposta i ell mateix li va proposar de fer-se les anàlisis de l'ADN.

En Fulvio havia reaparegut per servir els segons. Quan li vaig preguntar si encara faltaven molts plats, l'home de la samarreta blanca em va mirar amb cara de menyspreu. El meu orgull es va sentir ferit, de manera que vaig obligar-me a recuperar la gana, com si acabéssim de seure a taula. Vaig aconseguir fer bon paper amb el *pollo nostrano alla diavola*, perquè era ben fregat amb cireretes i el picant em venia de gust. Vaig aguantar, més per curiositat que per gana, davant d'una gran platerada de *cima*, vedella farcida amb pedrers, turmes, cervells, ou, magre de vedella, espatlla, mantega, pinyons, formatge, pèsols, bolets, all, marduix i altres espècies, tot bullit durant hores amb verdures, amb molt de compte, per tal que el farcit no es rebenti. I em vaig rendir definitivament amb l'*arrosto di maiale*, que venia acompanyat amb *patatine e radicchio*.

Quan vam enllestir l'última plàtera, en Giovanni va agafar el relleu de la conversa i va reprendre el relat que la *nonna* havia interromput bruscament. Ell havia estat l'encarregat d'enviar a Caldes les mostres de saliva d'en Ciro per tal que les comparessin amb les d'en Mateu.

—Quan vam enviar les mostres per fer les anàlisis dels ADN, gairebé no teníem dubtes. A excepció del nostre pare, que es resistia a creure que les seves aventures per Caldes l'haguessin portat a tenir un fill, la majoria ens havíem acabat convencent que érem un més a la família. Amb la Francesca érem els més il·lusionats; estàvem realment contents de tenir un *fratello catalano*. Vaig recollir saliva del pare en un cotó i ho vaig enviar a Caldes, perquè ells ho fessin arribar a uns laboratoris de Barcelona que els havien recomanat. Al cap d'unes setmanes els va arribar la resposta i ells ens la van reenviar de seguida a Gènova. Quan vam obrir el missatge i vam veure que els resultats eren negatius, vam tenir una gran decepció.

La mort d'en Ciro, l'abril del 2005, dos dies després de la del papa Joan Pau II, va semblar posar punt final a tota la història del *fratello*. Les anàlisis ja ens havien deixat una mica desconcertats i la tristesa per la mort del pare ens va acabar d'allunyar d'en Mateu. Durant uns mesos, ell va tornar a desaparèixer de les nostres vides i nosaltres ens vam oblidar de tot plegat. Però encara faltava un episodi que havia de ressuscitar la història i ens havia de tornar a marcar profundament.

Pocs mesos després, acabat aquell estiu, vam tornar a trobar-nos amb en Mateu i la Neus a Gènova i vam convidar-los a sopar. Venien de Florència, de veure un altre supervivent del *Roma*, que de jove també tenia una retirada a aquell noi que somreia al centre de la foto de l'equip de futbol dels mariners. Però el viatge havia estat un fracàs. A Florència no els havien ni volgut rebre: els havien estampat la porta a la cara i els havien cridat que si no marxaven els denunciarien als *carabinieri*. Aquella nit, per acollir-los amb la màxima cordialitat, la nostra mare havia reunit la família a casa seva, al pis de San Fruttuoso. Hi érem tots: la mare; la Francesca amb el seu fill, en Tommaso; l'Emma i jo, amb les nostres filles, la Martina i la Gabriella.

En Mateu es va estar tot el sopar callat. Semblava trist, capcot. Es va passar l'estona com absent, amb una actitud que també adoptava sovint el nostre pare: quan volia, en Ciro podia ser l'home més simpàtic del món, però quan estava capficat era impenetrable.

Més tard, quan els vaig acompanyar a l'hotel, en Mateu encara estava amoïnat. Devia tenir el pensament en algun lloc remot de la seva infantesa i va envestir el vidre de la recepció, confonent-lo amb la porta: es va donar un bon cop al cap, però tampoc no va servir per tornar-lo a la realitat. Ho recordo molt bé, perquè era un vespre fred, de primers de tardor, però per a tots nosaltres el sopar havia sigut molt càlid: la mare i tots nosaltres havíem sigut feliços de recordar aquells dies de la primera trobada, quan el pare encara hi era. Només feia sis mesos que era mort i aquella nit va ser com si el tinguéssim un altre cop entre nosaltres, perquè realment la retirada amb en Mateu era extraordinària.

Mai no l'oblidarem, aquell sopar. Va ser una nit bellíssima. Sí, ja teníem els resultats de l'ADN i sabíem que eren negatius; la ciència havia dictaminat que en Mateu no era germà nostre. Però el sopar va tornar a despertar-nos molts dubtes. Encara perduren.

Vaig mirar-los un a un i vaig comprendre amb gran sorpresa que, efectivament, la família Sannino al complet seguia convençuda que en Mateu era fill d'en Ciro. La Francesca era la primera que m'havia transmès de manera explícita aquella convicció:

—Jo no l'hauria fet, la prova. A mi ja m'estava bé tenir un nou germà, no necessitava comprovar res. De fet, uns mesos abans que en Mateu i la Neus entressin a les nostres vides, jo havia fet unes constel·lacions familiars. Saps què són? Em va sortir que tenia un germà a Espanya. De manera que, quan van arribar a Gènova, a casa dels nostres pares, i van explicar la seva història, no em va sorprendre, la vaig donar per bona. No em feia falta cap prova, cap anàlisi.

La Francesca m'ho havia dit pujant al restaurant en el seu cotxe. Només de sortir del pis de la *nonna*, m'havia agafat del braç i havia anunciat a tots:

—En Rafel ve amb mi.

Tenia ganes d'explicar-me la seva visió d'aquella història i de seguida vaig intuir que no necessàriament havia de ser ortodoxa. Ja dalt del cotxe, va insistir:

—Hi ha coses que estan per damunt de la ciència. Tu mateix, per què escrius aquesta història d'un supervivent del *Roma*? Què te n'interessa? Segurament persegueixes els teus orígens, només que has optat per fer-ho per persona interposada. Quants sou a casa? Dotze? Un va morir ofegat al mar? Veus? El mar que va estar a punt d'empassar-se el meu pare el dia que l'aviació alemanya va enfonsar el *Roma*, anys després es va endur el teu germà. I ara escrius la història d'un home que busca el seu pare, però potser busques el teu germà i a través d'ell indagues sobre els teus orígens.

Al menjador d'A Cabannetta, quan en Giovanni havia acabat d'explicar la desil·lusió que tota la família va tenir pel resultat negatiu de la prova de paternitat d'en Ciro, la Francesca ho va repetir:

—Jo no l'hauria fet, la prova. A tots ens feia gràcia l'aparició d'en Mateu i, en tot cas, la seva història no deixava ningú indiferent. El sarau va durar molts dies a casa nostra. Quan en Mateu i la

Neus van marxar, no parlàvem d'una altra cosa, però pots estar segur que ningú de nosaltres no hi veia cap problema de tenir-lo, aquell germà català. Ni la mare! De fet, ella no havia conegut el pare fins a acabada la guerra, fins a l'any 1947, molt després de tot el que pogués haver passat a Maó i a Caldes. Perquè allà hi va passar alguna cosa. Això segur.

Pensa que de jove el pare era un noi molt extravertit, molt bon comunicador. Amb quatre paraules encetava una conversa en qualsevol idioma i amb els gestos s'acabava de fer entendre. De petit, a Nàpols, era un noi del carrer, convençut que amb el seu esforç se'n sortiria i deixaria enrere les privacions. Va estudiar com un animal per prosperar des del no res i arribar a capità de vaixell. I també va desenvolupar un talent natural, que sabia aplicar a les petites coses de cada dia: era manetes, feia modelisme, tenia una lletra claríssima; sempre explicava històries i cantava cançons; cantava molt bé. Era divertit i contagiava l'entusiasme...

—Xiulava? —vaig interrompre la Francesca.

—Qui?

—El teu pare.

—Per què ho preguntes?

—El mariner que duia la roba a rentar a la mare d'en Mateu es feia notar perquè cada tarda arribava al safareig de Caldes xiulant alguna cançó napolitana.

—Era ell, segur. Sí, el pare sempre xiulava. Al *Roma* estava assignat a funcions de *nochiere*: ja deus saber que el xiulet és l'instrument de la salutació que els contramestres han de fer als seus comandaments i també és l'eina per transmetre les ordres a bord; sempre duen un xiulet lligat al coll. Per influència de la salutació oficial es devia acostumar a xiular amb els llavis i sempre més va xiular cançons napolitanes.

En Fulvio acabava de treure les postres: *torta de la nonna* (amb llimona i pinyons); *crostata*, *sorbetto alla canela* i *semifredo* amb móres. La *nonna* es va desentendre de totes aquelles platerades, va mirar de reüll la Francesca i va tornar a protestar, com havia fet abans amb la Gabriella.

—Au va, Francesca! Un xiulet el fa qualsevol! Abans tothom xiulava. Els mil mariners de Caldes devien xiular en un moment o altre del dia. A veure si ara un xiulet confirmarà una paternitat...

Dit això, es va aixecar i va sortir al carrer.

—On va? —vaig preguntar una mica inquiet, perquè era fosc i el carrer feia molt de pendent—. No és perillós que surti sola?

—Tranquil, no se'n va pas. Només surt a fumar —va aclarir en Giovanni.

—La *nonna* fuma?

—Als vuitanta-vuit anys els metges ja se n'han cansat i han deixat de sermonejar-la. Ella ho aprofita per fumar mig paquet d'MS cada dia. És l'última de la família que encara fuma; quan sortim a sopar a fora, li agrada escapar-se i fer una cigarreta a la porta del restaurant.

La *nonna* havia anat a asseure's a la cadira que l'home de la samarreta blanca tenia al pas de la porta, per parar la fresca. A fora era fosc i vaig veure com encenia la cigarreta. L'Anna em va fer un senyal amb el cap i va sortir a fer-li companyia. Quan arribava a la porta va sentir la *nonna* que remugava enriolada:

—*Cazzo di Ciro!*, me la vas ben fotre amagant-me aquesta història. He estat més de cinquanta anys a la lluna i ara mira en quin embolic ens has deixat.

—Ja pots ben dir-ho, *nonna*. Aquesta família s'ha begut l'enteniment.

L'Anna no s'havia adonat que en Tommaso també havia sortit a acompanyar l'àvia.

—Veig que no comparteixes l'entusiasme dels altres —li va dir al noi de la Francesca.

—A mi tant me fa; si els fa il·lusió tenir parents catalans, no hi tinc res a dir, però trobo que de vegades semblen criatures. Es van encaterinar amb les proves d'ADN i quan van arribar els resultats hauries dit que ens hi anava la vida: hi va haver un moment que semblava que se'ns havia mort algú. Sort que al cap de poc la mort real del *nonno* va fer aterrar tota la família.

A la sala, en Giovanni em va fer senyal que el seguís i ens vam dirigir cap a la balconada del restaurant. A Cabannetta és en un extrem de l'esplanada de la Madonna del Monte, el convent de franciscans que sembla presidir la ciutat de Gènova des de dalt. Just quan anava a posar el peu al balcó, un cartell penjat a la porta em va intranquil·litzar: «Solo due persone in balconcino panoramico», hi deia. L'estat del balcó era realment ruïnós i resultava evident que no podia aguantar gaire pes, però la vista de la ciutat, que acabava d'encendre tots els llums, era excepcional i vaig decidir arriscar-me. Des de dalt, Gènova s'allargassava com una serp ajaguda arran de costa; al centre es dibuixaven clarament els braços del port, antigament tan elegants i avui víctimes d'un urbanisme excessiu; en un extrem, a l'oest, s'encenia la llum intermitent de la Lanterna, el far que ha indicat el camí als vaixells des de l'època gloriosa de La Superba, quan Gènova era una gran república marítima. Una nuvolada negra s'acostava amenaçadora des de ponent, per damunt de les aigües que havien estat els escenaris quotidians del capità de la marina mercant Ciro Sannino. Només llavors vaig fixar-me en les flors de la barana de ferro del balcó i vaig reconèixer l'escenari: aquí, al *balconcino* d'A Cabannetta de Cianderlin, en Ciro s'havia fet la foto amb l'Ovilio, en Santo, en Gavino i el Poeta, en vigílies de l'armistici, aquells dies de finals d'estiu del 1943, quan se sentien immortals i especulaven ingènuament sobre el final imminent de la guerra.

Quan vam tornar al menjador, en Giovanni va sortir a buscar la seva mare i per un moment vaig quedar sol amb la Gabriella:

—Per mi hi ha pocs dubtes, en Mateu és fill del *nonno* —em va dir per sorpresa la néta.

Vaig tardar a reaccionar. Quan vaig voler estirar el fil, havien servit els cafès i les grappes i tots havien tornat a ocupar els seus llocs a la taula.

II

Vam tornar a l'hotel baldats, però encara vam anar al bar a prendre una copa, per comentar el sopar. L'Anna estava impressionada per la força i la vitalitat de la *nonna*. Sortint del restaurant, camí dels cotxes, li havia ofert el braç, perquè el camí era irregular i perillós: primer s'havien de pujar uns escalons molt costeruts i després baixar per un carrer que estava empedrat de manera molt matussera. La meva dona havia aprofitat per satisfer la seva curiositat:

—Quantes cigarretes fumes cada dia?

—Cinc? Deu...? —es va preguntar la *nonna*.

—Això, confessa, confessa. Quant fumes? —va interrompre-les la Francesca, que se'ls acostava per darrere perquè era l'encarregada de baixar l'àvia amb el seu cotxe.

Al bar de l'hotel, amb una última grappa a la mà, vam repassar amb l'Anna aquella nit a A Cabannetta de Cianderlin i vam coincidir que havia estat una experiència magnífica, en tots els sentits. Després, ja a l'habitació, vaig connectar-me a la xarxa i vaig aprofitar per enviar un parell de correus electrònics: el primer a en Giovanni, per agrair-li la cordialitat amb la qual ens havia acompanyat tota la família; un altre a en Mateu i la Neus, per donar-los records i explicar-los com havia anat la primera trobada amb la seva *famiglia italiana*.

Vaig tancar el portàtil i em vaig estirar al llit. Vaig tancar els ulls i vaig repassar un cop més els moments més sorprenents de la trobada.

—Per mi hi ha pocs dubtes, en Mateu és fill del *nonno* —havia dit la Gabriella just abans que l'arribada dels cafès i les grappes interrompés la nostra conversa.

Lluny d'agafar el son, les preguntes se m'acumulaven. La *nonna* Lucia, en Giovanni i la Francesca havien viscut aquella història amb massa implicacions; la néta la podia haver observat amb una certa distància. Com havien reaccionat de veritat en Ciro, la *nonna*, en Giovanni i la Francesca el primer cop que cada un d'ells va ser conscient que en Mateu estava convençut de ser el fill d'en Ciro? L'arribada de dos desconeguts a casa seva amb aquesta pretensió sorprenent no havia provocat cap sospita? Cap temor? Cap suspicàcia?

Ni en els primers moments? Quan ja s'havien mig fet a la idea de tenir un germà a Caldes, els resultats negatius de la prova de l'ADN havien causat realment una desil·lusió tan gran com deien? Com veien tots plegats les coses ara, dotze anys després, amb la perspectiva del pas del temps? I, finalment, d'on sortia aquell convenciment de la Gabriella que en Mateu era fill del *nonno*, malgrat el diagnòstic inapel·lable de les anàlisis d'ADN? S'havien enviat correctament les mostres?

Vaig incorporar-me i vaig tornar a obrir la pantalla; volia posar per escrit totes les preguntes pendents. Vaig decidir recuperar el fil de la conversa que els cafès i les grappes d'en Fulvio havien interromput al restaurant, una estona abans, i vaig escriure: «Gabriella, què va passar exactament en aquella segona trobada amb en Mateu i la Neus, l'octubre del 2005? Què us va sorprendre tant, fins al punt de tornar-vos a convèncer que en Mateu podia ser un més de la família?».

Vaig respirar profundament, vaig encreuar els dits i vaig enviar el correu.

III

L'endemà vam llevar-nos d'hora. La pluja, que finalment havia descarregat sobre Gènova, havia deixat un cel net i transparent, que convidava a espavilar-se. Tenia un piló de correus electrònics a la bústia d'entrada: en Giovanni celebrava que ens haguéssim conegut i es mostrava obert a seguir en contacte; també ens suggeria un recorregut de cinc o sis hores a peu per Gènova i s'oferia per acompanyar-nos. En Mateu i la Neus s'alegraven de la bona acollida que havíem tingut a Gènova, dedicaven tota mena d'elogis als seus *germans italians* i ens convidaven a mi i a l'Anna el primer cap de setmana d'agost a la festa major de Caldes de Malavella. Finalment, la Gabriella m'escrivia el correu més extens de tots i contestava de manera completíssima la majoria dels meus interrogants.

Hola, Rafel.

Gràcies per haver-te interessat per la «nostra» història familiar. Estem orgullosos de l'avi Ciro i de la seva vida, de com ha criat els seus dos fills i de com ens ha educat a nosaltres, les nétes. Estem orgulloses com pocs néts ho estan dels seus avis.

Per respondre a les teves preguntes t'he d'insistir que l'arribada d'en Mateu i la Neus no va crear cap problema ni cap desordre a la nostra família. No ho crec. Al contrari. Jo ho vaig viure inicialment d'una manera externa, però, pel que recordo, tots ho vam viure molt serenament i amb molt d'interès. El sentiment que crec que va prevaldre va ser la curiositat de saber: saber si efectivament hi havia aquest germà, saber si era germà a tots els efectes i saber quines experiències podia haver viscut ell tots aquells anys. No hi va haver temor o gelosia, perquè es parlava de fets ocorreguts abans que el nonno *conegués la* nonna *i abans que hi hagués els fills —el meu pare Giovanni i la meva tia Francesca. Així doncs, no crec que hi hagués suspicàcies de cap mena. Com et deia, era més forta la curiositat que sentíem davant d'aquella història inesperada que tots nosaltres començàvem a viure.*

Arran del resultat de la prova de l'ADN, quan vam descobrir que era negativa, una mica de decepció sí que hi va haver; sobretot deguda al fet que nosaltres, com a família, posem el cor en tot el que fem, en allò que vivim i en la manera com afrontem la vida.

De vegades, potser ens creem expectatives que després s'ensorren davant de la ciència... Però, com t'he dit al sopar, el resultat de la prova no es correspon amb la realitat: no ho sabrem mai si no és refent les anàlisis, però, segons jo crec, en Mateu és fill de l'avi Ciro. Hi ha molts elements que em porten a pensar així: com es movia a taula el dia que vam sopar, com es quedava com encantat i com mirava el buit mentre pensava. En aquell sopar, en Mateu va resultar un home discret com ho era el nonno Ciro. Callat de paraula, però loquaç amb els seus temps i les seves maneres. També ho penso així perquè porto el meu avi al cor i perquè trobo normal que un noi de vint o vint-i-un anys, que és lluny de casa, pugui trobar serenitat i alegria entre els braços d'una dona. És normal i humà.

Ara que han passat dotze anys de la mort del nonno, *guardo un bon record d'aquella època. Després de tant de temps, tinc la curiositat de saber, de descobrir com van anar realment les coses... Potser és com tenir una esperança o perseguir un somni, per fer reviure l'avi i per trobar en altres persones històries d'ell, de com era i d'allò que va fer en la seva vida.*

Per mi, l'avi sempre ha estat un gran home, però tingues en compte que jo he viscut la nostra relació com a néta, amb els ulls enamorats i consentits d'una néta. Com és just que sigui. Ara que sóc una dona adulta, entenc que adorava el meu avi per com era —des dels records que en tinc fins a les narracions que en feien la nonna i el papa— i per totes les coses que va fer i va viure.

M'ha dit el pare que avui potser fareu una bona passeggiata *pels carrers vells de Gènova. Deixeu-vos-hi anar amb calma, assaboriu els racons, i no t'oblidis de mirar enlaire, sempre descobriràs als edificis de la nostra ciutat finestres i relleus molt remarcables. Per cert, si vols més versions per descobrir què va passar exactament al sopar amb en Mateu i la Neus, et recomano que ho demanis a la* nonna*: ja vas veure com s'explica! Escoltar-la és una delícia, i parla amb molta precisió.*

Em trobaràs sempre aquí si em necessites. És un plaer compartir tot plegat amb persones que, encara que llunyanes, han creat un lligam amb nosaltres i amb tot això.

Saluda la teva dona, sembla una dona realment especial.

Gràcies per tot,

Gabriella

Al final de la llista de correus electrònics que aquell matí tenia pendents de llegir n'hi havia un de la Francesca, que ampliava la conversa que havíem tingut la nit abans al cotxe, de camí de la Madonna del Monte.

Caro Rafel,

Com et deia ahir al vespre, la història de l'enfonsament del cuirassat Roma *i tots els esdeveniments i trobades relacionades han embolcallat la meva infància. Segons la meva percepció, aquesta història m'ha privat una mica del meu pare, que sentia que continuava lligat a la dolorosa tragèdia i també a les persones que va conèixer a Espanya durant l'any que hi va passar. Un món que, tot i pertànyer al passat, no ha deixat mai de ser present a les nostres vides... També ahir, en la trobada amb tu i l'Anna, que ens ho vau fer reviure una altra vegada. Personalment, sempre he pensat que el meu pare havia deixat alguna cosa allà baix... A més de l'afecte, potser també un fill.*

El dia del funeral del meu pare, a l'església de San Fruttuoso, per cloure la cerimònia de comiat, un amic de la família va pronunciar unes últimes paraules que resumien emblemàticament la pròrroga vital que el destí li havia regalat:

—Ben tornat, Ciro, a la coberta del cuirassat Roma *—va dir des del faristol l'Andrea Amici, que és autor del llibre* Una tragèdia italiana, *que vol ser un testimoni novel·lat de l'odissea del* Roma *i dels seus supervivents.*

Després d'aquestes paraules, tots els presents van participar en un aplaudiment calorós, sincer i emocionat.

Pel que fa a la resta, puc dir-te que el meu pare tenia un caràcter reservat en relació amb la seva intimitat, però era alegre i generós. Era un apassionat pels escacs i per les cartes i sovint guanyava gràcies a la seva memòria de ferro. Les relacions humanes eren molt importants per a ell i l'afectivitat apareixia de manera important en totes les seves relacions, també en les professionals. Aquest interès per les persones era absolutament transversal, de manera que a casa nostra podien ser rebuts amb la mateixa calidesa i respecte un mariner analfabet fill de l'illa de Procida i l'armador dels vaixells en els quals ell treballava com a capità des que havia completat els estudis, que va fer sulla pelle, *com ens agrada dir a nosaltres.*

De petit, en la misèria dels carrers de Nàpols, va aprendre a espavilar-se i a fer servir les mans i el talent de manera artística i poètica —construïa maquetes navals i pessebres de paper maixé segons les tradicions del sud, que després venia per guanyar-se uns diners que a casa seva feien molta falta. Com podràs veure per la cal·ligrafia del seu dietari que et vam deixar, era una persona molt ordenada i diligent. D'altra banda, tenia l'ètica insubornable d'un home dels vells temps.

L'enhorabona i sort en tot el que escriguis, que llegiré potser fins i tot en català.

Francesca

IV

Abans de marxar, vam decidir tornar a casa de la *nonna* Lucia. Necessitava parlar-hi a soles, sense la influència de la família. Volia fer cas dels consells de la Gabriella. Entenia que per als altres tenir un germà català era una aventura, un *divertimento*; a la *nonna* Lucia, però, aquella història l'havia d'haver trasbalsat d'una altra manera. En Ciro era el seu home. Li havia parlat de Maó, de la gent que l'havia ajudat durant els quatre mesos passats a l'illa de Menorca, però de Caldes no n'hi havia parlat mai. Eren històries viscudes abans de conèixer-se, però no n'hi havia parlat. Havia tornat un munt de vegades a Menorca amb tota la família, però tampoc no els havia portat mai de visita a Caldes, per bé que els supervivents del *Roma* hi havien estat allotjats molt més temps que a Maó. A què eren degudes aquelles omissions? Podia considerar-les una traïció?

Vam arribar al barri pels volts de les cinc de la tarda de dissabte. Sota el sol inclement de juliol, Gènova era deserta. Per sort, el mercat de San Fruttuoso era obert i vam entrar-hi a comprar un ram de flors. Com que no hi havia clavells de poeta ni peònies, que són flors que m'agrada regalar, vam decantar-nos per un ram de *líliums*, lliris blancs, una mica més sofisticats. Quan vam entrar al pis ella es va mostrar molt afectuosa, va deixar les flors a la cuina, en aigua, i ens va oferir un gelat. Vam seure al menjador. Jo volia preguntar-li a poc a poc, de manera delicada, però les meves prevencions van resultar innecessàries. Em va demanar que la tutegés. Només vaig necessitar deixar anar la primera pregunta; la *nonna* Lucia volia parlar.

—Mai no et va incomodar la història? No et vas sentir violenta de saber que hi havia algú que pretenia ser fill del teu marit?

—No, *non mi dispiaceva*, no em va molestar en cap moment. Eren coses de molt abans que ens coneguéssim. Jo no el vaig conèixer fins al 1947, dos anys després d'acabada la guerra, una vegada que va venir a visitar la seva germana, que era veïna nostra a Camogli, un poble de costa molt bonic, en un extrem del promontori de Portofino. Una tarda que jo era al parc amb un meu nebot de tres anys, en Ciro va aparèixer amb el fill de la seva germana Giuseppina, que en tenia quatre. Els nens es van posar a jugar i nosaltres vam començar a xerrar. L'endemà vam tornar al parc, i també l'endemà passat, de manera que ens vam acostumar a les nostres xerrades. Ell m'explicava les meravelles de Nàpols i cada tarda em cantava aquella cançó d'un napolità que sant Pere convida a quedar-se al paradís: l'home declina l'oferiment, obre la finestra del cel, li ensenya a sant Pere la badia de Nàpols i li diu: «Jo ja hi visc, al paradís». «La cançó dels dos paradisos», em sembla que es diu la cançó.

De vegades també m'explicava les seves desventures a la guerra, però de Caldes no en parlava mai; només explicava allò que es feia rentar la roba per una noia del poble i que tots deien galanteries i feien broma a les bugaderes. De Maó, sí; de Maó en parlava sempre. I ens hi va dur de vacances un munt de vegades. A Menorca hi havia deixat uns amics, el matrimoni Mateu Pons i Magdalena Moll, que sempre ens hi van rebre com si fóssim de la família. I això que havien conegut en Ciro quan l'havien enxampat robant fruita de la finca de Sant Antoni on feien de masovers. En Ciro s'havia fet a ell mateix als carrers de Nàpols, on havien desterrat la seva família per antifeixistes. Era un noi que, si no tenia res, no es resignava. Si calia robar per menjar, robava. Mentre s'estaven al vaixell, a Maó, quan podien escapar-se de la base naval, alguns mariners recorrien les cases de pagès per veure què arreplegaven. Un dia de finals de setembre del 1943 va descobrir una finca molt ben portada, amb unes figues grosses i madures, clivellades pel sol. «Dolces com la mel», recordava ell sempre. I no s'hi va poder resistir.

Allà va començar una amistat que encara dura a través dels fills i els néts d'en Mateu i la Magdalena. Durant una època, els anàvem a veure cada dos estius. En Ciro aprofitava l'estada a l'illa per organitzar visites conjuntes de la nostra família i dels nostres amics menorquins al cementiri de Maó, per homenatjar els seus companys morts.

En l'època que va estar refugiat a Espanya, en Ciro era jove i molt simpàtic. Era divertit. Guapo? No especialment. Era un noi robust, fort, això sí, però a mi al començament no m'agradava. Em va conquistar un 13 de desembre que va comparèixer amb unes xocolatines i em va donar *gli auguri* per Santa Lucia. A mi, que mai no m'havien felicitat pel meu sant, em va tocar el cor. Ja ho veus, em va conquerir amb una mica de xocolata i desitjant-me un bon sant. Suposo que abans devia enamorar altres noies. Quan els supervivents del *Roma* van arribar a Caldes, ell encara era molt jove, tenia vint-i-un anys acabats de fer. Estàvem en guerra i els mariners es van estar tot un any lluny de casa, en terres estranyes. Van fer amistats, van conèixer gent que els va acollir com si fossin de la família.

Aquell va ser un temps molt incert en tots els sentits. Pots estar-ne ben segur: per a mi, l'existència d'en Mateu i la seva suposició que era fill del meu home mai no van ser un problema. És més, tots ens vam acostumar a pensar que potser sí que en Mateu era el seu fill. I ens feia il·lusió. Per això, l'arribada dels resultats negatius de les proves d'ADN ens va doldre. Havíem guanyat un fill, un germà i ara el tornàvem a perdre!

Després, amb el temps vam saber-ho enfocar d'una altra manera i ens vam refer. En definitiva, havia estat una bella experiència i ara mantenim un contacte molt intens amb tota la família d'en Mateu. Ens felicitem cada any per Nadal i Pasqua; ens enviem fotos dels naixements i ens convidem als casaments i als bateigs. I des d'aquella primera trobada al pis de Gènova, per Santa Lucia mai més no m'han faltat els *auguri* d'en Mateu i la Neus.

El temps s'escolava i havíem de sortir cap a l'aeroport. Tenia una idea molt aproximada de la revolució serena que havia causat l'aparició sobtada d'en Mateu i la Neus a la vida dels Sannino de

Gènova, però encara no entenia què els havia tornat el convenciment que realment tenien un germà en un poblet de les comarques de Girona. Vaig preguntar-l'hi directament.

—Què va passar en aquell famós sopar que vas organitzar amb tota la família per rebre en Mateu i la Neus, la segona vegada que van venir a Gènova?

Va tancar els ulls, per recordar.

—Vam sopar aquí mateix, en aquest menjador. Vaig haver d'empalmar dues taules, perquè volia que hi fóssim tots; volia fer del sopar un gran homenatge al meu home, que no feia ni sis mesos que ens havia deixat. Ells dos, en Mateu i la Neus, van arribar una mica cansats, venien de Florència; havien fet el viatge d'una tirada i, a més, la visita no havia anat com esperaven. Era el primer cop que ens vèiem des d'aquell dia que s'havien acomiadat d'en Ciro, aquí al costat, al rebedor, i ens vam tornar a abraçar, d'una manera molt natural; aquest cop, però, sense plors. No puc amagar que sentia una certa emoció: el record de la visita anterior, quan el meu home encara era viu, se'm feia present.

Vaig col·locar el meu fill Giovanni en un cap de taula i en Mateu a l'altre i jo em vaig asseure al seu costat, de manera que només el veia de reüll. La presència de les meves nétes i el meu nét va contribuir a animar la taula i la Neus també s'esforçava per participar en la conversa. En Mateu, en canvi, callava. Estava taciturn, però tots vam respectar el seu aïllament. Ens entristia que l'haguessin rebut malament a Florència. A mesura que avançava el sopar, vaig adonar-me que els meus fills no podien evitar de mirar en Mateu i també es feien mirades furtives entre ells. Després em van explicar que encara els cridaven l'atenció les entrades a les temples i la barbeta, que els recordaven tant en Ciro. Els gestos, les mirades i els moviments dels ulls també eren els d'en Ciro quan tenia l'edat d'en Mateu. Però, sobretot, estaven captivats pel seu posat sorrut, que era clavat al que feia el meu home sempre que les coses no anaven prou bé.

Va arribar un moment que tots els membres de la família semblaven hipnotitzats per en Mateu. No podien deixar de mirar-lo i de tant en tant s'intercanviaven mirades desvergonyides i s'interrogaven en silenci, mirant d'esbrinar què pensava cadascun d'ells del que estaven veient. La Gabriella, que era just al meu davant, era la que obria uns ulls més grossos.

Només jo semblava aliena a aquella expectació col·lectiva. Però va arribar un moment que no vaig poder més. Vaig girar-me descaradament cap al nostre convidat, per veure què coi miraven i llavors ho vaig entendre: amb dos dits, amb el polze i l'índex de la mà dreta, en Mateu es fregava suaument el lòbul de l'orella, com havia fet tota la vida el meu home quan estava capficat. I en aquell instant precís vaig deixar de veure en Mateu, l'home que havia viatjat a Itàlia des de la postguerra espanyola buscant un pare, i vaig imaginar que el meu Ciro era allà, presidint el nostre sopar, assegut com sempre al seu cap de taula, amb aire preocupat i pensatiu.

Post scriptum

Porto Torres-Roma,
setembre del 2017

Havia posat punt final a la història del fill de l'italià, però encara em sentia atrapat per l'epopeia col·lectiva dels mariners refugiats a Caldes. El setembre de l'any 2017 vaig viatjar a l'illa de Sardenya per assistir als actes commemoratius del setanta-quatrè aniversari de l'enfonsament del *Roma*.

Els actes acadèmics, molt emotius, es van celebrar al memorial del front marítim de Porto Torres, just davant de la gran badia d'Asinara, al fons de la qual fa cinc anys es van localitzar les restes del vaixell insígnia de la flota italiana. La celebració popular va prosseguir al local social de l'Associazione Nazionale Marinai d'Italia i després els organitzadors de la trobada em van convidar al dinar en un dels restaurants més populars del port. Em van asseure en un cap de la taula, entre l'almirall Mario Rino Me i l'exministre de Defensa d'Itàlia Arturo Parisi. Al davant hi tenia Nicola Puggione i Roberto Barbieri, president i vicepresident de l'Associazione Reduci e Familiari dei Caduti della nave *Roma*, que agrupa supervivents i familiars de la tripulació naufragada. A mig dinar, l'almirall i l'ex ministre van començar a rivalitzar per explicar-me la fabulosa història d'un dels mariners que van anar a parar a Caldes i que es va enamorar bojament d'una noia de Vidreres.

—L'has de conèixer! —es va imposar finalment el militar—. Durant més de setanta anys, l'Ovilio Lombardi ha portat a la cartera la foto de la noia i no ha deixat de mirar-la ni un sol dia des que ella l'hi va donar al peu del tren el dia que els mariners van marxar de Caldes. Fins que l'any passat el van haver d'ingressar per operar-li una vella ferida de guerra al braç i a l'hospital li van robar tots els objectes personals, entre ells la cartera i la foto de la *fidanzata catalana*. Des de llavors pateix una forta depressió. No s'ha recuperat.

Era emocionant, però també em provocava un gran desconcert. Com podia ser que després de tants mesos de seguir el rastre dels mariners italians a casa nostra jo no en sabés res, d'aquella història? Abans de les postres, a través de la filla, m'havien arreglat una cita amb l'Ovilio Lombardi i dues setmanes més tard ja volava a Roma per trobar-lo.

La Lorena Lombardi, la filla de l'Ovilio, m'havia citat a les dues de la tarda a la porta dels estudis de Cinecittà, als afores de Roma. Va arribar en cotxe i va aparcar en doble fila, el temps just per baixar a saludar-me. Després em va confiar el seu pare i va tornar a arrencar en direcció cap al centre.

—Quan acabis no et preocupis per ell, deixa'l a la boca del metro i ja tornarà sol a casa —va cridar la Lorena per la finestreta del cotxe abans de desaparèixer engolida pel trànsit.

Era el 25 de setembre, un dilluns, i feia una calor espantosa. Vaig saludar amb molta emoció l'Ovilio, que s'havia mudat amb un vestit gris verd per a l'ocasió, i vaig proposar-li de caminar una estona per buscar alguna ombra protectora. A la vorera no hi havia ni un arbre.

—Podem baixar al metro —va suggerir ell amb naturalitat—, als vagons hi tenen aire condicionat i s'hi està prou bé.

Vam començar a caminar cap a la boca de la parada Cinecittà, la més propera. L'operació quirúrgica a la qual acabava de sotmetre's l'havia deixat més prim del compte, perquè li sobrava vestit per totes bandes. Em preguntava si la tristesa per la pèrdua de la foto també l'havia ajudat a encongir-se; era evident que aquells dies l'Ovilio era un home abatut, sense ànims.

Vaig agafar-lo del braç per ajudar-lo a baixar les escales i encara el vaig sentir més fràgil. L'hauria pogut aixecar de terra amb una sola mà i fer-lo volar per l'aire com una canya o com un full de paper. Amb el seu vestit verdós feia pensar en una cigala o una libèl·lula. Més que lleuger, semblava vaporós. De seguida vaig adonar-me que aquella aparença no era incompatible amb una vitalitat enorme.

Vam arribar a l'andana just quan el comboi s'aturava. Només d'acomodar-nos al vagó, va preguntar-me si jo vivia a prop de Caldes i va glossar amb gran entusiasme les virtuts del poble. Parlava a poc a poc, en veu baixa, com si no estigués segur de deixar-se anar. Quan vam entrar a l'estació de Subaugusta va semblar que s'animava i quan vam deixar enrere Lucio Sestio vaig entendre que ja res no podria aturar-lo. Havia agafat gust a parlar i volia explicar-me totes les seves desventures a la guerra. Semblava una d'aquelles persones que han viscut tantes adversitats que ja no es queixen de res, que es resignen davant dels mals i assaboreixen intensament qualsevol instant de felicitat que l'atzar els ha pogut regalar en algun moment excepcional de la vida. Va començar a recordar pel moment del bombardeig de la Luftwaffe i l'enfonsament del *Roma* i ja no va parar fins a l'arribada dels supervivents a terres catalanes. Recordava bé la misèria de la postguerra espanyola i com els havia sorprès la por i el terror que dominava aquells dies el poble de Caldes de Malavella. Però recordava encara millor les escapades a Vidreres. Explicant les seves aventures amoroses estava exultant i feia millor cara, però llavors va retornar al present i quan va recordar l'estada a l'hospital i el robatori de la foto se li va fer de nit al rostre.

—Vaig deixar la cartera damunt la tauleta i devia adormir-me. Com podia pensar que en un hospital em poguessin robar... Mai no em refaré del disgust. La foto de la Quimeta era el meu tresor. Vaig entrar per operar-me d'un braç i en vaig sortir malalt del cor.

—No n'havies fet cap còpia?

—Què vols! Vaig portar la foto a la cartera durant més de setanta anys. Com havia d'imaginar que n'havia de fer còpies.

Vaig adonar-me que entràvem a l'estació de Manzoni perquè just llavors es va quedar callat i no va tornar a parlar fins més enllà de Piazza Spagna. Vaig respectar el seu dolor i vaig veure encongit que una llàgrima li lliscava discretament galta avall.

—Com m'havia d'imaginar que en un hospital em podien robar les meves coses més estimades —anava repetint amb la mirada clavada a terra.

Vam passar tota la tarda tancats en aquell vagó de la línia 1 del metro de Roma. Vam fer dues vegades el trajecte sencer entre els dos extrems, d'Anagnina a Battistini, i va repassar apassionadament el dia a dia d'aquells set mesos passats a Caldes. Vivia al Balneari Prats, a l'última de les habitacions de la planta baixa, la que donava a la fleca del poble. Em va explicar que s'escapaven a ballar a Vidreres i que allà un grup de cosidores li feien broma amb el nom perquè Ovilio els recordava la paraula *ovillo*, que havien sentit usar als castellans per referir-se als cabdells de llana que les noies feien servir. També recordava les sardanes que s'hi ballaven algun diumenge...

I recordava sobretot la pell bruna, la cabellera fosca, els ulls negres de la Quimeta, la seva *fidanzata catalana*.

—Quan vam tornar a Itàlia ens vam escriure algunes vegades, però no ens vam tornar a veure més: jo era antifeixista i no estava disposat a tornar a l'Espanya franquista; ella tenia setze anys i no tenia el consentiment dels pares per venir a viure a Itàlia.

La segona vegada que vam fer el trajecte de tornada, quan vam entrar a l'estació de Lucio Sestio en direcció de Cinecittà em va dir que era la més propera a casa seva i vam baixar. Em va acompanyar a l'altra andana, per tal que jo pogués agafar el metro per tornar al centre, i encara vam estar xerrant una estona asseguts en un banc.

—No l'oblidaré mai —va dir-me quan ens aixecàvem perquè les llums al fons del túnel indicaven que el meu comboi s'acostava—. M'han robat la foto, però l'havia contemplat tantes vegades que me la sé de memòria. Ella estava més bonica que mai: els seus setze anys es mostraven esplendorosos; s'havia posat un clavell vermell a l'orella i tenia una cua llarguíssima, negra, com de seda, damunt de l'espatlla. Estava asseguda en una gandula de fusta, davant d'un decorat que simulava la coberta d'un creuer de luxe, amb un ram de flors a la falda. Jo li agafava la mà i ella mirava a càmera amb aquells ulls negres, tan profunds que marejaven. Els ulls li brillaven, perquè havia de fer veure que em rebutjava i ens moríem de riure. Se la veia feliç, la meva *fidanzata*. «Joaquina Tarrés, calle 2 de febrero, Vidreras», em va escriure al revers de la foto el dia que ens acomiadàvem a l'estació de Caldes.

El tren havia entrat a l'estació. Ens estàvem cara a cara, ell dret al mig de l'andana i jo al pas de la porta, a punt per saltar al vagó. Em vaig afanyar a allargar-li la mà i vam encaixar. L'Ovilio encara parlava:

—A la foto no érem nosaltres dos sols; érem quatre. Hi havia una altra parella, però els altres s'havien col·locat discretament darrere nostre, com si la foto no fos cosa seva. Es miraven cara a cara i també es menjaven amb la mirada, com nosaltres, però el fotògraf no els va poder convèncer que es posessin en primer pla.

Quan el senyal acústic va anunciar el tancament de les portes encara vaig sentir les seves paraules:

—Semblaven resignats, aquell dia, en Ciro i la Joana, tristos, convençuts que se'ls esgotava el temps...

El cor se'm va posar a mil. Les portes s'havien tancat. El metro s'havia posat en marxa. Vaig encastar la cara al vidre del vagó. L'Ovilio, dret al mig de l'andana, em feia adéu amb la mà i encara movia els llavis. Repassava fins a l'últim detall tots els elements d'aquella foto que s'havien fet tots quatre, una tarda de toros del 1944, a la plaça de l'Oli de Girona. I els recitava en veu alta, per memoritzar-la. Com una pregària.

Nota de l'autor

Aquesta novel·la es basa en fets reals i s'inspira en la vida d'en Narcís Barceló i en l'epopeia d'en Ciro Orefice i un miler de mariners italians que el 1943 es van refugiar al port de Maó i als balnearis de Caldes de Malavella després de l'enfonsament del cuirassat *Roma*, bombardejat per la Luftwaffe alemanya en venjança per l'armistici signat entre Itàlia i els països aliats. Malgrat la fidelitat al context històric, alguns episodis han estat reinterpretats per l'autor i són responsabilitat exclusiva de la seva imaginació.

El *post scriptum* neix de la malenconia d'un altre supervivent del *Roma*, l'Ovilio Frassinetti. L'enfonsament del vaixell insígnia de la flota italiana i l'estada dels mariners a Menorca i a Catalunya estan documentats per testimonis dels seus protagonistes, especialment a *Una tragedia italiana / 1943. L'affondamento della corazzata Roma*, d'Andrea Amici, editat per Tea (Gruppo Editoriale Mauri Spagnol); *Per l'onore dei Savoia / 1943-1944: da un superstite della corazzata 'Roma'*, Gruppo Ugo Mursia Editore (1996), i *Le navi da guerra italiane internate alle Baleari dopo l'8 settembre*, de Giuliano Marenco, Lampi di Stampa (2009). L'autor també s'ha documentat en l'exhaustiva informació de l'època rescatada pel jutge de pau de Caldes, Antonio Vilà, així com en un breu relat de Ciro Orefice i en el dietari de Federico Accini, oficial italià reclòs al port de Maó fins al final de la Segona Guerra Mundial.

Agraïments

El meu reconeixement a en Narcís Barceló, que durant més d'un any m'ha rebut periòdicament a casa seva a Caldes i ha acceptat compartir les emocions que se li van despertar mentre va durar la recerca del seu pare; i també a la Pilar, la seva dona, i a la Marta i la Cristina, les seves filles, que m'han acollit tot aquest temps com un més de la família. I un record particular a l'Esteve Barceló, que va morir l'estiu de 2018 i ja no podrà llegir el llibre.

A la família d'en Ciro Orefice, especialment a la seva vídua, la *nonna* Anna, als seus fills, en Gianni i la Marina, i a l'Alice, una de les nétes, els he d'agrair la trobada a Gènova i la correspondència posterior. Mai no oblidaré el sopar a la Madonna del Monte.

L'Antonio Vilà va ser el primer que em va parlar de l'estada dels italians als balnearis; sense ell i la seva generositat, aquesta novel·la no s'hauria escrit. Li dec molta documentació i molts aclariments mentre escrivia el llibre. El meu reconeixement també a tota la gent de Caldes que m'ha obert el seu àlbum de records familiars, de manera especial a la Carme de can Parcala, que em va explicar les peripècies de la bugaderia familiar i el refugi del seu pare a Alella; a la Rosa i en Rafel Quintana, que em van rebre càlidament al Balneari Prats, i a en Luis López, que em va descobrir les golfes del Vichy Catalan. A l'escriptor Joaquim Carbó, fill de Caldes, li dec la conversa, deliciosa, d'un comerciant del poble amb el sergent de la Guàrdia Civil.

El director de la Institució de les Lletres Catalanes, el poeta Joan Elies Adell, em va presentar Nicola Puggione i Roberto Barbieri, de l'Associazione Reduci e Familiari dei Caduti della Corazzata Roma, que m'han guiat per Sardenya i m'han animat a escriure el llibre. A la família Cardona Serra, des Castell, el meu reconeixement per acompanyar-me en els recorreguts pel port de Maó, i al general Lluís Alejandre, per guiar-me en la visita a l'illa del Rei. A l'Eduardo Serra per compartir el record del dia de l'arribada dels vaixells italians a Menorca i a la Trini Peña per ajudar-me a reconstruir l'amistat d'en Ciro amb els pares del seu home, pagesos de Sant Antoni.

A en Quim Español li dec la lectura del primer

manuscrit i un munt de comentaris suggeridors, i a l'Andreu Pulido i la Cesca Dedeu, els seus consells sobre la llengua. Com sempre, a la Maria Cardona, en Ricard Domingo i l'Anna Soler-Pont, de l'agència literària Pontas, els he de donar les gràcies pels seus consells i per fer-me la vida més fàcil; i a la Glòria Gasch i l'Emili Rosales, els meus editors, per l'edició magnífica que el lector té a les mans.

Índex